· 典藏 ·

沈从文

小说

浙江出版联合集团
浙江文艺出版社

目录

中 篇 小 说

边　城

一

由四川过湖南去，靠东有一条官路。这官路将近湘西边境，到了一个地方名叫“茶峒”的小山城时，有一小溪，溪边有座白色小塔，塔下住了一户单独的人家。这人家只一个老人，一个女孩子，一只黄狗。

小溪流下去，绕山岨流，约三里便汇入茶峒大河，人若过溪越小山走去，只一里路就到了茶峒城边。溪流如弓背，山路如弓弦，故远近有了小小差异。小溪宽约二十丈，河床是大片石头作成。静静的河水即或深到一篙不能落底，却依然清澈透明，河中游鱼来去都可以计数。小溪既为川、湘来往孔道，水常有涨落，限于财力不能搭桥，就安排了一只方头渡船。这渡船一次连人带马，约可以载二十位搭客过河，人数多时必反复来去。渡船头竖了一根小小竹竿，挂着一个可以活动的铁环；溪岸两端水面横牵了一段竹缆，有人过渡时，把铁环挂在竹缆上，船上人就引手攀缘那条缆索，慢慢的牵船过对岸去。船将拢岸时，管理这渡船的，一面口中嚷着“慢点慢点”，自己霍的跃上了岸，拉着铁环，于是人货牛马全上了岸，翻过小山不见了。渡头属公家所有，过渡人本不必出钱；有人心中不安，抓了一把钱掷到船板上时，管渡船的必为一一拾起，依然塞到那人手心里去，俨然吵嘴时的认真神气：“我有了口粮，三斗米，七百钱，够了！谁要你这个！”

但是，凡事求个心安理得，出气力不受酬谁好意思，不管如何还是有人要把钱的。管船人却情不过，也为了心安起见，便把这些钱托人到茶峒去买茶叶和草烟，将茶峒出产的上等草烟，一扎一扎挂在自己腰带边，过渡的谁需要这东西必慷慨奉赠。有时从神气上估计那远路人对于身边草烟引起了相当的注意时，这弄渡船的便把一小束草烟扎到那人包袱上去，一面说：“大哥，不吸这个吗？这好的，这妙的，看样子不成材，巴掌大叶子，味道蛮好，送人也很合式！”茶叶则在六月里放进大缸里去，用开水泡好，给过路人随意解渴。

管理这渡船的，就是住在塔下的那个老人。活了七十年，从二十岁起便守在这小溪边，五十年来不知把船来去渡了若干人。年纪虽那么老了，骨头硬硬的，本来应当休息了，但天不许他休息，他仿佛便不能够同这一份生活离开。他从不思索自己职务对于本人的意义，只是静静的很忠实的在那里活下去。代替了天，使他在日头升起时，感到生活的力量，当日头落下时，又不至于思量和日头同时死去的，是那个近在他身旁的女孩子。他唯一的伙伴是一只渡船和一只黄狗，唯一的亲人便只那个女孩子。

女孩子的母亲，老船夫的独生女，十七年前同一个茶峒屯防军人唱歌相熟后，很秘密的背着那忠厚爸爸发生了暧昧关系。有了小孩子后，结婚不成，这屯戍兵士便想约了她一同向下游逃去。但从逃走的行为上看来，一个违悖了军人的责任，一个却必得离开孤独的父亲。经过一番考虑后，屯戍兵见她无远走勇气，自己也不便毁去作军人的名誉，就心想一同去生既无法聚首，一同去死应当无人可以阻拦，首先服了毒。女的却关心腹中的一块肉，不忍心，拿不出主张。事情业已为作渡船夫的父亲知道，父亲却不加上一个有分量的字眼儿，只作为并不听到过这事情一样，仍然把日子很平静的过下去。女儿一面怀了羞惭，一面却怀了怜悯，依旧守在父亲身边。等待腹中小孩生下后，却到溪边故意吃了许多冷水死去了。在一种近乎奇迹中这遗孤居然已长大成人，一转眼间便十五岁了。为了住处两山多竹篁，翠色逼人而来，老船夫随便给这个可怜的孤雏，拾取了一个近身的名字，叫作“翠翠”。

翠翠在风日里长养着，把皮肤变得黑黑的，触目为青山绿水，一对眸子清明如水晶，自然既长养她且教育她。为人天真活泼，处处俨然如一只小兽物。人又那么乖，和山头黄麂一样，从不想到残忍事情，从不发愁，从不动气。平时在渡船上遇陌生人对她有所注意时，便把光光的眼睛瞅着那陌生人，作成随时都可举步逃入深山的神气，但明白了面前的人无机心后，就又从从容容的在水边玩耍了。

老船夫不论晴雨，必守在船头，有人过渡时，便略弯着腰，两手缘引了竹缆，把船横渡过小溪。有时疲倦了，躺在临溪大石上睡着了，人在隔岸招手喊过渡，翠翠不让祖父起身，就跳下船去，很敏捷的替祖父把路人渡过溪，一切溜刷在行，从不误事。有时又和祖父、黄狗一同在船上，过渡时与祖父一同动手牵缆索。船将近岸边，祖父正向客人招呼“慢点，慢点”时，那只黄狗便口衔绳子，最先一跃而上，且俨然懂得如何方称尽职似的，把船绳紧衔着拖船拢岸。茶峒附近村子里人不仅认识弄渡船的祖孙二人，也对于这只狗充满好感。

风日清和的天气，无人过渡，镇日长闲，祖父同翠翠便坐在门前大岩石上晒太阳。或把一段木头从高处向水中抛去，嗾使身边黄狗从岩石高处跃下，把木头衔回来。或翠翠与黄狗皆张着耳朵，听祖父说些城中多年以前的战争故事。或祖父同翠翠两人，各把小竹作成的竖笛，逗在嘴边吹着迎亲送女的曲子。过渡人来了，老船夫放下了竹管，独自跟到船边去横溪渡人。在岩上的一个，见船开动时，于是锐声喊着：

“爷爷，爷爷，你听我吹，你唱！”

爷爷到溪中央于是便很快乐的唱起来，哑哑的声音同竹管声，振荡在寂静空气里，溪中仿佛也热闹了些。实则歌声的来复，反而使一切更加寂静。

有时过渡的是从川东过茶峒的小牛，是羊群，是新娘子的花轿，翠翠必争着作渡船夫，站在船头，懒懒的攀引缆索，让船缓缓的过去。牛、羊、花轿上岸后，翠翠必跟着走，送队伍上山，站到小山头，目送这些东西走去很远了，方回转船上，把船牵靠近家的岸边；且独自低低的学小羊叫着，学母牛叫着，或采一把野花缚在头上，独自装扮新娘子。

茶峒山城只隔渡头一里路，买油买盐时，逢年过节祖父得喝一杯酒时，祖父不上城，黄狗就伴同翠翠入城里去备办节货。到了买杂货的铺子里，有大把的粉条，大缸的白糖，有炮仗，有红蜡烛，莫不给翠翠一种很深的印象，回到祖父身边，总把这些东西说个半天。那里河边还有许多上行船，百十船夫忙着起卸百货，这种船只比起渡船来全大得多，有趣味得多，翠翠也不容易忘记。

二

茶峒地方凭水依山筑城，近山一面，城墙俨然如一条长蛇，缘山爬去。临水一面则在城外河边留出余地设码头，湾泊小小篷船。船下行时运桐油、青盐、染色的五倍子。上行则运棉花、棉纱，以及布匹、杂货同海味。贯串各个码头有一条河街，人家房子多一半着陆，一半在水，因为余地有限，那些房子莫不设有吊脚楼。河中涨了春水，到水脚逐渐进街后，河街上人家，便各用长长的梯子，一端搭在自家屋檐口，一端搭在城墙上，人人争骂着嚷着，带了包袱、铺盖、米缸，从梯子上进城里去，等待水退时，方又从城门口出城。某一年水若来得特别猛一些，沿河吊脚楼，必有一处两处为大水冲去，大家皆在城上头呆望，受损失的也同样呆望着，对于所受的损失仿佛无话可说，与在自然安排下，眼见其他无可挽救的不幸来时相似。涨水时在城上还可望着骤然展宽的河面，流水浩浩荡荡，随同山水从上流浮沉而来的有房子、牛、羊、大树。于是在水势较缓处，税关趸船前面，便常常有人驾了小舢舨，一见河心浮沉而来的是一匹牲畜、一段小木或一只空船，船上有一个妇人或一个小孩哭喊的声音，便急急的把船桨去，在下游一些迎着了那个目的物，把它用长绳系定，再向岸边桨去。这些诚实勇敢的人，也爱利，也仗义，同一般当地人相似。不拘救人救物，却同样在一种愉快冒险行为中，做得十分敏捷勇敢，使人见及不能不为之喝彩。

那条河水便是历史上知名的酉水，新名字叫作白河。白河下游到辰州与沅水汇流后，便略显浑浊，有出山泉水的意思。若溯流而上，则三丈五丈的深潭可清澈见底。深潭中为白日所映照，河底小小白石子、有花纹的玛瑙石子，全看得明明白白。水中游鱼来去，全如浮在空气里，两岸多高山，山中多可以造纸的细竹，长年作深翠颜色，逼人眼目。近水人家多在桃杏花里，春天时只须注意，凡有桃花处必有人家，凡有人家处必可沽酒。夏天则晒晾在日光下耀目的紫花布衣裤，可以作为人家所在的旗帜。秋冬来时，酉水中游如王村、夬岔、保靖、里耶和许多无名山村，人家房屋在悬崖上的、滨水的，无不朗然入目。黄泥的墙，乌黑的瓦，位置却永远那么妥贴，且与四周环境极其调和，使人迎面得到的印象，实在非常愉快。一个对于诗歌、图画稍有兴味的旅客，在这小河中，蜷伏于一只小船上，作三十天的旅行，必不至于感到厌烦。正因为处处若有奇迹可以发现，人的劳动的成果，自然的大胆处与精巧处，无一地无一时不使人神往倾心。

白河的源流，从四川边境而来，从白河上行的小船，春水发时可以直达川属的秀山。但属于湖南境界的，茶峒算是最后一个水码头。这条河水的河面，在茶峒时虽宽约半里，当秋冬之际水落时，河床流水处还不到二十丈，其余只是一滩青石。小船到此后，既无从上行，因此凡是川东的进出口货物，得从这地方落水起岸。出口货物俱由脚夫用桑木扁担压在肩膊上挑抬而来，入口货物也莫不从这地方成束成担的用人力搬去。

这地方城中只驻扎一营由昔年绿营屯丁改编而成的戍兵，及五百家左右的住户。（这些住户中，除了一部分拥有一些山田同油坊，或放账屯油、屯米、屯棉纱的小资本家外，其余多数是当年屯戍来此有军籍的人家。）地方还有个厘金局，办事机关在城外河街下面小庙里，经常挂着一面长长的幡信。局长则长住城中。一营兵士驻扎老参将衙门，除了号兵每天上城吹号玩，使人知道这里还驻有军队以外，其余兵士仿佛并不存在。冬天的白日里，到城里去，便只见各处人家门前各晾晒有衣服同青菜；红薯多带藤悬挂在屋檐下；用棕衣作成的口袋，装满了栗子、榛子和其他硬壳果，也多悬挂在檐口下。屋角隅各处有大小鸡叫着玩着。间或有什么男子，占据在自己屋前门限上锯木，或用斧头劈树，劈好的柴堆到敞坪里去如一座一座宝塔。又或可以见到几个中年妇人，穿了浆洗得极硬的蓝布衣裳，胸前挂有白布扣花围裙，躬着腰在日光下一面说话一面作事。一切总永远那么静寂，所有的人每个日子都在这种不可形容的单纯寂寞里过去。一分安静增加了人对于“人事”的思索力，增加了梦，在这小城中生活的，各人自然也一定各在分定一份日子里，怀了对于人事爱憎必然的期待。但这些人想些什么？谁知道！住在城中较高处，门前一站便可以眺望对河以及河中的景致，船来时，远远的就从对河滩上看着无数纤夫，那些纤夫也有从下游地方，带了细点心、洋糖之类，拢岸时却拿进城中来换钱的。船来时，小孩子的想象，应当在那些拉船人一方面。大人呢，孵一窠小鸡，养两只猪，托下行船夫打副金耳环，带两丈官青布，或一坛好酱油，一个双料的美孚灯罩回来，便占去了大部分作主妇的心了。

这小城里虽那么安静和平，但地方既为川东商业交易接头处，因此城外小小河街，情形却不同了一点。也有商人落脚的客店，坐镇不动的理发馆。此外饭店、杂货铺、油行、盐栈、花衣庄，莫不各有一种地位，装点这条小河街。还有卖船上檀木活车竹缆与锅罐铺子，介绍水手职业吃码头饭的人家。小饭店门前长案上常有煎得焦黄的鲤鱼豆腐，身上装饰了红辣椒丝，卧在浅口钵头里，钵旁大竹筒中插着大把朱红筷子，不拘谁个愿意花点钱，这人就可以傍了门前长案坐下来，抽出一双筷子捏到手上，那边一个眉毛扯得极细、脸上擦了白粉的妇人就走过来问：“大哥，副爷，要甜酒？要烧酒？”男子火焰高一点的，谐趣的，对内掌柜有点意思的，必故意装成生气似的说：“吃甜酒？又不是小孩子，还问人吃甜酒！”那么，酽冽的烧酒，从大瓮里用木滤子舀出，倒进土碗里，即刻就来到身边案桌上了。这烧酒自然是浓而且香的，能醉倒一个汉子的，所以照例也不会多吃。杂货铺卖美孚油及点美孚油的洋灯与香烛、纸张。油行屯桐油。盐栈堆四川火井出的青盐。花衣庄则有白棉纱、大布、棉花，以及包头的黑绉绸出卖。卖船上用物的，百物罗列，无所不备，且间或有重到百斤的铁锚，搁在门外路旁，等候主顾问价的。专以介绍水手为事业，吃水码头饭的，在河街的家中，终日大门必敞开着，常有穿青羽缎马褂的船主与毛手毛脚的水手进出，地方像茶馆却不卖茶，不是烟馆又可以抽烟。来到这里的，虽说所谈的是船上生意经，然而船只的上下，划船拉纤人大都有个一定规矩，不必作数目上的讨论。他们来到这里大多数倒是在“联欢”。以“龙头管事”作中心，谈论点本地时事，两省商务上情形，以及下游的“新闻”。邀会的，集款时大多数都在此地；扒骰子看点数多少轮作会首时，也常常在此举行。真真成为他们生意经的，有两件事：买卖船只，买卖媳妇。

大都市随了商务发达而产生的某种寄食者，因为商人的需要，水手的需要，这小小边城的河街，也居然有那么一群人，聚集在一些有吊脚楼的人家。这种小妇人不是从附近乡下弄来，便是随同川军来湘流落后的妇人，穿了假洋绸的衣服，印花标布的裤子，把眉毛扯得成一条细线，大大的发髻上敷了香味极浓俗的油类，白日里无事，就坐在门口小凳子上做鞋子，在鞋尖上用红绿丝线挑绣双凤，或为情人水手做绣花抱肚，一面看过往行人，消磨长日。或靠在临河窗口上看水手起货，听水手爬桅子唱歌。到了晚间，却轮流的接待商人同水手，切切实实尽一个妓女应尽的义务。

由于边地的风俗淳朴，便是作妓女，也永远那么浑厚，遇不相熟的主顾，做生意时得先交钱，数目弄清楚后，再关门撒野。人既相熟后，钱便在可有可无之间了。妓女多靠四川商人维持生活，但恩情所结，却多在水手方面。感情好的，别离时互相咬着嘴唇咬着颈脖发了誓，约好了“分手后各人不许胡闹”；四十天或五十天，在船上浮着的那一个，同在岸上蹲着的这一个，便各在分上呆着打发这一堆日子，尽把自己的心紧紧缚定远远的一个人。尤其是妇人，情感真挚痴到无可形容，男子过了约定时间不回来，做梦时，就总常常梦船拢了岸，那一个人摇摇荡荡的从船跳板到了岸上，直向身边跑来。或日中有了疑心，则梦里必见那个男人在桅上向另一方面唱歌，却不理会自己。性格弱一点儿的，接着就在梦里投河、吞鸦片烟；性格强一点儿的，便手执菜刀，直向那水手奔去。他们生活虽那么同一般社会疏远，但是眼泪与欢乐，在一种爱憎得失间，揉进了这些人生命里时，也便同另外一片土地另外一些年轻生命相似，全个身心为那点爱憎所浸透，见寒作热，忘了一切。若有多少不同处，不过是这些人更真切一点，也就更近于胡涂一点罢了。短期的包定，长期的嫁娶，一时间的关门，这些关于一个女人身体上的交易，由于民情的淳朴，身当其事的不觉得如何下流可耻，旁观者也就从不用读书人的观念，加以指摘与轻视。这些人既重义轻利，又能守信自约，即便是娼妓，也常常较之讲道德知羞耻的城市中绅士还更可信任。

掌水码头的名叫顺顺，一个前清时便在营伍中混过日子来的人物，辛亥革命时在著名的陆军四十九标做个什长。同样做什长的，有因革命成了伟人名人的，有杀头碎尸的，他却带着少年喜事得来的脚疯痛，回到了家乡，把所积蓄的一点钱，买了一条六桨白木船，租给一个穷船主，代人装货在茶峒与辰州之间来往。气运好，两年之内船不坏事，于是他从所赚的钱上，又讨了一个略有产业的白脸黑发小寡妇。因此一来，数年后，在这条河上，他就有了大小四只船，一个妻子，两个儿子了。

但这个大方洒脱的人，事业虽十分顺手，却因欢喜交朋结友，慷慨而又能济人之急，便不能同贩油商人一样大大发作起来。自己既在粮子里混过日子，明白出门人的甘苦，理解失意人的心情，于是凡因船只失事破产的船家、过路的退伍兵士、游学文墨人，到了这个地方，闻名求助的莫不尽力帮助。一面从水上赚来钱，一面就这样洒脱散去。这人虽然脚上有点小毛病，还能泅水；走路难得其平，为人却那么公正无私。水面上各事原本极其简单，一切都为一个习惯所支配，谁个船碰了头，谁个船妨害了别一人别一只船的利益，照例有习惯方法来解决。唯运用这种习惯规矩排调一切的，必须一个高年硕德的中心人物。某年秋天，那原来执事的人死去了，顺顺作了这样一个代替者。那时他还只五十岁，为人既明事明理，正直和平，又不爱财，因此无人对他年龄怀疑。

到如今，他的儿子大的已十八岁，小的已十六岁。两个年轻人都结实如小公牛，能驾船，能泅水，能走长路。凡从小乡城里出身的年轻人所能够作的事，他们无一不作，作去无一不精。年纪较长的，性情如他们爸爸一样，豪放豁达，不拘常套小节。年幼的气质近于那个白脸黑发的母亲，不爱说话，眼眉却秀拔出群，一望即知其为人聪明而又富于感情。

两兄弟既年已长大，必须在各一种生活上来训练他们的人格，作父亲的就轮流派遣两个小孩子各处旅行。向下行船时，多随了自己的船只充当伙计，甘苦与人相共。荡桨时选最重的一把，背纤时拉头纤二纤，吃的是干鱼、辣子、臭酸菜，睡的是硬帮帮的舱板。向上行从旱路走去，则跟了川东客货，过秀山、龙潭、酉阳作生意，不论寒暑雨雪，必穿了草鞋按站赶路。且佩了短刀，遇不得已必须动手，便霍的把刀抽出，站到空阔处去，等候对面的一个，继着就同这个人用肉搏来解决。地方的风气，既为“对付仇敌必须用刀，联结朋友也必须用刀”，到需要刀时，他们也就从不让它失去那点机会。学贸易，学应酬，学习到一个新地方去适应各种生活，且学习用刀保护身体同名誉。教育的目的，似乎在使两个孩子学得做人的勇气与义气。一分教育的结果，弄得两个人结实如老虎，却又和气亲人，不骄惰，不浮华，不倚势凌人。故父子三人在茶峒边境上，为人所提及时，人人对这个名姓无不加以一种尊敬。

作父亲的当两个儿子很小时，就明白大儿子一切和自己相似，能成家立业，却稍稍见得溺爱那第二个儿子。由于这点不自觉的私心，他把长子取名天保，次子取名傩送。意思是天保佑的在人事上或不免有些龃龉处，至于傩神所送来的，照当地习气，人便不能稍加轻视了。傩送美丽得很，茶峒船家人拙于赞扬这种美丽，只知道为他取出一个诨名叫“岳云”。虽无什么人亲眼看到过岳云，一般的印象，却从戏台上小生穿白盔白甲的岳云，得来一个相近的神气。

三

两省接壤处，十余年来主持地方军事的，知道注重在安辑保守，处置还得法，并无特别变故发生。水陆商务既不至于受战争停顿，也不至于为土匪影响，一切莫不极有秩序，人民也莫不安分乐生。这些人，除了家中死了牛，翻了船，或发生别的死亡大变，为一种不幸所绊倒，觉得十分伤心外，中国其他地方正在如何不幸挣扎中的情形，似乎就还不曾为这边城人民所感到。

边城所在一年中最热闹的日子，是端午、中秋和过年。三个节日过去三五十年前，如何兴奋了这地方人，直到现在，还毫无什么变化，仍旧是那地方居民最有意义的几个日子。

端午日，当地妇女、小孩子，莫不穿了新衣，额角上用雄黄蘸酒画了个王字。任何人家到了这天必可以吃鱼吃肉。大约上午十一点钟左右，全茶峒人就吃了午饭，把饭吃过后，在城里住家的，莫不倒锁了门，全家出城到河边看划船。河街有熟人的，可到河街吊脚楼门口边看，不然就站在税关门口与各个码头上看。河中龙船以长潭某处作起点，税关前作终点，作比赛竞争。因为这一天军官、税官以及当地有身分的人，莫不在税关前看热闹。划船的事各人在数天以前就早有了准备，分组分帮，各自选出了若干身体结实、手脚伶俐的小伙子，在潭中练习进退。船只的形式，和平常木船大不相同，形体一律又长又狭，两头高高翘起，船身绘着朱红颜色长线，平常时节多搁在河边干燥洞穴里，要用它时，才拖下水去。每只船可坐十二个到十八个桨手，一个带头的，一个鼓手，一个锣手。桨手每人持一支短桨，随了鼓声缓促为节拍，把船向前划去。

带头的坐在船头上，头上缠裹着红布包头，手上拿两支小令旗，左右挥动，指挥船只的进退。擂鼓打锣的，多坐在船只的中部，船一划动便即刻蓬蓬铛铛把锣鼓很单纯的敲打起来，为划桨水手调理下桨节拍。一船快慢既不得不靠鼓声，故每当两船竞赛到剧烈时，鼓声如雷鸣，加上两岸人呐喊助威，便使人想起小说故事上梁红玉老鹳河时水战擂鼓种种情形。凡是把船划到前面一点的，必可在税关前领赏，一匹红、一块小银牌，不拘缠挂到船上某一个人头上去，都显出这一船合作努力的光荣。好事的军人，当每次某一只船胜利时，必在水边放些表示胜利庆祝的五百响鞭炮。

赛船过后，城中的戍军长官，为了与民同乐，增加这个节日的愉快起见，便派兵士把三十只绿头长颈大雄鸭，颈脖上缚了红布条子，放入河中，尽善于泅水的军民人等，自由下水追赶鸭子。不拘谁把鸭子捉到，谁就成为这鸭子的主人。于是长潭换了新的花样，水面各处是鸭子，同时各处有追赶鸭子的人。

船和船的竞赛，人和鸭子的竞赛，直到天晚方能完事。

掌水码头的龙头大哥顺顺，年轻时节便是一个泅水的高手，入水中去追逐鸭子，在任何情形下总不落空。但一到次子傩送年过十岁时，已能入水闭气氽着到鸭子身边，再忽然冒水而出，把鸭子捉到，这作爸爸的便解嘲似的向孩子们说：“好，这种事情有你们来作，我不必再下水和你们争显本领了。”于是当真就不下水与人来竞争捉鸭子。但下水救人呢，当作别论。凡帮助人远离患难，便是入火，人到八十岁，也还是成为这个人一种不可逃避的责任！

天保、傩送两人都是当地泅水划船好选手。

端午又快来了，初五划船，河街上初一开会，就决定了属于河街的那只船当天入水。天保恰好在那天应当向上行，随了陆路商人过川东龙潭送节货，故参加的就只傩送。十六个结实如牛犊的小伙子，带了香烛鞭炮，同一个用生牛皮蒙好、绘有朱红太极图的高脚鼓，到了搁船的河上游山洞边，烧了香烛，把船拖入水中后，各人上了船，燃着鞭炮，擂着鼓，这船便如一枝没羽箭似的，很迅速的向下游长潭射去。

那时节还是上午，到了午后，对河渔人的龙船也下了水，两只龙船就开始预习种种竞赛的方法。水面上第一次听到了鼓声，许多人从这鼓声中，都感到了节日临近的欢悦。住临河吊脚楼对远方人有所等待、有所盼望的，也莫不因鼓声想到远人。在这个节日里，必然有许多船只可以赶回，也有许多船只只合在半路过节，这之间，便有些眼目所难见的人事哀乐，在这小山城河街间，让一些人开心，也让一些人皱眉！

蓬蓬鼓声掠水越山到了渡船头那里时，最先注意到的是那只黄狗。那黄狗汪汪的吠着，受了惊似的绕屋乱走；有人过渡时，便随船渡过河东岸去，且跑到那小山头向城里一方面大吠。

翠翠正坐在门外大石上用棕叶编蚱蜢、蜈蚣玩，见黄狗先在太阳下睡着，忽然醒来便发疯似的乱跑，过了河又回来，就问它骂它：

“狗，狗，你做什么！不许这样子！”

可是一会儿那远处声音被她发现了，她于是也绕屋跑着，并且同黄狗一块儿渡过了小溪，站在小山头听了许久，让那点迷人的鼓声，把自己带到一个过去的节日里去。

四

还是两年前的事。五月端阳，渡船头祖父找人作了替手，便带了黄狗同翠翠进城，到大河边去看划船。河边站满了人，四只朱色长船在潭中划着。龙船水刚刚涨过，河中水皆泛着豆绿色，天气又那么明朗，鼓声蓬蓬响着，翠翠抿着嘴一句话不说，心中充满了不可言说的快乐。河边人太多了一点，各人尽张着眼睛望河中，不多久，黄狗还留在身边，祖父却挤得不见了。

翠翠一面注意划船，一面心想：“过不久爷爷总会找来的。”但过了许久，祖父还不来，翠翠便稍稍有点儿着慌了。先是两人同黄狗进城前一天，祖父就问翠翠：“明天城里划船，倘若你一个人去看，人多怕不怕？”翠翠就说：“人多我不怕。但是只是自己一个人可不好玩。”于是祖父想了半天，方想起一个住在城中的老熟人，赶夜里到城里去商量，请那老人来看一天渡船，自己却陪翠翠进城玩一天。且因为那人比渡船老人更孤单，身边无一个亲人，也无一只狗，因此便约好了那人早上过家中来吃饭，喝一杯雄黄酒。第二天那人来了，吃了饭，把职务委托那人以后，翠翠等便进了城。到路上时，祖父想起什么似的，又问翠翠：“翠翠，翠翠，人那么多，好热闹，你一个人敢到河边看龙船吗?”翠翠说：“怎么不敢?可是一个人玩有什么意思。”到了河边后，长潭里的四只红船，把翠翠的注意力完全占去了，身边祖父似乎也可有可无了。祖父心想：“时间还早，到收场时，至少还得三个时刻。溪边的那个朋友，也应当来看看年轻人的热闹，回去一趟，换换地位还赶得及。”因此就告翠翠：“人太多了，站在这里看，不要动，我到别处去有点事情，无论如何总赶得回来伴你回家。”翠翠正为两只竞速并进的船迷着，祖父说的话毫不思索就答应了。祖父知道黄狗在翠翠身边，也许比他自己在她身边还稳当，于是便回家看船去了。

祖父到了那渡船处时，见代替他的老朋友，正站在白塔下注意听远处鼓声。

祖父喊叫他，请他把船拉过来，两人渡过小溪仍然站到白塔下去。那人问老船夫为什么又跑回来，祖父就说想替他一会儿，所以把翠翠留在河边，自己赶回来，好让他也过大河边去看看热闹，且说：“看得好，就不必再回来，只须见了翠翠告她一声，翠翠到时自会回家的。小丫头不敢回家，你就伴她走走!”但那替手对于看龙船已无什么兴味，却愿意同老船夫在这溪边大石上各自再喝两杯烧酒。老船夫听说十分高兴，于是把酒葫芦取出，推给城中来的那一个。两人一面谈些端午旧事，一面喝酒，不到一会，那人却在岩石上被烧酒醉倒了。

人既醉倒后，无从入城，祖父为了责任又不便与渡船离开，留在城中河边的翠翠，便不能不着急了。

河中划船的决了最后胜负后，城里军官已派人驾小船在潭中放了一群鸭子，祖父还不见来。翠翠恐怕祖父也正在什么地方等着她，因此带了黄狗向各处人丛中挤着去找寻祖父，结果还是不得祖父的踪迹。后来看看天快要黑了，军人扛了长凳出城看热闹的，都已陆续扛了那凳子回家。潭中的鸭子只剩下三五只，捉鸭人也渐渐的少了。落日向上游翠翠家中那一方落去，黄昏把河面装饰了一层银色薄雾。翠翠望到这个景致，忽然起了一个怕人的想头，她想："假若爷爷死了？"

她记起祖父嘱咐她不要离开原来地方那一句话，便又为自己解释这想头的错误，以为祖父不来，必是进城去或到什么熟人处去，被人拉着喝酒，一时间不能脱身。正因为这也是可能的事，她又不愿在天未断黑以前，同黄狗赶回家去，只好站在那石码头边等候祖父。

再过一会，对河那两只长船已泊到对河小溪里去不见了，看龙船的人也差不多全散了。吊脚楼有娼妓的人家，已上了灯，且有人敲小鼙鼓弹月琴唱曲子。另外一些人家，又有划拳行酒的吵嚷声音。同时停泊在吊脚楼下的一些船只，上面也有人在摆酒炒菜，把青菜萝卜之类，倒进滚热油锅里去时发出沙沙的声音。河面已朦朦胧胧，看去好像只有一只白鸭在潭中浮着，也只剩一个人追着这只鸭子。

翠翠还是不离开码头，总相信祖父会来找她，同她一起回家。

吊脚楼上唱曲子声音热闹了一些，只听到下面船上有人说话，一个水手说："金亭，你听你那婊子陪川东庄客喝酒唱曲子，我赌个手指，说这是她的声音！"另外一个水手就说："她陪他们喝酒唱曲子，心里可想我。她知道我在船上！"先前那一个又说："身体让别人玩着，心还想着你，你有什么凭据？"另一个说："我有凭据。"于是这水手吹着嗯哨，作出一个古怪的记号，一会儿，楼上歌声便停止了。歌声停止后，两个水手哈哈大笑起来。两人接着便说了些关于那个女人的一切，使用了不少粗鄙字眼，翠翠很不习惯把这种话听下去，但又不能走开。且听水手之一说楼上妇人的爸爸是七年前在棉花坡被人杀死的，一共杀了十七刀，翠翠心中那个古怪的想头："爷爷死了呢？"便仍然占据到心里有一会儿。

两个水手还正在谈话，潭中那只白鸭却慢慢的向翠翠所在的码头边游过来，翠翠想："再过来些我就捉住你！"于是静静的等着。但那鸭子将近岸边三丈远近时，却有个人笑着，喊那船上水手。原来水中还有个人，那人已把鸭子捉到手，却慢慢的踹水游近岸边的。船上人听到水面的喊声，在隐约里也喊道："二老，二老，你真能干，你今天得了五只吧？"那水上人说："这家伙狡猾得很，现在可归我了。""你这时捉鸭子，将来捉女人，一定有同样的本领。"水上那一个不再说什么，手脚并用的拍着水傍了码头。湿淋淋的爬上岸时，翠翠身旁的黄狗，仿佛警告水中人似的，汪汪的叫了几声，表示这里有人，那人才注意到翠翠。码头上已无别的人，那人问：

"是谁人？"

"我是翠翠。"

"翠翠又是谁？"

"是碧溪岨撑渡船的孙女。"

"这里又没有人过渡，你在这儿做什么？"

"我等我爷爷。我等他来好回家去。"

"等他来他可不会来。你爷爷一定到城里军营里喝了酒，醉倒后被人抬回去了！"

"他不会，他答应来找我，就一定会来的。"

"这里等也不成，到我家里去，到那边点了灯的楼上去，等爷爷来找你好不好？"

翠翠误会了邀她进屋里去那个人的好意，心里记着水手说的妇人丑事，她以为那男子就是要她上有女人唱歌的楼上去，本来从不骂人，这时正因为等候祖父太久了，心中焦急得很，听人要她上去，以为欺侮了她，就轻轻的说：

"你个悖时砍脑壳的！"

话虽轻轻的，那男的却听得出，且从声音上听得出翠翠年纪，便带笑说："怎么，你那么小小的还会骂人！你不愿意上去，要呆在这儿，回头水里大鱼来咬了你，可不要叫喊救命！"

翠翠说："鱼咬了我，也不关你的事。"

那黄狗好像明白翠翠被人欺侮了，又汪汪的吠起来，那男子把手中白鸭举起，向黄狗吓了一下："老兄，你要怎么！"便走上河街去了。黄狗为了自己被欺侮还想追过去，翠翠便喊："狗，狗，你叫人也看人叫！"翠翠意思仿佛只在告给狗"那轻薄男子还不值得叫"，但男子听去的却是另外一种好意，男的以为是她要狗莫向好人乱叫，放肆的笑着，不见了。

又过了一阵，有人从河街拿了一个废缆做成的火炬，一面晃着一面喊叫着翠翠的名字来找寻她，到身边时翠翠却不认识那个人。那人说：老船夫回到家中，不能来接她，故搭了过渡人口信来告翠翠，要她即刻就回去。翠翠听说是祖父派来的，就同那人一起回家，让打火把的在前引路，黄狗时前时后，一同沿了城墙向渡口走去。翠翠一面走一面问那拿火把的人，是谁告他就知道她在河边。那人说这是二老告他的，他是二老家里的伙计，送翠翠回家后还得回转河街。

翠翠说："二老他怎么知道我在河边？"

那人便笑着说："他从河里捉鸭子回来，在码头上见你，他说好意请你上家里坐坐，等候你爷爷，你还骂过他！你那只狗不识吕洞宾，只是叫！"

翠翠带了点儿惊讶，轻轻的问："二老是谁？"

那人也带了点儿惊讶说："二老你还不知道？就是我们河街上的傩送二老！就是岳云！他要我送你回去！"

傩送二老在茶峒地方不是一个生疏的名字。

翠翠想起自己先前骂人那句话，心里又吃惊又害羞，再也不说什么，默默的随了那火把走去。

翻过了小山岨，望得见对溪家中火光时，那一方面也看见了翠翠方面的火把，老船夫即刻把船拉过来，一面拉船，一面哑声儿喊问："翠翠，翠翠，是不是你？"翠翠不理会祖父，口中却轻轻的说："不是翠翠，不是翠翠，翠翠早被大河里鲤鱼吃去了。"翠翠上了船，二老派来的人，打着火把走了，祖父牵着船问："翠翠，你怎么不答应我，生我的气了吗？”

翠翠站在船头还是不做声。翠翠对祖父那一点儿埋怨，等到把船拉过了溪，一到了家中，看明白了醉倒的另一个老人后，就完事了。但是另外一件事，属于自己不关祖父的，却使翠翠沉默了一个夜晚。

五

两年日子过去了。

这两年来两个中秋节，恰好无月亮可看，凡在这边城地方，因看月而起整夜男女唱歌的故事，通统不能如期举行，因此两个中秋留给翠翠的印象，极其平淡无奇。两个新年虽照例可以看到军营里和各乡来的狮子龙灯，在小教场迎春，锣鼓喧阗大热闹，到了十五夜晚，城中舞龙耍狮子的镇筸兵士，还各自赤裸着肩膊，往各处去欢迎炮仗烟火。城中军营里，税关局长公馆，河街上一些大字号，莫不预先截老毛竹筒，或镂空棕榈树根株，用洞硝拌和磺炭铜砂，一千槌八百槌把烟火做好。好勇取乐的军士，光赤着个上身，玩着灯打着鼓来了，小鞭炮如落雨的样子，从悬到长竿尖端的空中落到玩灯的光赤赤肩背上，锣鼓催动急促的拍子，大家情绪都为这事情十分兴奋。鞭炮放过一阵后，用长凳脚绑着的大筒烟火，在敞坪一端燃起了引线，先是嗞嗞的流泻白光，慢慢的这白光便吼啸起来，作出如雷如虎惊人的声音，白光向上空冲去，高至二十丈，下落时便洒散着满天花雨。人人把颈脖缩着，又怕又欢喜。玩灯的兵士，却在火花中绕着圈子，俨然毫不在意的样子。翠翠同她的祖父，也看过这样的热闹，留下一个热闹的印象，但这印象不知为什么原因，总不如那个端午所经过的事情甜而美。

翠翠为了不能忘记那件事，上年一个端午又同祖父到城边河街去看了半天船，一切玩得正好时，忽然落了行雨，无人衣衫不被雨湿透。为了避雨，祖孙二人同那只黄狗，走到顺顺吊脚楼上去，挤在一个角隅里。有人扛凳子从身边过去，翠翠认得那人正是去年打了火把送她回家的人，就告给祖父：

“爷爷，那个人去年送我回家，他拿了火把走路时，真像个山上的喽罗！”

祖父当时不做声，等到那人回头又走过面前时，就闪不知一把抓住那个人，笑嘻嘻说：

“嗨嗨，你这个喽罗！要你到我家喝一杯也不成，还怕酒里有毒，把你这个真命天子毒死！”

那人一看是守渡船的，且看到了翠翠，就笑了。“翠翠，你长大了！二老说你在河边大鱼会吃你，我们这里河中的鱼，现在可吞不下你了。”

翠翠一句话不说，只是抿起嘴唇笑着。

这一次虽在这喽罗长年口中听到个“二老”名字，却不曾见及这个人。从祖父和那长年谈话里，翠翠听明白了二老是在下游六百里外沅水中部青浪滩过端午的。但这次不见二老，却认识了大老，且见着了那个一地出名的顺顺。大老把河中的鸭子捉回家里后，因为守渡船的老家伙称赞了那只肥鸭两次，顺顺就要大老把鸭子给翠翠。且知道祖孙二人所过的日子，十分拮据，节日里自己不能包粽子，又送了许多尖角粽子。

那水上名人同祖父谈话时，翠翠虽装作眺望河中景致，耳朵却把每一句话听得清清楚楚。那人向祖父说，翠翠长得很美，问过翠翠年纪，又问有不有了人家。祖父则很快乐的夸奖了翠翠不少，且似乎不许别人来关心翠翠的婚事，因此一到这件事便闭口不谈。

回家时，祖父抱了那只白鸭子同别的东西，翠翠打火把引路。两人沿城墙脚走去，一面是城，一面是水。祖父说：“顺顺真是个好人，大方得很。大老也很好。这一家人都好！”翠翠说：“一家人都好，你认识他们一家人吗？”祖父不明白这句话的意思所在，因为今天太高兴一点，便不加检点笑着说：“翠翠，假若大老要你做媳妇，请人来做媒，你答应不答应？”翠翠就说：“爷爷，你疯了！再说我就生你的气！”

祖父话虽不再说了，心中却很显然的还转着这些可笑的不好的念头。翠翠着了恼，把火炬向路两旁乱晃着，向前快快的走去了。

“翠翠，莫闹，我摔到河里去，鸭子会走脱的！”

“谁也不希罕那只鸭子！”

祖父明白翠翠为什么事情不高兴，便唱起摇橹人驶船下滩时催橹的歌声，声音虽然哑沙沙的，字眼儿却稳稳当当毫不含糊。翠翠一面听着一面向前走去，忽然停住了发问：

“爷爷，你的船是不是正在下青浪滩呢？”

祖父不说什么，还是唱着。两人都记起顺顺家二老的船正在青浪滩过节，但谁也不明白另外一个人的记忆所止处。祖孙二人便沉默的一直走还家中。到了渡口，那另外一个代理看船的，正把船泊在岸边等候他们。几人渡过溪到了家中，剥粽子吃。到后那人要进城去，翠翠赶即为那人点上火把，让他有火把照路。人过了小溪上小山时，翠翠同祖父在船上望着，翠翠说：

“爷爷，看喽罗上山了啊！”

祖父把手攀引着横缆，注目溪面升起的薄雾，仿佛看到了另外一种什么东西，轻轻的吁了一口气。祖父静静的拉船过对岸家边时，要翠翠先上岸去，自己却守在船边，因为过节，明白一定有乡下人来城里看龙船，还得乘黑赶回家去。

六

白日里，老船夫正在渡船上，同个卖皮纸的过渡人有所争持。一个不能接受所给的钱，一个却非把钱送给老人不可。正似乎因为那个过渡人送钱气派有些强横，使老船夫受了点压迫，这撑渡船人就俨然生气似的，迫着那人把钱收回，使这人不得不把钱捏在手里。但到船拢岸时，那人跳上了码头，一手铜钱向船舱里一撒，却笑眯眯的匆匆忙忙走了。老船夫手还得拉着船让别一个人上岸，无法去追赶那个人，就喊小山头的孙女：

“翠翠，翠翠，为我拉着那个卖皮纸的小伙子，不许他走！”

翠翠不知道是怎么回事，当真便同黄狗去拦着那第一个下船人。那人笑着说：

“请不要拦我……”

“不成，你不能走！”

正说着，第二个商人赶来了，就告给翠翠是什么事情。翠翠明白了，更紧拉着卖纸人衣服不放，只说：“不许走！不许走！”黄狗为了表示同主人的意见一致，也便在翠翠身边汪汪汪的吠着。其余商人都笑着，一时不能走路。祖父气吁吁的赶来了，把钱强迫塞到那人手心里，并且搭了一大束草烟到那商人的担子上去，搓着两手笑着说：“走呀！你们上路走！”那些人于是全笑着走了。

翠翠说：“爷爷，我还以为那人偷你东西同你打架！”

祖父就说：

“嗨，他送我好些钱，我才不要这些钱！告他不要钱，他还同我吵，不讲道理！”

翠翠说：“全还给他了吗？”

祖父抿着嘴把头摇摇，闭上一只眼睛，装成狡猾得意神气笑着，把扎在腰带上留下的那枚单铜子取出，送给翠翠，且说：

“礼轻仁义重，我留下一个。他得了我们那把烟叶，可以吃到镇筸城！”

远处鼓声又蓬蓬的响起来了，黄狗张着两个耳朵听着。翠翠问祖父听不听到什么声音。祖父一注意，知道是什么声音了，便说：

“翠翠，端午又来了。你记不记得去年天保大老送你那只肥鸭子？早上大老同一群人上川东去，过渡时还问你。你一定忘记那次落的行雨。我们这次若去，又得打火把回家；你记不记得我们两人用火把照路回家？”

翠翠还正想起两年前的端午一切事情哪。但祖父一问，翠翠却微带点儿恼着的神气，把头摇摇，故意说：“我记不得，我记不得，我全记不得！”其实她那意思就是“你这个人！我怎么记不得？”

祖父明白那话里意思，又说：“前年还更有趣，你一个人在河边等我。差点儿不知道回来，天夜了，我还以为大鱼会吃掉你！”

提起旧事，翠翠嗤的笑了。

“爷爷，你还以为大鱼会吃掉我？是别人家说我，我告给你的！你那天只是恨不得让城中的那个爷爷把装酒的葫芦吃掉！你这种人，好记性！”

“我人老了，记性也坏透了。翠翠，现在你人长大了，一个人一定敢上城去看船，不怕鱼吃掉你了。”

“人大了就应当守船呢。”

“人老了才应当守船。”

“人老了应当歇憩！”

“你爷爷还可以打老虎，人不老！”祖父说着，于是，把手膀子弯曲起来，努力使筋肉在局束中显得又有力又年轻，并且说：“翠翠，你不信，你咬。”

翠翠睨着腰背微驼白发满头的祖父，不说什么话。远处有吹唢呐的声音，她知道那是什么事情，且知道唢呐方向。要祖父同她下了船，把船拉过家中那边岸旁去。为了想早早的看到那迎婚送亲的喜轿，翠翠还爬到屋后塔下去眺望。过不久，那一伙人来了，两个吹唢呐的，四个强壮乡下汉子，一顶空花轿，一个穿新衣的团总儿子模样的青年；另外还有两只羊，一个牵羊的孩子，一坛酒，一盒糍粑，一个担礼物的人。一伙人上了渡船后，翠翠同祖父也上了渡船，祖父拉船，翠翠却傍花轿站定，去欣赏每一个人的脸色与花轿上的流苏。拢岸后，团总儿子模样的人，从扣花抱肚里掏出了一个小红纸包封，递给老船夫。这是当地规矩，祖父再不能说不接收了。但得了钱祖父却说话了，问那个人，新娘是什么地方人；明白了，又问姓什么；明白了，又问多大年纪；一切弄明白了。吹唢呐的一上岸后，又把唢呐呜呜喇喇吹起来，一行人便翻山走了。祖父同翠翠留在船上，感情仿佛皆追着那唢呐声音走去，走了很远的路方回到自己身边来。

祖父掂着那红纸包封的分量说：“翠翠，宋家堡子里新嫁娘年纪还只十五岁。”

翠翠明白祖父这句话的意思所在，不作理会，静静的把船拉动起来。

到了家边，翠翠跑还家中去取小小竹子做的双管唢呐，请祖父坐在船头吹《娘送女》曲子给她听，她却同黄狗躺到门前大岩石上荫处看天上的云。白日渐长，不知什么时节，守在船头的祖父睡着了，躺在岸上的翠翠同黄狗也睡着了。

七

到了端午，祖父同翠翠在三天前业已预先约好，祖父守船，翠翠同黄狗过顺顺吊脚楼去看热闹。翠翠先不答应，后来答应了。但过了一天，翠翠又翻悔回来，以为要看两人去看，要守船两人守船。祖父明白这个意思，是翠翠玩心与爱心相战争的结果。为了祖父的牵绊，应当玩的也无法去玩，这不成！祖父含笑说："翠翠，你这是为什么？说定了的又翻悔，同茶峒人平素品德不相称。我们应当说一是一，不许三心二意。我记性并不坏到这样子，把你答应了我的即刻忘掉！"祖父虽那么说，很显然的事，祖父对于翠翠的打算是同意的。但人太乖巧，祖父有点愀然不乐了。见祖父不再说话，翠翠就说："我走了，谁陪你？"

祖父说："你走了，船陪我。"

翠翠把一对眉毛皱拢去苦笑着："船陪你，嗨，嗨，船陪你。爷爷，你真是，只有这只宝贝船！"

祖父心想："你总有一天会要走的！"但不敢提起这件事。祖父一时无话可说，于是走过屋后塔下小圃里去看葱，翠翠跟了过去。

"爷爷，我决定不去，要去让船去，我替船陪你！"

"好，翠翠，你不去我去，我还得戴了朵红花，装刘姥姥进城去见世面！"

两人为这句话笑了许久。所争持的事，不求结论了。

祖父理葱，翠翠却摘了一根大葱呜呜吹着玩。有人隔溪喊过渡，翠翠不让祖父占先，便忙着跑下溪边，跳上了渡船，援着横溪缆子拉船过溪去接人。一面拉船一面喊祖父：

"爷爷，你唱，你唱！"

祖父不唱，却只站在高岩上望翠翠，把手摇着，一句话不说。

祖父有点心事，心子重重的。翠翠长大了。

翠翠一天比一天大了，无意中提到什么时，会红脸了。时间在成长她，似乎正催促她，使她在另外一件事情上负点儿责。她欢喜看扑粉满脸的新嫁娘，欢喜述说关于新嫁娘的故事，欢喜把野花戴到头上去，还欢喜听人唱歌。茶峒人的歌声，缠绵处她已领略得出。她有时仿佛孤独了一点，爱坐在岩石上去，向天空一片云一颗星凝眸。祖父若问："翠翠，你在想什么？"她便带着点儿害羞情绪，轻轻的说："在看水鸭子打架！"照当地习惯意思，就是"翠翠不想什么"。但在心里却同时又自问："翠翠，你真在想什么？"同是自己也就在心里答着："我想的很远，很多。可是我不知想些什么。"她的确在想，又的确连自己也不知是想些什么。这女孩子身体既发育得很完全，在本身上因年龄自然而来的一件"奇事"，到月就来，也使她多了些思索，多了些梦。

祖父明白这类事情对于一个女子的影响，祖父心情也变了些。祖父是一个在自然里活了七十年的人，但在人事上的自然现象，就有了些不能安排处。因为翠翠的长成，使祖父记起了些旧事，从掩埋在一大堆时间里的故事中，重新找回了些东西。这些东西压到心上很显然是有个分量的。

翠翠的母亲，某一时节原同翠翠一个样子。眉毛长，眼睛大，皮肤红红的。也乖得使人怜爱——也照例在一些小处，起眼动眉毛，机灵懂事，使家中长辈快乐。也仿佛永远不会同家中这一个分开。但一点不幸来了，她认识了那个兵。到末了丢开老的和小的，却陪了那个兵死了。这些事从老船夫说来谁也无罪过，只应由天去负责。翠翠的祖父口中不怨天，不尤人，心中却不能完全同意这种不幸的安排。到底还像年轻人，说是放下了，也正是不能放下的莫可奈何容忍到的一件事情。摊派到本身的一份说来实在不太公平！

可是终究还有个翠翠。如今假若翠翠又同妈妈一样，老船夫的年龄，还能把再下一代小雏儿再抚育下去吗？人愿意的事天却不同意！人太老了，应当休息了，凡是一个良善的中国乡下人，一生中活下来所应得到的劳苦与不幸，业已全得到了。假若另外高处真有一个玉皇上帝，这上帝且有一双巧手能支配一切，很明显的事，十分公道的办法，是应当把祖父先收回去，再来让那个年轻的在新的生活上得到应分接受那一份幸或不幸，才合道理！

可是祖父并不那么想，他为翠翠担心，有时便躺到门外岩石上，对着星子想他的心事。他以为死是应当快到了的，正因为翠翠人已长大了，证明自己也真正老了。可是无论如何，得让翠翠有个着落。翠翠既是她那可怜的母亲交把他的，翠翠大了，他也得把翠翠交给一个可靠的人，手续清楚，他的事才算完结！翠翠应分交给谁？必须什么样的人才不委屈她？

前几天顺顺家天保大老过溪时，同祖父谈话，这心直口快的青年人，第一句话就说：

"老伯伯，你翠翠长得真标致，像个观音样子。再过两年，若我有闲空能留在茶峒照料家事，不必像老鸦成天到处飞，我一定每夜到这溪边来为翠翠唱歌。"

祖父用微笑奖励这种自白。一面把船拉动，一面把那双饱经风日小眼睛瞅着大老。意思好像说：好小子，你的傻话我全明白，我不生气。你尽管说下去，看你还有什么要说。

于是大老当真又说：

"翠翠太娇了，我担心她只宜于听点茶峒人的歌声，不能作茶峒女子做媳妇的一切正经事。我要个能听我唱歌的有情人，却更不能缺少个照料家务的好媳妇。我这人就是这么一个打算，'又要马儿不吃草，又要马儿走得好'，唉，这两句话恰是古人为我说的！"

祖父慢条斯理把船转了头，让船尾傍岸，就说：

"大老，也有这种事儿！你瞧着吧。"究竟是什么一种事儿？祖父可并不明白说下去。

那青年走去后，祖父温习着那些出于一个年轻男子口中的真话，实在又愁又喜。翠翠若应当交把一个人，这个人是不是适宜于照料翠翠？当真交把了他，翠翠是不是愿意？

八

初五大清早落了点毛毛雨，河上游且涨了点“龙船水”，河水全变作豆绿色。祖父上城买办过节的东西，戴了个粽粑叶“斗篷”，携带了一个篮子，一个装酒的大葫芦，肩头上挂了个褡裢，内中放了一吊六百制钱，就走了。因为是节日，这一天从小村小寨带了铜钱担了货物，上城去办货掉货的极多，这些人起身也极早，故祖父走后，黄狗就伴同翠翠守船。翠翠头上戴了一个崭新的斗篷，把过渡人一趟一趟的送来送去。黄狗坐在船头，每当船拢岸时必先跳上岸边去衔绳头，引起每个过渡人的兴味。有些过渡乡下人也携了狗上城，照例如俗话说的“狗离不得屋”，这些狗一离了自己的家，即或傍着主人，也变得非常老实了。到过渡时，翠翠的狗必走过去嗅嗅，从翠翠方面讨取了一个眼色，似乎明白翠翠的意思，就不敢有什么特别举动。直到上岸后，把拉绳子的事情作完，眼见到那只陌生的狗上小山去了，也必跟着追去。或者向狗主人轻轻吠着，或者带着好弄喜事的快乐神气，逐着那陌生的狗。必得翠翠带点儿嗔恼的跺脚嚷着：“狗，狗，你狂什么？还有事情做，你就跑呀！”于是这黄狗赶快跑回船上来，参加工作，依然满船闻嗅不已。翠翠说：“这算什么轻狂举动！跟谁学得的？还不好好蹲到那边去！”狗俨然极其懂事，便即刻到它自己原来地方去，只间或又像想起什么心事似的，轻轻的吠几声。

雨落个不止，溪面一片烟。翠翠在船上无事可作时，便算着老船夫的行程。她知道他这一去应在什么地方碰到什么人，谈些什么话，这一天城门边应当是些什么情形，河街上应当是些什么情形，“心中一本册”，她完全如同亲眼见到的那么明明白白。她又知道祖父的脾气，一见城中相熟粮子上人物，不管是马夫火夫，总会把过节时应有的颂祝说出。这边说：“副爷，你过节吃饱喝饱！”那一个便也将说：“划船的，你吃饱喝饱！”这边如果说着如上的话，那边人说：“有什么可以吃饱喝饱？四两肉，两碗酒，既不会饱也不会醉！”那么，祖父必很诚实邀请这熟人过碧溪岨喝个够量。倘若有人当时就想喝一口祖父葫芦中的酒，这老船夫也从不吝啬，必很快的就把葫芦递过去。酒喝过后，那兵营中人卷舌子舐着嘴唇，称赞酒好，于是又必被勒迫着喝第二口。酒在这种情形下少起来了，就又跑到原来铺上去，加满为止。翠翠且知道祖父还会到码头上去同刚拢岸一天两天的上水船水手谈谈话，问问下河的米价盐价，有时且弯着腰钻进那带有海带鱿鱼味，以及其他油味、醋味、柴烟味的船舱里去。水手们从小坛中抓出一把红枣，递给老船夫。过一阵，等到祖父回家被翠翠埋怨时，这红枣便成为祖父与翠翠和解的工具。祖父一到河街上，且一定有许多铺子上商人送他粽子与其他东西，作为对这个忠于职守的划船人一点敬意。祖父虽笑嚷着“我带了那么一大堆，回去会把老骨头压断”，可是不管如何，这些东西多少总得领点情。走到卖肉案桌边去，他想买肉，人家却照例不愿接钱。屠户若不接钱，他却宁可到另外一家去，决不想占那点便宜。那屠户说：“爷爷，你为人那么硬算什么？又不是要你去做犁口耕田！”但不行，他以为这是血钱，不比别的事情，你不收钱他会把钱预先算好，猛的把钱掷到大而长的钱筒里去，攫了肉就走去的。卖肉的明白他那种性情，到他称肉时总选取最好的一处，并且把分量故意加多，他见及时却将说：“喂喂，大老板，凡事公平，我不要你那些好处！腿上的肉是城里斯文人炒鱿鱼肉丝用的肉，莫同我开玩笑！我要夹项刀头肉，我要浓的，糯的。我是个划船人，我要拿去燉胡萝卜喝酒的！”得了肉，把钱交过手时，自己先数一次，又嘱咐屠户再数，屠户却照例不理会他，把一手钱哗的向长竹筒口丢去。他于是简直是妩媚的微笑着走了。屠户和其他买肉人，见到他这种神气，必笑个不止……

翠翠还知道祖父必到河街上顺顺家里去。

翠翠温习着两次过节、两个日子所见所闻的一切，心中很快乐，好像目前有一个东西，同早间在床上闭了眼睛所看到那种捉摸不定的黄葵花一样，这东西仿佛很明朗的在眼前，却看不准，抓不住，想放又放不下。

翠翠想："白鸡关真出老虎吗？"她不知道为什么忽然想起白鸡关。白鸡关是酉水中部一个地名，离茶峒两百多里路！

于是又想："三十二个人摇六匹橹，一面踩脚一面唱歌，上水走风时张起个大篷，一百幅白布拼成的一片东西，坐在这样大船上过洞庭湖，多可笑……"她不明白洞庭湖有多大，也就从不见过这种大船；更可笑的，还是她自己也不知道为什么却想起这个问题！

一群过渡人来了，有担子，有送公事跑差模样的人物，另外还有母女二人。母亲穿了新浆洗得硬朗的蓝布衣服，女孩子脸上涂着两饼红色，穿了不甚称身的新衣，上城到亲戚家中去拜节看龙船的。等待众人上船稳定后，翠翠一面望着那小女孩，一面把船拉过溪去。那小孩从翠翠估来年纪也将十三四岁了，神气却很娇，似乎从不曾离开过母亲。脚下穿的是一双尖尖头新油过的皮钉鞋，上面沾污了些黄泥。裤子是那种泛紫的葱绿布做的，滚了一道花边。见翠翠尽是望她，她也便看着翠翠，眼睛光光的如同两粒水晶球。神气中有点害羞，有点不自在，同时也有点不可言说的爱娇。那母亲模样的妇人便问翠翠年纪有几岁。翠翠笑着，不高兴答应，却反问小女孩今年几岁。听那母亲说十三岁时，翠翠忍不住笑了。那母女显然是员外财主人家的妻女，从神气上就可看出的。翠翠注视那女孩，发现了女孩子手上还戴得有一副麻花绞的银手镯，闪着白白的亮光，心中有点儿歆羡。船傍岸后，人陆续上了岸，妇人从身上摸出一把铜子，塞到翠翠手中，就走了。翠翠当时竟忘了祖父的规矩，也不说道谢，也不把钱退还，只望着这一行人中那个女孩子身后发痴。一行人正将翻过小山时，翠翠忽又忙匆匆的追上去，在山头上把钱还给那妇人。那妇人说："这是送你的！"翠翠不说什么，只微笑把头尽摇，表示不能接受；且不等妇人来得及说第二句话，就很快的向自己渡船边跑去了。

到了渡船上，溪那边又有人喊过渡，翠翠把船又拉回去。第二次过渡是七个人，又有两个女孩子，也同样因为看龙船特意换了干净衣服，相貌却并不如何美观，因此使翠翠更不能忘记先前那一个。

今天过渡的人特别多，其中女孩子比平时更多。翠翠既在船上拉缆子摆渡，故见到什么好看的、脸上长雀斑的、面相极古怪的、人乖的、眼睛眶子红红的，莫不在记忆中留下个印象。无人过渡时，等着祖父，祖父又不来，便尽只反复温习这些女孩子的神气，且轻轻的无所谓的唱着：

白鸡关出老虎咬人，不咬别人，团总的小姐派第一。……大姐戴副金簪子，二姐戴副银钏子，只有我三妹没得什么戴，耳朵上长年戴条豆芽菜。

城中有人下乡时，在河街上一个酒店前面，曾见及那个撑渡船的老头子，把葫芦嘴推让给一个年轻水手，请水手喝他新买的白烧酒。翠翠问及时，那城中人就告给她所见到的事情。翠翠笑祖父的慷慨不是时候，不是地方。过渡人走了，翠翠就在船上又轻轻的哼着巫师十二月里为人还愿迎神的歌玩——

你大仙，你大神，睁眼看看我们这里人！
他们既诚实，又年轻，又身无疾病。
他们大人会喝酒，会作事，会睡觉。
他们孩子能长大，能耐饥，能耐冷。
他们牯牛肯耕田，山羊肯生仔，鸡鸭肯孵卵。
他们女人会织布，会唱歌，会找她心中欢喜
的情人！
你大神，你大仙，排驾前来站两边！
关夫子身跨赤兔马，
尉迟公手拿大铁鞭！

你大仙，你大神，云端下降慢慢行！
张果老驴上得坐稳，
铁拐李脚下要小心！

福禄绵绵是神恩，
和风和雨神好心，
好酒好饭当前陈，
肥猪肥羊火上烹！

洪秀全、李鸿章，
你们在生是霸王；
杀人放火尽节全忠各有道，
今来坐席又何妨！

慢慢吃，慢慢喝，
月白风清好过河！
醉时携手同归去，
我当为你再唱歌！

那首歌声音既极柔和，快乐中又微带忧郁。唱完了这个歌，翠翠心上觉得浸入了一丝儿凄凉。她想起秋末酬神还愿时田坪中的火燎同鼓角。

远处鼓声已起来了，她知道绘有朱红长线的龙船这时节已下河了。细雨依然落个不止，溪面一片烟。

九

祖父回家时，大约已将近平常吃早饭时节了，肩上手上全是东西。一上小山头便喊翠翠，要翠翠拉船过小溪来迎接他。翠翠眼看到多少人已进了城，正在船上急得莫可奈何，听到祖父的声音，精神旺了，锐声答着：“爷爷，爷爷，我来了！”老船夫从码头边上了渡船后，把肩上手上的东西搁到船头上，一面帮着翠翠拉船，一面向翠翠笑着，如同一个小孩子，神气充满了谦虚与羞怯：“翠翠，你急坏了，是不是？”翠翠本应埋怨祖父的，但她却回答说：“爷爷，我知道你在河街上劝人喝酒，好玩得很。”翠翠还知道祖父极高兴到河街上去玩，但如此说来，将更使祖父害羞乱嚷了，因此话到口边不提出。

翠翠把搁在船头的东西一一估记在眼里，不见了酒葫芦。翠翠嗤的笑了。

“爷爷，你倒慷慨大方，请城中副爷和船上人吃酒，连葫芦也让他们吃到肚里去了！”

祖父笑着，忙作说明：

“哪里，哪里，我那葫芦被顺顺大伯扣下了，他见我在河街上请人喝酒，就说：‘喂，喂，摆渡的张横，这不成的。你不开糟坊，如何这样子！你要作仁义大哥梁山好汉，把你那个放下来，请我全喝了吧。’他当真那么说‘请我全喝了吧’。我把葫芦放下了。但是我猜想他是同我闹着玩的。他家里还少烧酒吗？翠翠，你说，是不是？”

“爷爷，你以为人家不是真想喝你的酒，便是同你开玩笑吗？”

“那是怎么的？”

“你放心，人家一定因为你请客不是地方，所以扣下你的葫芦，不让你请人把酒喝完。等等就会派毛伙为你送来的，你还不明白，真是——”

“唉，当真会是这样的！”

说着船已拢了岸，翠翠抢先帮祖父搬东西回家，但结果却只拿了那尾鱼，那个花褡裢；褡裢中钱已用光了，却有一包白糖，一包芝麻小饼子。

两人刚把新买的东西搬运到家中，对溪就有人喊过渡。祖父要翠翠看着肉菜免得被野猫拖去，争先下溪去做事。一会儿，便同那个过渡人笑着嚷着到家中来了。原来这人便是送酒葫芦的。只听到祖父说：“翠翠，你猜对了。人家当真把酒葫芦送来了！”

翠翠来不及向灶边走去，祖父同一个年纪轻轻的脸黑肩膊宽的人物，便进到屋里了。

翠翠同客人皆笑着，让祖父把话说下去。客人又望着翠翠笑，翠翠仿佛明白为什么被人望着，有点不好意思起来，走到灶边烧火去了。溪边又有人喊过渡，翠翠赶忙跑出门外船上去，把人渡过了溪。恰好又有人过溪。天虽落小雨，过渡人却分外多，一连三次。翠翠在船上一面作事，一面想起祖父的趣处。不知怎么的，从城里被人打发来送酒葫芦的，她觉得好像是个熟人。可是眼睛里像是熟人，却不明白在什么地方见过面。但也正像是不肯把这人想到某方面去，方猜不着这来人的身分。

祖父在岩坎上边喊："翠翠，翠翠，你上来歇歇，陪陪客！"本来无人过渡便想上岸去烧火，但经祖父一喊，反而有意装听不到，不上岸了。

来客问祖父"进不进城看船"，老渡船夫就说："今天来往人多，应当看守渡船。"两人又谈了些别的话。到后来客方言归正传。

"伯伯，你翠翠像个大人了，长得很好看！"

撑渡船的笑了。"口气同哥哥一样，倒爽快呢。"这样想着，却那么说："二老，这地方配受人称赞的只有你，人家都说你好看！'八面山的豹子，地地溪的锦鸡'，全是特为颂扬你这个人好处的警句！"

"但是，这很不公平。"

"很公平的！我听船上人说，你上次押船，船到三门下面白鸡关滩口出了事，从急浪中你援救过三个人。你们在滩上过夜，被村子里女人见着了，人家在你棚子边唱歌一整夜，是不是真有其事？"

"不是女人唱歌一夜，是狼嗥。那地方著名多狼，只想得机会吃我们！我们烧了一大堆火，吓住了它们，才不被吃！"

老船夫笑了："那更妙！人家说的话还是很对的。狼是只吃姑娘，吃小孩，吃十八岁标致青年的。像我这种老骨头，它不要吃，只嗅一嗅就会走开的！"

那二老说："伯伯，你到这里见过两万个日头，别人家全说我们这个地方风水好，出大人，不知为什么原因，如今还不出大人？"

"你是不是说风水好应出有大名头的人？我以为，这种人不生在我们这个小地方也不碍事。我们有聪明、正直、勇敢、耐劳的年轻人，就够了。像你们父子兄弟，为本地方增光彩已经很多很多!”

“伯伯，你说得好，我也是那么想。地方不出坏人出好人，如伯伯那么样子，人虽老了，还硬朗得同棵楠木树一样，稳稳当当的活到这块地面，又正经，又大方，难得的咧。”

“我是老骨头了，还说什么。日头，雨水，走长路，挑分量沉重的担子，大吃大喝，挨饿受寒，自己份上的都拿过了，不久就会躺到这冰凉土地上喂蛆吃的。这世界有的是你们小伙子份上的一切，应当好好的干，日头不辜负你们，你们也莫辜负日头!”

“伯伯，看你那么勤快，我们年轻人不敢辜负日头。”

说了一阵，二老想走了，老船夫便站到门口去喊叫翠翠，要她到屋里来烧水煮饭，掉换他自己看船。翠翠不肯上岸，客人却已下船了。翠翠把船拉动时，祖父故意装作埋怨神气说：

“翠翠，你不上来，难道要我在家里做媳妇煮饭吗？这个我可作不来!”

翠翠斜睨了客人一眼，见客人正盯着她，便把脸背过去，抿着嘴儿，不声不响，很自负的拉着那条横缆。船慢慢拉过对岸了。客人站在船头同翠翠说话。

“翠翠，吃了饭，和你爷爷到我家吊脚楼上去看划船吧?”

翠翠不好意思不说话，便说：“爷爷说不去，去了无人守这个船。”

“你呢?”

“爷爷不去，我也不去。”

“你也守船吗?”

“我陪我爷爷。”

“我要一个人来替你们守渡船，好不好?”

嘭的一下船头已撞到岸边土坎上了，船拢了岸。二老向岸上一跃，站在斜坡上说：

“翠翠，难为你！……我回去就要人来替你们。你们赶快吃饭，一同到我家里去看船，今天人多咧，热闹咧。”

翠翠不明白这陌生人的好意，不懂得为什么一定要到他家中去看船，抿着小嘴笑笑，就把船拉回去了。到了家中一边溪岸后，只见那个年轻人还正在对溪小山上，好像等待什么，不即走开。翠翠回转家中，到灶口边去烧火，一面把带点湿气的草塞进灶里去，一面向正在把客人带回的那一葫芦酒试着的祖父询问：

"爷爷，那人说回去就要人来替你，要我们两人去看船，你去不去？"

"你高兴去吗？"

"两人同去我高兴。那个人很好，我像认得他，他姓什么？"

祖父心想："这倒对了，人家也觉得你好！"祖父笑着说："翠翠，你不记得你前年在大河边时，有个人说大鱼咬你吗？"

翠翠明白了，却仍然装不明白，问："他是谁？"

"你想想看，猜猜看。"

"一本百家姓好多人，我猜不着他是张三李四。"

"顺顺船总家的二老，他认识你，你不认识他啊！"他呷了一口酒，像赞美这个酒，又像赞美另一个人，低低的说："好的，妙的，这是难得的。"

过渡的人在门外坎下叫唤着，老祖父口中还是"好的，妙的"，匆匆的下船做事去了。

一〇

吃饭时隔溪有人喊过渡，翠翠抢着下船，到了那边，方知道原来过渡的人，便是船总顺顺家派来作替手的水手。这人一见翠翠就说道："二老要你们一吃了饭就去，他已下河了。"见了祖父又说："二老要你们吃了饭就去，他已下河了。"

张耳听听，便可听出远处鼓声已较繁密，从鼓声里使人想到那些极狭的船，在长潭中笔直前进时，水面上画着如何美丽的长长的线路，真是有意思的一个节日！

新来的人茶也不吃，便在船头站稳了。翠翠同祖父吃饭时，邀他喝一杯，只是摇头推辞。祖父说：

“翠翠，我不去，你同小狗去好不好？”

“要不去，我也不想去。”

“我去呢？”

“我本来也不想去，但是我愿意陪你去。”

祖父微笑着：“翠翠，翠翠，你陪我去，好的，你就陪我去。可不要离开爷爷！”

祖父同翠翠到城里大河边时，河岸边早站满了人。细雨已经停止，地面还是湿湿的。祖父要翠翠过河街船总家吊脚楼上去看船，翠翠却似乎有心事怕到那边去，以为站在河边较好。两人虽在河边站定，不多久，顺顺便派人来把他们请去了。吊脚楼上已有了很多的人。早上过渡时为翠翠所注意的乡绅妻女，受顺顺家的特别款待，占据了两个最好窗口，一见到翠翠，那女孩子就说：“你来，你来！”翠翠带着点儿羞怯走去，坐在他们身后边条凳上，祖父不久便走开了。

祖父并不看龙船竞渡，却为一个熟人杨马兵拉到河上游半里路远近，过一个新碾坊看水碾子去了。老船夫对于水碾子原来就极有兴味的。倚山滨水来一座小小茅屋，屋中有那么一个圆石片子，固定在一个檀木横轴上，斜斜的搁在石槽里。当水闸门抽去时，流水冲激地下的暗轮，上面的圆石片便飞转起来。作主人的管理这个东西，把毛谷倒进石槽中去，把碾好的米弄出，放在屋角隅长方罗筛里，再筛去糠灰。地下全是糠灰，自己头上包着块白布帕子，头上肩上也全是糠灰。天气好时就在碾坊前后隙地里种些萝卜、青菜、大蒜、四季葱。水沟坏了，就把裤子脱去，到河沟里去堆砌石头，修理泄水处。水碾坝若修筑得好，还可装个小小鱼梁，涨小水时就自会有鱼上梁来，不劳而获。在河边管理一个碾坊比管理一只渡船多变化，有趣味，情形一看也就明白了。但一个撑渡船的若想有座碾坊，那简直是不可能的妄想。凡碾坊照例是属于当地员外财主的产业。杨马兵把老船夫带到碾坊边时，就告给他这碾坊业主为谁。两人一面各处视察，一面说话。

那熟人用脚踢着新碾盘说：

“中寨人自己坐在高山寨子上，却欢喜来到这大河边置产业；这是中寨王团总的，值大钱七百吊！”

老船夫转着那双小眼睛，很羡慕的去欣赏一切，估计一切，把头点着，且对于碾坊中物件一一加以很得体的批评。后来两人就坐到那还未完工的白木条凳上去。熟人又说到这碾坊的将来，似乎是团总女儿陪嫁的妆奁。那人于是想起了翠翠，且记起大老过去一时托过他的事情来了，便问道：

“伯伯，你翠翠今年十几岁？”

“满十五岁进十六岁。”老船夫说过这句话后，便接着在心中计算过去的年月。

“十六岁姑娘多能干，将来谁得她真有福气！”

“有什么福气？又无碾坊陪嫁，一个光人。”

“别说一个光人；一个有用的人，两只手敌得过五座碾坊。洛阳桥也是鲁班两只手造成的！……”这样那样的说着，表示对老船夫的抗议。说到后来那人自然笑了。

老船夫也笑了，心想：“翠翠有两只手，将来也去造洛阳桥吧，新鲜事喔！”

杨马兵过了一会又说：

“茶峒人年轻男子眼睛光，选媳妇也极在行。伯伯，你若不多我的心时，我就说个笑话给你听。”

老船夫问：“是什么笑话？”

杨马兵说：“伯伯你若不多心时，这笑话也可以当真话去听咧。”

老船夫心想：“原来是要做说客的，想说就说吧。”

接着说下去的就是顺顺家大老如何在人家面前赞美翠翠，且如何托他来探听老船夫口气那么一件事。末了还同老船夫来转述另一回会话的情形。“我问他：‘大老，大老，你是说真话还是说笑话？’他就说：‘你为我去探听探听那老的，我欢喜翠翠，想要翠翠，是真话呀！’我说：‘我这人口钝得很，话说出了口收不回，万一说错了，老的一巴掌打来呢？’他说：‘你怕打，你先当笑话去说，不会挨打的！’所以，伯伯，我就把这件真事情当笑话来同你说了。你试想想，他初九从川东回来见我时，我应当如何回答他？”

老船夫记起前一次大老亲口所说的话，知道大老的意思很真，且知道顺顺也欢喜翠翠，心里很高兴。但这件事照本地规矩，得这个人带封点心亲自到碧溪岨家中去说，方见得慎重其事。老船夫就说：“等他来时你说：老家伙听过了笑话后，自己也说了个笑话，他说：‘下棋有下棋规矩，车是车路，马是马路，各有走法。大老若走的是车路，应当由大老爹爹作主，请了媒人来正正经经同我说。若走的是马路，应当自己作主，站在渡口对溪高崖上，为翠翠唱三年六个月的歌。’一切由翠翠自己作主！”

“伯伯，若唱三年六个月的歌，动得了翠翠的心，我赶明天就自己来唱歌了。”

“你以为翠翠肯了，我还会不肯吗？”

“不咧，人家以为这件事情你老人家肯了，翠翠便无有不肯呢。”

“不能那么说，这是她的事呵！”

“便是她的事情，可是必须老的作主。人家也仍然以为在日头月光下唱三年六个月的歌，还不如得伯伯说一句话好。”

“那么，我说，我们就这样办。等他从川东回来时，要他同顺顺去说个明白。我呢，我也先问问翠翠；若以为听了三年六个月的歌，再跟那唱歌人走去有意思些，我就请你劝大老走他那弯弯曲曲的马路。”

“那好的。见了他，我就说：‘大老，笑话吗，我已经说过了，没有挨打。真话呢，看你自己的命运去了。’当真看他的命运去了。不过我明白，他的命运，还是在你老人家手上捏着紧紧的。”

“老兄弟，不是那么说！我若捏得定这件事，我马上就答应了你。”

这里两人把话说完后，就过另一处看一只顺顺新近买来的三舱船去了。河街上顺顺吊脚楼方面，却发生了如下事情。

翠翠虽被那乡绅女儿喊到身边去坐，地位非常之好，从窗口望出去，河中一切朗然在望，然而心中可不安宁。挤在其他几个窗口看热闹的人，似乎都常常把眼光从河中景物挪到这边几个人身上来。还有些人故意装成有别的事情样子，从楼这边走过那一边，事实上却全为得是好仔细看看翠翠这方面几个人。翠翠心中老不自在，只想借故跑去。一会儿河下的炮声响了，几只从对河取齐的船只，直向这方面划来，先是四条船相去不远，如四枝箭在水面射着；到了一半，已有两只船占先了些；再过一会子，那两只船中间便又有一只超过了并进的船只而前，看看船到了税局门前时，第二次炮声又响，那船便胜利了。这时节胜利的已判明属于河街上所划的一只，各处便响着庆祝的小鞭炮。那船于是沿了河街吊脚楼划去，鼓声蓬蓬作响，河边与吊脚楼各处，都同时呐喊表示快乐的祝贺。翠翠眼见在船头站定、摇动小旗指挥进退、头上包着红布的那个年轻人，便是送酒葫芦到碧溪岨的二老，心中便印着两年前的旧事："大鱼吃掉你！""吃掉不吃掉，不用你这个人管！""好的，我就不管！""狗，狗，你也看人叫！"想起狗，翠翠才注意到自己身边那只黄狗，早已不知跑到什么地方去，便离了座位，在楼上各处找寻她的黄狗，把船头人忘掉了。

她一面在人丛里找寻黄狗，一面听人家正说些什么话。

一个大脸妇人问："是谁家的人，坐到顺顺家当中窗口前那块好地方？"

一个妇人就说："是寨子上王乡绅大姑娘，今天说是自己来看船，其实来看人，同时也让人看！人家命好，有福分坐那块好地方！"

"看什么人？被谁看？"

"嗨，你还不明白，王乡绅想同顺顺打亲家呢。"

"那姑娘配什么人，是大老，还是二老？"

"说是二老呀，等等你们看这岳云，就会上楼来拜他丈母娘的。"

另有一个女人便插嘴说："事弄成了，好得很呢。人家在大河边有一座崭新碾坊陪嫁，比雇十个长年还得力一些。”

有人问：“二老怎么样？可乐意？”

又有人就轻轻的可是极肯定的说：“二老已说过了——这不必看，第一件事我就不想作那个碾坊的主人！”

“你听岳云二老亲口说过吗？”

“我听别人说的。还说二老欢喜一个撑渡船的。”

“他又不是傻小二，不要碾坊，要渡船吗？”

“那谁知道。横顺人是‘牛肉炒韭菜，各人心里爱’，只看各人心里爱什么就吃什么，渡船不会不如碾坊！”

当时各人眼睛对着河里，信口说着这些闲话，却无一个人回头来注意到身后边的翠翠。

翠翠脸发着烧走到另外一处去，又听有两个人提及这件事，且说：“一切早安排好了，只需要二老一句话。”又说：“只看二老今天那么一股劲儿，就可以猜想得出，这劲儿是岸上一个黄花姑娘给他的！”谁是激动二老的黄花姑娘？听到这个，翠翠心中不免有点儿乱。

翠翠人矮了些，在人背后已望不见河中情形，只听到擂鼓声渐近渐激越，岸上呐喊声自远而近，便知道二老的船恰恰经过楼下。楼上人也大喊着，夹杂叫着二老的名字。乡绅太太那方面，且有人放小百子鞭炮。忽然有人又用另外一种惊讶声音喊着，且同时便见许多人出门向河下走去。翠翠不知出了什么事，心中有点迷乱，正不知走回原来座位边去好，还是依然站在人背后好，只见那边正有人拿了个托盘，装了一大盘粽子同细点心，在请乡绅太太小姐用点心，不好意思再过那边去，便想也挤出大门外到河下去看看。从河街一个盐店旁边甬道下河时，正在一排吊脚楼的梁柱间，迎面碰头一群人，护着那个头包红布的二老来了。原来二老因失足落水，已从水中爬起来了。路太窄了一些，翠翠虽闪过一旁，与迎面来人仍然得肘子触着肘子。二老一见翠翠就说：

“翠翠，你来了，爷爷也来了吗？”

翠翠脸还发着烧不便做声，心想：“黄狗跑到什么地方去了呢？”

二老又说：“怎不到我家楼上去看呢？我已要人替你弄了个好位子。”

翠翠心想：“碾坊陪嫁，希奇事情咧。”

二老不能逼迫翠翠回去，到后便各自走开了。翠翠到河下时，小小心腔中充满了一种说不分明的东西。是烦恼吧，不是！是忧愁吧，不是！是快乐吧，不，有什么事情使这个女孩子快乐呢？是生气了吧，——是的，她当真仿佛觉得自己是在生一个人的气，又像是在生自己的气。河边人太多了，码头边浅水中，船桅船篷上，以至于吊脚楼的柱子上，无不挤满了人。翠翠自言自语说：“人那么多，有什么三脚猫好看？”先还以为可以在什么船上发现她的祖父，但各处搜寻了一阵，却无祖父的影子。她挤到水边去，一眼便看到了自己家中那条黄狗，同顺顺家一个长年，正在去岸数丈一只空船上看热闹。翠翠锐声叫喊了两声，黄狗张着耳叶昂头四面一望，便猛的扑下水中，向翠翠方面泅来了。到了身边时，狗身上已全是水，把水抖着且跳跃不已，翠翠便说：“得了，狗，装什么疯！你又不翻船，谁要你落水呢？”

翠翠同黄狗各处找寻祖父，在河街上一个木行前恰好遇着了祖父。

老船夫说：“翠翠，我看了个好碾坊，碾盘是新的，水车是新的，屋上稻草也是新的！水坝管着一绺水，急溜溜的，抽水闸板时水车转得如陀螺。”

翠翠带着点做作问：“是什么人的？”

“是什么人的？住在山上的员外王团总的。我听人说是那中寨人为女儿作嫁妆的东西，好不阔气，包工就是七百吊大制钱，还不管风车，不管家什。”

“是什么人讨那个人家的女儿？”

祖父望着翠翠干笑着：“翠翠，大鱼咬你，大鱼咬你。”

翠翠因为对于这件事心中有了个数目，便仍然装着全不明白，只询问祖父：“爷爷，什么人得到那个碾坊？”

“岳云二老！”祖父说了，又自言自语的说，“有人羡慕二老得到碾坊，也有人羡慕碾坊得到二老！”

“谁羡慕呢，爷爷？”

“我羡慕。”祖父说着便又笑了。

翠翠说：“爷爷，你今天又喝醉了。”

“可是二老还称赞你长得美呢。”

翠翠说：“爷爷，你醉疯了。”

祖父说：“爷爷不醉不疯，……去，我们到河边看他们放鸭子去。可惜我老了，不能下水里去捉只鸭子回家焖紫姜吃。”他还想说：“二老捉得鸭子，一定又会送给我们的。”话不及说，二老来了，站在翠翠面前微笑着。翠翠也不由不抿着嘴微笑着。

于是三个人回到吊脚楼上去。

一一

有人带了礼物到碧溪岨。掌水码头的顺顺，当真请了媒人为儿子向驾渡船的攀亲戚来了。老船夫看见杨马兵手中提了红纸封的点心，慌慌张张把这个人渡过溪口，一同到家里去。翠翠正在屋门前剥豌豆，来了客并不如何注意。但一听到客人进门说“贺喜贺喜”，心中有事，不敢再蹲在屋门边，就装作追赶菜园地的鸡，拿了竹响篙唰唰的摇着，一面口中轻轻喝着，向屋后白塔跑去了。

来人说了些闲话，言归正传转述到顺顺的意见时，老船夫不知如何回答，只是很惊惶的搓着两只茧结的大手，好像这不会真有其事，而且神气中只像在说“那好的，那妙的”，其实这老头子却不曾说过一句话。

来人把话说完后，就问作祖父的意见怎么样。老船夫笑着把头点着说：“大老想走车路，这个很好。可是我得问问翠翠，看她自己主张怎么样。”来人被打发走后，祖父在船头叫翠翠下河边来说话。

翠翠拿了一簸箕豌豆下到溪边，上了船，娇娇的问他的祖父：“爷爷，你有什么事？”祖父笑着不说什么，只偏着个白发盈颠的头看着翠翠。看了许久，翠翠坐到船头，有点不好意思，低下头去剥豌豆，耳中听着远处竹篁里的黄鸟叫。翠翠想："日子长咧，爷爷话也长了。"翠翠心轻轻的跳着。

过了一会，祖父说："翠翠，翠翠，先前那个杨伯伯来作什么，你知道不知道?"

翠翠说："我不知道。"说后脸同脖颈全红了。

祖父看看那种情景，明白翠翠的心事了，便把眼睛向远处望去，在空雾里望见了十六年前翠翠的母亲，老船夫心中异常柔和了。轻轻的自言自语说："每一只船总要有个码头，每一只雀儿得有个窠。"他同时想起那个可怜的母亲过去的事情，心中有了一点隐痛，却勉强笑着。

翠翠呢，正从山中黄鸟、杜鹃叫声里，以及山谷中伐竹人哢哢一下一下的砍伐竹子声音里，想到许多事情。老虎咬人的故事，和人对骂时四句头的山歌，造纸作坊中的方坑，铁工场熔铁炉里泄出的铁汁，耳朵听来的，眼睛看到的，她似乎都要去温习温习。她所以这样做，又似乎全只为了希望忘掉眼前的一桩事件而起。但她实在有点误会了。

祖父说："翠翠，船总顺顺家里请人来作媒，想讨你作媳妇，问我愿不愿。我呢，人老了，再过三年两载会过去的，我没有不愿意的事情。这是你自己的事，你自己想想，自己来说。愿意，就成了；不愿意，也好。"

翠翠不知如何处理这个崭新问题，装作从容，怯怯的望着老祖父。又不便问什么，当然也不好回答。

祖父又说："大老是个有出息的人，为人又正直，又慷慨，你嫁了他，算是命好!"

翠翠弄明白了，人来作媒的是大老！不曾把头抬起，心忡忡的跳着，脸烧得厉害，仍然剥她的豌豆，且随手把空豆荚抛到水中去，望着它们在流水中从从容容的流去，自己也俨然从容了许多。

见翠翠总不做声，祖父于是笑了，且说："翠翠，想几天不碍事。洛阳桥不是一个晚上造得好的，要日子咧。前次那个人来，就向我说起这件事，我已经告过他：车是车路，马是马路，各有规矩！想爸爸作主，请媒人正正经经来说是车路；要自己作主，站到对溪高崖竹林里为你唱三年六个月的歌是马路。——你若欢喜走马路，我相信人家会为你在日头下唱热情的歌，在月光下唱温柔的歌，像只杜鹃一样一直唱到吐血喉咙烂！"

翠翠不做声，心中只想哭，可是也无理由可哭。祖父再说下去，便引到死去了的母亲来了。老人话说了一阵，沉默了。翠翠悄悄把头撂过一些，见祖父眼中业已酿了一汪眼泪。翠翠又惊又怕，怯生生的说："爷爷，你怎么的？"祖父不做声，用大手掌擦着眼睛，小孩子似的咕咕笑着，跳上岸跑回家中去了。

翠翠心中乱乱的，想赶去却不赶去。

雨后放晴的天气，日头炙到人肩上背上，已有了点儿力量。溪边芦苇水杨柳，菜园中菜蔬，莫不繁荣滋茂，带着一分有野性的生气。草丛里绿色蚱蜢各处飞着，翅膀搏动空气时嚯嚯做声。枝头新蝉声音虽不成腔，却已渐渐洪大。两山深翠逼人的竹篁中，有黄鸟与竹雀、杜鹃交递鸣叫。翠翠感觉着，望着，听着，同时也思索着：

"爷爷今年七十岁……三年六个月的歌——谁送那只白鸭子呢？……得碾子的好运气，碾子得谁更是好运气……"

痴着，忽地站起，半簸箕豌豆便倾倒到水中去了。伸手把那簸箕从水中捞起时，隔溪有人喊过渡。

一二

翠翠第二天第二次在白塔下菜园地里，被祖父询问到自己主张时，仍然心儿忡忡的跳着，把头低下不作理会，只顾用手去掐葱。祖父笑着，心想："还是等等看，再说下去这一畦葱会全掐掉了。"同时似乎又觉得这其间有点古怪，不好再说下去，便自己按捺住言语，用一个做作的笑话，把问题引到另外一件事情上去了。

天气渐渐的越来越热了。近六月时，天气热了些，老船夫把一个满是灰尘的黑陶缸子，从屋角隅里搬出。自己还匀出些闲工夫，拼了几方木板，作成一个圆盖；又锯木头作成一个三脚架子，且削刮了个大竹筒，用葛藤系定，放在缸边作为舀茶的家具。自从这茶缸移到屋门溪边后，每早上翠翠就烧一大锅开水，倒进那缸子里去。有时缸里加些茶叶，有时却只放下一些用火烧焦的锅巴，趁那东西还燃着时便抛进缸里去。老船夫且照例准备了些发痧肚痛、治疱疮疡子的草根木皮，把这些药搁在家中当眼处，一见过渡人神气不对，就忙匆匆的把药取来，善意的勒迫这过路人使用他的药方，且告给人这许多救急丹方的来源（这些丹方自然全是他从城中军医同巫师学来的）。他终日裸着两只膀子，在溪中方头船上站定，头上还常常是光光的，一头短短白发，在日光下如银子。翠翠依然是个快乐人，屋前屋后跑着唱着，不走动时就坐在门前高崖树荫下，吹小竹管儿玩。爷爷仿佛把大老提婚的事早已忘掉，翠翠自然也似乎忘掉这件事情了。

可是那做媒的不久又来探口气了，依然同从前一样，祖父把事情成否全推到翠翠身上去，打发了媒人上路。回头又同翠翠谈了一次，也依然不得结果。

老船夫猜不透这事情在这什么方面有个疙瘩，解除不去，夜里躺在床上便常常陷入一种沉思里去，隐隐约约体会到一件事情——翠翠爱二老不爱大老。想到了这里时，他笑了，为了害怕而勉强笑了。其实他有点忧愁，因为他忽然觉得翠翠一切全像那个母亲，而且隐隐约约便感觉到这母女二人共同的命运。一堆过去的事情蜂拥而来，不能再睡下去了，一个人便跑出门外，到那临溪高崖上去，望天上的星辰，听河边纺织娘和一切虫类如雨的声音，许久许久还不睡觉。

这件事翠翠自然是注意不及的。这女孩子日里尽管玩着，工作着，也同时为一些很神秘不易具体明白的东西驰骋在她那颗小小的心上，但一到夜里，却依旧甜甜的睡眠了。

不过一切都得在一份时间中变化。这一家安静平凡的生活，也因了一堆接连而来的日子，在人事上把那安静空气完全打破了。

船总顺顺家中一方面，天保大老的事已被二老知道了，傩送二老同时也让他哥哥知道了弟弟的心事。这一对难兄难弟原来同时都爱上了那个撑渡船的外孙女。这事情在本地人说来也并不希奇。边地俗话说：“火是各处可烧的，水是各处可流的，日月是各处可照的，爱情是各处可到的。”有钱船总儿子，爱上一个弄渡船的穷人家女儿，不能成为希罕的新闻。有一点困难处，只是这两兄弟到了谁应取得这个女人作媳妇时，是不是也还得照茶峒人规矩，来一次流血的挣扎？

兄弟两人在这方面是不至于动刀的，但也不作兴有“情人奉让”，如大都市懦怯男子爱与仇对面时作出的可笑行为。

那哥哥同弟弟在河上游一个造船的地方，看他家中那一只新船，在新船旁把一切心事全告给了弟弟；且附带说明，这点念头还是两年前植下根基的。弟弟微笑着，把话听下去。两人从造船处沿了河岸又走到王乡绅新碾坊去，那大哥就说：

“二老，你运气倒好，作了王团总女婿，有座碾坊。我呢，若把事情弄好了，我应当接那个老的手来划渡船了。我欢喜这个事情，我还想把碧溪岨两个山头买过来，在界线上种一片大楠竹，围着这一条小溪作为我的寨子！”

那二老仍然默默的听着，把手中拿的一把弯月形镰刀随意斫削路旁的草木，到了碾坊时，却站住了向他哥哥说：

“大老，你信不信这女子心上早已有了个人？”

“我相信。”

“大老，你信不信这碾坊将来归我？”

“我不信。”

两人于是进了碾坊。

二老又说：“你不必——大老，我再问你，假若我不想得到这座碾坊，却打量要那只渡船，而且这念头也是两年前的事，你信不信呢？”

那大哥听来真着了一惊，望了一下坐在碾盘横轴上的傩送二老，知道二老不是说谎，于是站近了一点，伸手在二老肩上拍打了一下，且想把二老拉下来。他明白了这件事，他笑了。他说：“我相信的，你说的全是真话！”

二老把眼睛望着他的哥哥，很诚实的说：

“大老，相信我，这是真事。我早就那么打算到了。家中不答应，那边若答应了，我当真预备去弄渡船的！——你告我，你呢？”

“爸爸已听了我的话，为我要城里的杨马兵做保山，向划渡船说亲去了！”大老说到这个求亲手续时，好像知道二老要笑他，又解释要保山去的用意，只是“因为老的说车有车路，马有马路，我就走了车路。”

“结果呢？”

“得不到什么结果。老的口上含李子，说不明白。”

“马路呢？”

“马路呢，那老的说若走马路，我得在碧溪岨对溪高崖上唱三年六个月的歌。把翠翠心子唱软，翠翠就归我了。”

“这并不是个坏主张！”

“是呀，一个结巴人话说不出还唱得出。可是这件事轮不到我了，我不是竹雀，不会唱歌。鬼知道那老人家存心是要把孙女儿嫁个会唱歌的水车，还是预备规规矩矩嫁个人！”

“那你打算怎么样？”

“我想告那老的，要他说句实在话。只一句话。不成，我跟船下桃源去了；成呢，便是要我撑渡船，我也答应了他。”

“唱歌呢？”

“二老，这是你的拿手好戏，你要去作竹雀，你就赶快去吧，我不会捡马粪塞你嘴巴的。”

二老看到哥哥那种样子，便知道为这件事哥哥感到的是一种如何烦恼了。他明白他哥哥的性情，代表了茶峒人粗卤爽直一面，弄得好，掏出心子来给人也很慷慨作去；弄不好，亲舅舅也必一是一，二是二。大老何尝不想在车路上失败时走马路；但他一听到二老的坦白陈述后，他就知道马路只二老有分，他自己的事不能提了。因此他有点气恼，有点愤慨，自然是无从掩饰的。

二老想出了个主意，就是两兄弟月夜里同过碧溪岨去唱歌，莫让人知道是弟兄两个，两人轮流唱下去，谁得到回答，谁便继续用那张唱歌胜利的嘴唇，服侍那划渡船的外孙女。大老不善于唱歌，轮到大老时也仍然由二老代替。两人凭命运来决定自己的幸福，这么办可说是极公平了。提议时，那大老还以为他自己不会唱，也不想请二老替他作竹雀。但二老那种诗人性格，却使他很固执的要哥哥实行这个办法。二老说必须这样作，一切才公平。

大老把弟弟提议想想，作了一个苦笑。“×娘的，自己不是竹雀，还请老弟作竹雀？好，就是这样子，我们各人轮流唱，我也不要你帮忙，一切我自己来吧。树林子里的猫头鹰，声音不动听，要老婆时也仍然是自己叫下去，不请人帮忙的！”

两人把事情说妥当后，算算日子，今天十四，明天十五，后天十六，接连而来的三个日子，正是有大月亮天气。气候既到了中夏，半夜里不冷不热，穿了白家机布汗褂，到那些月光照及的高崖上去，遵照当地的习惯，很诚实与坦白去为一个“初生之犊”的黄花女唱歌。露水降了，歌声涩了，到应当回家了时，就趁残月赶回家去。或过那些熟识的整夜工作不息的碾坊里去，躺到温暖的谷仓里小睡，等候天明。一切安排都极其自然，结果是什么，两人虽不明白，但也看得极其自然。两人便决定了从当夜起始，来作这种为当地习惯所认可的竞争。

一三

黄昏来时，翠翠坐在家中屋后白塔下，看天空被夕阳烘成桃花色的薄云。十四中寨逢场，城中生意人过中寨收买山货的很多，过渡人也特别多。祖父在溪中渡船上，忙个不息。天已快夜，别的雀子似乎都休息了，只杜鹃叫个不息。石头泥土为白日晒了一整天，草木为白日晒了一整天，到这时节各放散出一种热气。空气中有泥土气味，有草木气味，还有各种甲虫类气味。翠翠看着天上的红云，听着渡口飘来下乡生意人的杂乱声音，心中有些儿薄薄的凄凉。

黄昏照样的温柔、美丽和平静。但一个人若体念或追究到这个当前一切时，也就照样的在这黄昏中会有点儿薄薄的凄凉。于是，这日子成为痛苦的东西了。翠翠在成熟中的生命，觉得好像缺少了什么。好像眼见到这个日子过去了，想要在一件新的人事上攀住它，但不成。好像生活太平凡了，忍受不住。于是胡思乱想：

“我要坐船下桃源县过洞庭湖，让爷爷满城打锣去叫我，点了灯笼火把去找我。”

她便同祖父故意生气似的，很放肆的去想到这样一件不可能事情。且想象她出走后，祖父用各种方法寻觅她都无结果，到后无可奈何躺在渡船上。

“人家喊：‘过渡，过渡，老伯伯，你怎么的！不管事！’‘怎么的？我家翠翠走了，下桃源县了！’‘那你怎么办？’‘怎么办吗，拿了把刀，放在包袱里，搭下水船去杀了她！’……”

翠翠仿佛当真听着这种对话，吓怕起来了，一面锐声喊着她的祖父，一面从坎上跑向溪边渡口去。见到了祖父正把船拉在溪中心，船上人喁喁说着话，小小心子还依然跳跃不已。

“爷爷，爷爷，你把船拉回来呀！”

那老船夫不明白她的意思，还以为是翠翠要为他代劳了，就说：

“翠翠，等一等，我就回来！”

“你不拉回来了吗？”

“我就回来！”

翠翠坐在溪边，望着溪面为暮色所笼罩的一切，且望到那只渡船上一群过渡人，其中有个吸旱烟的打着火镰吸烟，把烟杆在船边剥剥的敲着烟灰，就忽然哭起来了。

祖父把船拉回来时，见翠翠痴痴的坐在岸边，问她是什么事，翠翠不做声。祖父要她去烧火煮饭，想了一会儿，觉得自己哭得可笑，一个人便回到屋中去，坐在黑黝黝的灶边把火烧燃后，她又走到门外高崖上去，喊叫她的祖父，要他回家里来。在职务上毫不儿戏的老船夫，因为明白过渡人是要赶回城中吃晚饭的，人来一个就渡一个，不便要人站在那岸边呆等，故不上岸来。只站在船头告翠翠，不要叫他，且让他做点事，把人渡完事后，就会回家里来吃饭。

翠翠第二次请求祖父，祖父不理会，她坐在悬崖上，很觉得悲伤。

天夜了，有一匹大萤火虫尾上闪着蓝光，很迅速的从翠翠身旁飞过去，翠翠想："看你飞得多远！"便把眼睛随着那萤火虫的明光追去。杜鹃又叫了。

"爷爷，为什么不上来？我要你！"

在船上的祖父听到这种带着娇、有点儿埋怨的声音，一面粗声粗气的答道："翠翠，我就来，我就来！"一面心中却自言自语："翠翠，爷爷不在了，你将怎么样？"

老船夫回到家中时，见家中还黑黝黝的，只灶间有火光；见翠翠坐在灶边矮条凳上，用手蒙着眼睛。

走过去才晓得翠翠已哭了许久。祖父一个下半天来，都弯着个腰在船上拉来拉去，歇歇时手也酸了，腰也酸了，照规矩，一到家里就会嗅到锅中所焖瓜菜的味道，且可看见翠翠安排晚饭在灯光下跑来跑去的影了。今天情形竟不同了一点。

祖父说："翠翠，我来慢了，你就哭，这还成吗？我死了呢？"

翠翠不做声。

祖父又说："不许哭，做一个大人，不管有什么事都不许哭。要硬扎一点，结实一点，才配活到这块土地上！"

翠翠把手从眼睛边移开，靠近了祖父身边去。"我不哭了。"

两人吃饭时，祖父为翠翠述说起一些有趣味的故事。因此提到了死去了的翠翠的母亲。两人在豆油灯下把饭吃过后，老船夫因为工作疲倦，喝了半碗白酒，饭后兴致极好，又同翠翠到门外高崖上月光下去说故事。说了些那个可怜母亲的乖巧处，同时且说到那可怜母亲性格强硬处，使翠翠听来神往倾心。

翠翠抱膝坐在月光下，傍着祖父身边，问了许多关于那个可怜母亲的故事。间或吁一口气，似乎心中压上了些分量沉重的东西，想挪移得远一点，才吁着这种气，可是却无从把那种东西挪开。

月光如银子，无处不可照及，山上竹篁在月光下变成一片黑色。身边草丛中虫声繁密如落雨。间或不知道从什么地方，忽然会有一只草莺“嗺嗺嗺嗺嘘！”啭着它的喉咙，不久之间，这小鸟儿又好像明白这是半夜，不应当那么吵闹，便仍然闭着那小小眼儿安睡了。

祖父夜来兴致很好，为翠翠把故事说下去，就提到了本城人二十年前唱歌的风气，如何驰名于川、黔边地。翠翠的父亲，便是当地唱歌的第一手，能用各种比喻解释爱与憎的结子，这些事也说到了。翠翠母亲如何爱唱歌，且如何同父亲在未认识以前在白日里对歌，一个在半山上竹篁里砍竹子，一个在溪面渡船上拉船，这些事也说到了。

翠翠问：“后来怎么样？”

祖父说：“后来的事当然长得很，最重要的事情，就是这种歌唱出了你。”

一四

老船夫做事累了，睡了，翠翠哭倦了，也睡了。翠翠不能忘记祖父所说的事情，梦中灵魂为一种美妙歌声浮起来了，仿佛轻轻的各处飘着，上了白塔，下了菜园，到了船上，又复飞窜过对山悬崖半腰——去作什么呢？摘虎耳草！白日里拉船时，她仰头望着崖上那些肥大虎耳草已极熟悉。崖壁三五丈高，平时攀折不到手，这时节却可以选顶大的叶子作伞。

一切全像是祖父说的故事，翠翠只迷迷胡胡的躺在粗麻布帐子里草荐上，以为这梦做得顶美顶甜。祖父却在床上醒着，张起个耳朵听对溪高崖上的人唱了半夜的歌。他知道那是谁唱的，他知道是河街上天保大老走马路的第一着，因此又忧愁又快乐的听下去。翠翠因为日里哭倦了，睡得正好，他就不去惊动她。

第二天，天一亮翠翠同祖父起身了，用溪水洗了脸，把早上说梦的忌讳去掉了，翠翠赶忙同祖父去说昨晚上所梦的事情。

“爷爷，你说唱歌，我昨天就在梦里听到一种顶好听的歌声，又软又缠绵，我像跟了这声音各处飞，飞到对溪悬崖半腰，摘了一大把虎耳草，得到了虎耳草，我可不知道把这个东西交给谁去了。我睡的真好，梦的真有趣！”

祖父温和悲悯的笑着，并不告给翠翠昨晚上的事实。

祖父心里想：“作梦一辈子更好，还有人在梦里作宰相中状元咧。”

昨晚上唱歌的，老船夫还以为是天保大老，日来便要翠翠守船，借故到城里去送药，探探情形。在河街见到了大老，就一把拉住那小伙子，很快乐的说：

“大老，你这个人，又走车路又走马路，是怎样一个狡猾东西！”

但老船夫却作错了一件事情，把昨晚唱歌人“张冠李戴”了。这两弟兄昨晚上同时到碧溪岨去，为了作哥哥的走车路占了先，无论如何也不肯先开腔唱歌，一定得让那弟弟先唱。弟弟一开口，哥哥却因为明知不是敌手，更不能开口了。翠翠同她祖父晚上听到的歌声，便全是那个傩送二老所唱的。大老伴弟弟回家时，就决定了同茶峒地方离开，驾家中那只新油船下驶，好忘却了上面的一切。这时正想下河去看新船装货。老船夫见他神情冷冷的，不明白他的意思，就用眉眼做了一个可笑的记号，表示他明白大老的冷淡处是装成的，表示他有好消息可以奉告。他拍了大老一下，翘起一个大拇指，轻轻的说：

“你唱得很好，别人在梦里听着你那个歌，为那个歌带得很远，走了不少的路！你是第一号，是我们地方唱歌的第一号。”

大老望着弄渡船的老船夫涎皮的老脸，轻轻的说：

“算了吧，你把宝贝孙女儿送给了会唱歌的竹雀吧。”

这句话使老船夫完全弄不明白他的意思。大老从一个吊脚楼甬道走下河去了，老船夫也跟着下去。到了河边，见那只新船正在装货，许多油篓子搁在河岸边。一个水手正用茅草扎成长束，备作船舷上挡浪用的茅把。还有人坐在河边石头上，用脂油擦抹桨板。老船夫问那个水手，这船什么日子下行，谁押船。那水手把手指着大老。老船夫搓着手说：

“大老，听我说句正经话，你那件事走车路，不对；走马路，你有份的！”

那大老把手指着窗口说：“伯伯，你看那边，你要竹雀做孙女婿，竹雀在那里啊！”

老船夫抬头望见二老，正在窗口整理一个鱼网。

回碧溪岨到渡船上时，翠翠问：

“爷爷，你同谁吵了架，面色那样难看！”

祖父莞尔而笑。他到城里的事情，不告给翠翠一个字。

一五

大老坐了那只新油船向下河走去了，留下傩送二老在家。老船夫方面还以为上次歌声既归二老唱的，在此后几个日子里自然还会听到那种歌声。一到了晚间就故意从别样事情上，促翠翠注意夜晚的歌声。两人吃完饭坐在屋里，因屋前滨水，长脚蚊子一到黄昏就嗡嗡的叫着，翠翠便把蒿艾束成的烟包点燃，向屋中角隅各处晃着驱逐蚊子。晃了一阵，估计全屋子里已为蒿艾烟气熏透了，方把烟包搁到床前地上去，再坐在小板凳上来听祖父说话。从一些故事上慢慢的谈到了唱歌，祖父话说得很妙。祖父到后发问道：

“翠翠，梦里的歌可以使你爬上高崖去摘那虎耳草，若当真有谁来在对溪高崖上为你唱歌，你预备怎么样？”祖父把话当笑话说着的。

翠翠便也当笑话答道：“有人唱歌我就听下去，他唱多久我也听多久！”

“唱三年六个月呢？”

“唱得好听，我听三年六个月。”

“这不大公平吧。”

“怎么不公平？为我唱歌的人，不是极愿意我长远听他唱歌吗？”

“照理说：‘炒菜要人吃，唱歌要人听。’可是人家为你唱，是要你懂他歌里的意思！”

“爷爷，懂歌里什么意思？”

“自然是他那颗想同你要好的真心！不懂那点心事，不是同听竹雀唱歌一样吗？”

“我懂了他的心又怎么样？”

祖父用拳头把自己腿重重的捶着，且笑着：“翠翠，你人乖巧，爷爷笨得很，话说得不温柔，也莫生气。我信口开河，说个笑话给你听。你应当当笑话听。河街天保大老走车路，请保山来提亲，我告诉过你这件事了，你那神气不愿意，是不是？可是，假若那个人还有个兄弟，想走马路，为你来唱歌，向你攀交情，你将怎么说？”

翠翠吃了一惊，低下头去。因为她不明白这笑话究竟有几分真，又不清楚这笑话是谁诌的。

祖父说：“你试告我，愿意哪一个？”

翠翠便勉强笑着，轻轻的带点儿恳求的神气说：

“爷爷，莫说这个笑话吧。”翠翠站起身了。

“我说的若是真话呢？”

“爷爷你真是个……”翠翠说着走出去了。

祖父说：“我说的是笑话，你生我的气吗？”

翠翠不敢生祖父的气，走近门限边时，就把话引到另外一件事情上去：“爷爷，看天上的月亮，那么大！”说着，出了屋外，便在那一派清光的露天中站定。站了一会儿，祖父也从屋中出到外边来了。翠翠于是坐到那白日里为强烈阳光晒热的岩石上去，石头正散发日间所储的余热。祖父就说：

“翠翠，莫坐热石头，免得生坐板疮。”

但自己用手摸摸后，自己便也坐到那岩石上了。

月光极其柔和，溪面浮着一层薄薄白雾，这时节对溪若有人唱歌，隔溪应和，实在太美丽了。翠翠还记着先前祖父说的笑话。耳朵又不聋，祖父的话说得极分明，一个兄弟走马路，唱歌来打发这样的晚上。算是怎么回事？她似乎为了等着这样的歌声，沉默了许久。

她在月光下坐了一阵，心里却当真愿意听一个人来唱歌。久之，对溪除了一片草虫的清音复奏以外，别无所有。翠翠走回家里去，在房门边摸着了那个芦管，拿出来在月光下自己吹着。觉吹得不好，又递给祖父要祖父吹。老船夫把那个芦管竖在嘴边，吹了个长长的曲子，翠翠的心被吹柔软了。

翠翠依傍祖父坐着，问祖父：

“爷爷，谁是第一个做这个小管子的人？”

“一定是个最快乐的人，因为他分给人的也是许多快乐；可又像是个最不快乐的人，因为他同时也可以引起人不快乐！”

“爷爷，你不快乐了吗？生我的气了吗？”

“我不生你的气。你在我身边，我很快乐。”

“我万一跑了呢？”

“你不会离开爷爷的。”

“万一有这种事，爷爷你怎么样？”

“万一有这种事，我就驾了这只渡船去找你。”

翠翠嗤的笑了：“凤滩、茨滩不为凶，下面还有绕鸡笼；绕鸡笼也容易下，青浪滩浪如屋大。爷爷你渡船也能下凤滩、茨滩、青浪滩吗？那些地方的水，你不说过全是像疯子，毫不讲道理？”

祖父说：“翠翠，我到那时可真像疯子，还怕大水大浪？”

翠翠俨然极认真的想了一下，就说：“爷爷，我一定不走，可是，你会不会走？你会不会被一个人抓到别处去？”

祖父不做声了，他想到被死亡抓走那一类事情。

老船夫打量着自己被死亡抓走以后的情形，痴痴的看望天南角上一颗星子，心想：“七月八月天上方有流星，人也会在七月八月死去吧？”又想起白日在河街上同大老谈话的经过，想起中寨人陪嫁的那座碾坊，想起二老！想起一大堆过去事情，心中不免有点儿乱。

翠翠忽然说："爷爷，你唱个歌给我听听，好不好？"

祖父唱了十个歌，翠翠傍在祖父身边，闭着眼睛听下去，等到祖父不做声时，翠翠自言自语说："我又摘了一把虎耳草了。"

祖父所唱的歌原来便是那晚上听来的歌。

一六

二老有机会唱歌，却从此不再到碧溪岨唱歌。十五过去了，十六也过去了，到了二十六，老船夫实在忍不住了，进城往河街去找寻那个年轻小伙子，到城门边正预备入河街时，就遇着上次为大老作保山的杨马兵，正牵了一匹骡马预备出城，一见老船夫，就拉住了他：

"伯伯，我正有事情告你，碰巧你就来城里！"

"什么事情？"

"你听我说：天保大老坐下水船到茨滩出了事，闪不知这个人掉到滩下漩水里就淹坏了。早上顺顺家里得到这个信息，听说二老一早就赶去了。"

这个不吉消息同有力巴掌一样，重重的掴了老船夫那么一下，他不相信这是当真的消息。他故作从容的说：

"天保大老淹坏了吗？从不闻有水鸭子被水淹坏的！"

"可是那只水鸭子仍然有那么一次被淹坏了。我赞成你的卓见，不让那小子走车路十分顺手。"

从马兵言语上，老船夫还十分怀疑这个新闻，但从马兵神气上注意，老船夫却看清楚这是个真的消息了。他惨惨的说：

"我有什么卓见可说？这是天意！一切都是天意。……"老船夫说时心中充满了感情。

特为证明那马兵所说的话，有多少可靠处，老船夫同马兵分手后，于是匆匆赶到河街上去。到了顺顺家门前，正有人烧纸钱，许多人围在一处说话。参加进去听听，所说的便是杨马兵提到的那件事。但一到有人发现了身后的老船夫时，大家便把话语转了方向，故意来谈下河油价涨落情形了。老船夫心中很不安，正想找一个比较要好的水手谈谈。

一会儿船总顺顺从外面回来了，样子沉沉的，这豪爽正直的中年人，正似乎为不幸打倒，努力想挣扎爬起的神气，一见到老船夫就说：

“老伯伯，我们谈的那件事情吹了吧。天保大老已经坏了，你知道了吧？”

老船夫两只眼睛红红的，把手搓着。“怎么的，这是真事？这不会是真事！是昨天，是前天？”

另一个像是赶路同来报信的，便插嘴说道：“十六中上，船搁到石包子上，船头进了水，大老想把篙撇着，人就弹到水中去了。”

老船夫说：“你眼见他下水吗？”

“我还和他同时下水！”

“他说什么？”

“什么都来不及说！这几天来他都不说话！”

老船夫把头摇摇，向顺顺那么怯怯的溜了一眼。船总顺顺像知道他的心中不安处，就说：“伯伯，一切是天，算了吧。我这里有大兴场人送来的好烧酒，你拿一点去喝吧。”一个伙计用竹筒上了一筒酒，用新桐木叶蒙着筒口，交给了老船夫。

老船夫把酒拿走，到了河街后，低头向河码头走去，到河边天保大老前天上船处去看看。杨马兵还在那里放马到沙地上打滚，自己坐在柳树荫下乘凉，老船夫就走过去请马兵试试那大兴场的烧酒。两人喝了点酒后，兴致似乎好些了，老船夫就告给杨马兵，十四夜里二老两兄弟过碧溪岨唱歌那件事情。

那马兵听到后便说：

“伯伯，你是不是以为翠翠愿意二老，应该派归二老……”

话没说完，傩送二老却从河街下来了。这年轻人正像要远行的样子，一见了老船夫就回头走去。杨马兵喊他说：“二老，二老，你来，我有话同你说呀！”

二老站定了，很不高兴神气，问马兵有什么话说。马兵望望老船夫，就向二老说：“你来，有话说！”

“什么话？”

“我听人说你已经走了，——你过来我同你说，我不会吃掉你！你什么时候走？”

那黑脸宽肩膊、样子虎虎有生气的傩送二老，勉强似的笑着，到了柳荫下时，老船夫想把空气缓和下来，指着河上游远处那座新碾坊说：“二老，听人说那碾坊将来是归你的！归了你，派我来守碾子，行不行？”

二老仿佛听不惯这个询问的用意，便不做声。杨马兵看风头有点儿僵，便说：“二老，你怎么的，预备下去吗？”那年轻人把头点点，不再说什么，就走开了。

老船夫讨了个没趣，很懊恼的赶回碧溪岨去，到了渡船上时，就装作把事情看得极随便似的，告给翠翠：

“翠翠，今天城里出了件新鲜事情，天保大老驾油船下辰州，运气不好，掉到茨滩淹坏了。”

翠翠因为听不懂，对于这个报告最先好像全不在意。祖父又说：

“翠翠，这是真事。上次来到这里做保山的那个杨马兵，还说我早不答应亲事，极有见识！”

翠翠瞥了祖父一眼，见他眼睛红红的，知道他喝了酒，且有了点事情不高兴，心中想：“谁撩你生气？”船到家边时，祖父不自然的笑着向家中走去。翠翠守船，半天不闻祖父声息，赶回家去看看，见祖父正坐在门槛上编草鞋耳子。

翠翠见祖父神气极不对，就蹲到他身前去。

“爷爷，你怎么啦？”

“天保当真死了！二老生了我们的气，以为他家中出这件事情，是我们分派的！”

有人在溪边大喊渡船过渡，祖父匆匆出去了。翠翠坐在那屋角隅稻草上，心中极乱，等等还不见祖父回来，就哭起来了。

一七

祖父似乎生谁的气，脸上笑容减少了，对于翠翠方面也不大注意了。翠翠像知道祖父已不很疼她，但又像不明白它的真正原因。但这并不是很久的事，日子一过去，也就好了。两人仍然划船过日子，一切依旧，唯对于生活，却仿佛什么地方有了个看不见的缺口，始终无法填补起来。祖父过河街去仍然可以得到船总顺顺的款待，但很明显的事，那船总却并不忘掉死去者死亡的原因。二老出北河下辰州走了六百里，沿河找寻那个可怜哥哥的尸骸，毫无结果，在各处税关上贴下招字，返回茶峒来了。过不久，他又过川东去办货，过渡时见到老船夫。老船夫看看那小伙子，好像已完全忘掉了从前的事情，就同他说话。

“二老，大六月日头毒人，你又上川东去，不怕辛苦！”

“要饭吃，头上是火也得上路！”

“要吃饭！二老家还少饭吃！”

“有饭吃，爹爹说年轻人也不应该在家中白吃不作事！”

“你爹爹好吗？”

“吃得做得，有什么不好！”

“你哥哥坏了，我看你爹爹为这件事情也好像萎悴多了！”

二老听到这句话，不做声了，眼睛望着老船夫屋后那个白塔。他似乎想起了过去那个晚上，那件旧事，心中十分惆怅。

老船夫怯怯的望了年轻人一眼，一个微笑在脸上漾开。

“二老，我家里翠翠说，五月里有天晚上，做了个梦……”说时他又望望二老，见二老并不惊讶，也不厌烦，于是又接着说，“她梦的古怪，说在梦中被一个人的歌声浮起来，上对溪悬岩摘了一把虎耳草！”

二老把头偏过一旁去作了一个苦笑，心中想到“老头子倒会做作”。这点意思在那个苦笑上，仿佛同样泄露出来，仍然被老船夫看到了，老船夫显得有点慌张，就说：“二老，你不相信吗？”

那年轻人说：“我怎么不相信？因为我做傻子在那边岩上唱过一晚的歌！”

老船夫被一句料想不到的老实话窘住了，口中结结巴巴的说：“这是真的……这是假的……”

“怎不是真的？天保大老的死，难道不是真的？”

“可是，可是……”

老船夫的做作处，原意只是想把事情弄明白一点，但一起始自己叙述这段事情时，方法上就有了错处，故反而被二老误会了。他这时正想把那夜的情形好好说出来，船已到了岸边。二老一跃上了岸，就想走去。老船夫在船上显得有点更加忙乱的样子说：

“二老，二老，你等等，我有话同你说，你先前不是说到那个——你做傻子的事情吗？你并不傻，别人才当真为你那歌弄成傻相！”

那年轻人虽站定了，口中却轻轻的说：“得了，够了，不要说了。”

老船夫说：“二老，我听说你不要碾子要渡船，这是杨马兵说的，不是真的打算吧？”

那年轻人说：“要渡船又怎样？”

老船夫看看二老的神气，心中忽然高兴起来了，就情不自禁的高声叫着翠翠，要她下溪边来。可是事不凑巧，不知翠翠是故意不从屋里出来，还是到别处去了，许久还不见到翠翠的影子，也不闻这个女孩子的声音。二老等了一会，看看老船夫那副神气，一句话不说，便微笑着，大踏步同一个挑担粉条、白糖货物的脚夫走去了。

过了碧溪岨小山，两人应沿着一条曲曲折折的竹林走去，那个脚夫这时节开了口：

“傩送二老，我看那弄渡船的神气，很欢喜你！”

二老不做声。那人就又说道：

“二老，他问你要碾坊还是要渡船，你当真预备做他的孙女婿，接替他那只破渡船吗？”

二老笑了。那人又说：

“二老，若这件事派给我，我要那座碾坊。一座碾坊的出息，每天可收七升米，三斗糠。”

二老说：“我回来时和我爹爹去说，为你向中寨人做媒，让你得到那座碾坊吧。至于我呢，我想弄渡船是很好的。只是老的为人弯弯曲曲，不利索，大老是他弄死的。”

老船夫见二老那么走去了，翠翠还不出来，心中很不快乐，走回家去看看，原来翠翠并不在家。过一会，翠翠提了个篮子从小山后回来了，方知道大清早翠翠已出门掘竹鞭笋去了。

“翠翠，我喊了你好久，你不听到！”

“做什么喊我？”

“一个人过渡，……一个熟人，我们谈起你，……我喊你，你可不答应！”

“是谁？”

“你猜，翠翠。不是陌生人，……你认识他！”

翠翠想起适间从竹林里无意中听来的话，脸红了，半天不说话。

老船夫问：“翠翠，你得了多少鞭笋？”

翠翠把竹篮向地下一倒，除了十来根小小鞭笋外，只是一大把虎耳草。

老船夫望了翠翠一眼，翠翠两颊绯红，跑了。

一八

日子平平的过了一个月，一切人心上的病痛，似乎都在那份长长的白日下医治好了。天气特别热，各人只忙着流汗，用凉水淘江米酒吃，不用什么心事，心事在人生活中，也就留不住了。翠翠每天到白塔下背太阳的一面去午睡，高处既极凉快，两山竹篁里叫得使人发松的竹雀和其他鸟类又如此之多，致使她在睡梦里尽为山鸟歌声所浮着，做的梦也便常是顶荒唐的梦。

这并不是人的罪过。诗人们在一件小事上写出一整本整部的诗；雕刻家在一块石头上雕得出骨血如生的人像；画家一撇儿绿，一撇儿红，一撇儿灰，画得出一幅一幅带有魔力的彩画。谁不是为了惦着一个微笑的影子，或是一个皱眉的记号，方弄出那么些古怪成绩？翠翠不能用文字，不能用石头，不能用颜色，把那点心头上的爱憎移到别一件东西上去，却只让她的心，在一切顶荒唐事情上驰骋。她从这份隐秘里，便常常得到又惊又喜的兴奋。一点儿不可知的未来，摇撼她的情感极厉害，她无从完全把那种痴处不让祖父知道。

祖父呢，可以说一切都知道了的。但事实上他又却是个一无所知的人。他明白翠翠不讨厌那个二老，却不明白那小伙子二老近来怎么样。他从船总处与二老处，已碰过了钉子，但他并不灰心。

“要安排得对一点，方合道理，一切有个命！”他那么想着，就更显得好事多磨起来了。睁着眼睛时，他做的梦比那个外孙女翠翠便更荒唐更寥阔。

他向各个过渡本地人打听二老父子的生活，关切他们如同自己家中人一样。但也古怪，因此他却怕见到那个船总同二老了。一见他们他就不知说些什么，只是老脾气把两只手搓来搓去，从容处完全失去了。二老父子方面皆明白他的意思；但那个死去的人，却用一个凄凉的印象，镶嵌到父子心中，两人便对于老船夫的意思，俨然全不明白似的，一同把日子打发下去。

明明白白夜来并不做梦，早晨同翠翠说话时，那作祖父的会说：

“翠翠，翠翠，我昨晚上做了个好不怕人的梦！”

翠翠问：“什么怕人的梦？”

就装作思索梦境似的，一面细看翠翠小脸长眉毛，一面说出他另一时张着眼睛所做的做梦。不消说，那些梦原来都并不是当真怎样使人吓怕的。

一切河流皆得归海。话起始说得纵极远，到头来总仍然是归到使翠翠低头红脸那件事情上去。待到翠翠显得不大高兴，神气上露出受了点小窘时，这老船夫又才像有了一点儿吓怕，忙着解释，用闲话来遮掩自己所说到那问题的原意。

“翠翠，我不是那么说，我不是那么说。爷爷老了，胡涂了，笑话多咧。”

但有时翠翠却静静的把祖父那些笑话、胡涂话听下去，一直听到后来还抿着嘴儿微笑。

翠翠也会忽然说道：

“爷爷，你真是有一点儿胡涂！”

祖父听过了不再做声，他将说“我有一大堆心事”，但来不及说，就被过渡人喊走了。

天气热了，过渡人从远处走来，肩上挑的是七十斤担子，到了溪边，贪凉快不即走路，必蹲在岩石下茶缸边喝凉茶，与同伴交换吹吹棒烟管，且一面向弄渡船的攀谈。许多天上地下子虚乌有的话从此说出口来，给老船夫听到了。过渡人有时还因溪水清洁，就溪边洗脚抹澡的，坐得更久话也就更多。祖父把些话转说给翠翠，翠翠也就学懂了许多事情。货物的价钱涨落呀，坐轿搭船的用费呀，放木筏的人把他那个木筏从滩上流下时，十来把大桡子如何活动呀，在小烟船上吃荤烟，大脚婆娘如何烧烟呀，……无一不备。

傩送二老从川东押物回到了茶峒。时间已近黄昏了，溪面很寂静，祖父同翠翠在菜园地里看萝卜秧子，翠翠白日中觉睡久了些，觉得有点寂寞，好像听人嘶声喊过渡，就争先走下溪边去。下坎时，见两个人站在码头边，斜阳影里背身看得极分明，正是傩送二老同他家中的长年！翠翠大吃一惊，同小兽物见到猎人一样，回头便向山竹林里跑掉了。但那两个在溪边的人，听到脚步响时，一转身，也就看明白这件事情了。等了一下再也不见人来，那长年又嘶声音喊叫过渡。

老船夫听得清清楚楚，却仍然蹲在萝卜秧地上数菜，心里觉得好笑。他已见到翠翠走去，他知道必是翠翠看明白了过渡人是谁，故意蹲在那高岩上不理会。翠翠人小不管事，过渡人求她不干，奈何她不得，所以只好嘶着个喉咙叫过渡了。那长年叫了几声，见没有人来，就同二老说："这是什么玩意儿，难道老的害病弄翻了，只剩下翠翠一个人了吗？"二老说："等等看，不算什么！"就等了一阵。因为这边在静静的等着，园地上老船夫却在心里想："难道是二老吗？"他仿佛担心搅恼了翠翠似的，就仍然蹲着不动。

但再过一阵，溪边又喊起过渡来了，声音不同了一点，这才真是二老的声音。生气了吧？等久了吧？吵嘴了吧？老船夫一面胡乱估着，一面连奔带蹿跑到溪边去。到了溪边，见两个人业已上了船，其中之一正是二老。老船夫惊讶的喊叫：

"呀，二老，你回来了！"

年轻人很不高兴似的。"回来了，——你们这渡船是怎么的？等了半天也不来个人！"

"我以为——"老船夫四处一望，并不见翠翠的影子，只见黄狗从山上竹林里跑来，知道翠翠上山了，便改口说，"我以为你们过了渡。"

"过了渡！不得你上船，谁敢开船？"那长年说着，一只水鸟掠着水面飞去，"翠鸟儿归窠了，我们还得赶回家去吃夜饭！"

"早咧，到河街早咧，"说着，老船夫跳上了船，且在心中一面说，"你不是想承继这只渡船吗！"一面把船索拉动，船便离岸了。

"二老，路上累得很！……"

老船夫说着，二老不置可否、不动感情听下去。船拢了岸，那年轻小伙子同家中长年话也不说，挑担子翻山走了。那点淡漠印象留在老船夫心上，老船夫于是在两个人身后，捏紧拳头威吓了三下，轻轻的吼着，把船拉回去了。

一九

翠翠向竹林里跑去，老船夫半天还不下船，这件事从傩送二老看来，前途显然有点不利。虽老船夫言词之间，无一句话不在说明"这事有边"，但那畏畏缩缩的说明，极不得体。二老想起他的哥哥，便把这件事曲解了。他有一点愤愤不平，有一点儿气恼，回到家里第三天，中寨有人来探口风，在河街顺顺家中住下，把话问及顺顺，想明白二老的心中是不是还有意接受那座新碾坊。顺顺就转问二老自己意见怎么样。

二老说："爸爸，你以为这事为你，家中多座碾坊多个人，你可以快活，你就答应了。若果为的是我，我要好好去想一下，过些日子再说它吧。我尚不知道我应当得座碾坊，还是应当得一只渡船；因为我命里或只许我撑个渡船！"

探口风的人把话记住，回中寨去报命，到碧溪岨过渡时，见到了老船夫，想起二老说的话，不由得不眯眯的笑着。老船夫问明白了他是中寨人，就又问他上城作些什么事。

那心中有分寸的中寨人说：

"什么事也不作，只是过河街船总顺顺家里坐了一会儿。"

"无事不登三宝殿，坐了一定就有话说！"

"话倒说了几句。"

"说了些什么话？"那人不再说了。老船夫却问道："听说你们中寨人想把大河边一座碾坊连同家中闺女儿送给河街上顺顺，这事情有不有了点眉目？"

那中寨人笑了："事情成就了，我问过顺顺，顺顺很愿意和中寨人结亲家，又问过那小伙子……"

"小伙子意思怎么样？"

"他说：我眼前有座碾坊，有条渡船，我本想要渡船，现在就决定要碾坊吧。渡船是活动的，不如碾坊固定。这小子会打算盘呢。"

中寨人是个米场经纪人，话说得极有斤两，他明知道"渡船"指的是什么意思，但他可并不说穿。他看到老船夫口唇蠕动，想要说话，中寨人便又抢着说道：

"一切皆是命，半点不由人。可怜顺顺家那个大老，相貌一表堂堂，会淹死在水里！"

老船夫被这句话在心上扎实的戳了一下，把想问的话咽住了。

中寨人上岸走去后，老船夫闷闷的立在船头，痴了许久。又把二老日前过渡时落漠神气温习一番，心中大不快乐。

翠翠在塔下玩得极高兴，走到溪边高岩上想要祖父唱唱歌，见祖父不理会她，一路埋怨赶下溪边去。到了溪边方见到祖父神气十分沮丧，可不明白为什么原因。翠翠来了，祖父看看翠翠的快活黑脸儿，粗卤的笑笑。对溪有扛货物过渡的，便不说什么，沉默的把船拉过溪南，到了中心却大声唱起歌来了。把人渡过了溪，祖父跳上码头走近翠翠身边来，还是那么粗卤的笑着，把手抚着头额。

翠翠说："爷爷怎么的，你发痧了？你躺到荫下去歇歇，我来管船！"

"你来管船，好的，妙的，这只船归你管！"

老船夫似乎当真发了痧，心头发闷，虽当着翠翠还显出硬扎样子，独自走回屋里后，找寻得到一些碎瓷片，在自己臂上腿上扎了几下，放出了些乌血，就躺到床上睡了。

翠翠自己守船，心中却古怪的快乐高兴，心想："爷爷不为我唱歌，我自己会唱！"

她唱了许多歌，老船夫躺在床上闭着眼睛，一句一句听下去。心中极乱，但他知道这不是能够把他打倒的大病，到明天就仍然会爬起来的。他想明天进城，到河街去看看，又想起另外许多旁的事情。

但到了第二天，人虽起了床，头还沉沉的。祖父当真已病了，翠翠显得懂事了些，为祖父煎了一罐大发药，逼着祖父喝；又过屋后菜园地里摘取蒜苗泡在米汤里作酸蒜苗。一面照料船只，一面还时时刻刻抽空赶回家里来看祖父，问这样那样。祖父可不说什么，只是为一个秘密痛苦着。躺了三天，人居然好了。屋前屋后走动了一下，骨头还硬硬的，心中惦念到一件事情，便预备进城过河街去。翠翠看不出祖父有什么要紧事情必须当天进城，请求他莫去。

老船夫把手搓着，估量到是不是应说出那个理由。在面前，翠翠一张黑黑的瓜子脸，一双水汪汪的眼睛，使他吁了一口气。

他说："我有要紧事情，得今天去！"

翠翠苦笑着说："有多大要紧事情，还不是……"

老船夫知道翠翠脾气，听翠翠口气已经有点不高兴，不再说要走了，把预备带走的竹筒，同扣花褡裢搁到长几上后，带点儿谄媚笑着说："不去吧，你担心我会把自己摔死，我就不去吧。我以为天气早上不很热，到城里把事办完了就回来。……不去也好，我明天去！"

翠翠轻声的温柔的说："爷爷，你明天去也好，你腿还软！好好的躺一天再起来！"

老船夫似乎心中还不甘服，撒着两手走出去，在门限边有个打草鞋的棒槌，差点儿把他绊了一大跤。稳住了时，翠翠苦笑着说："爷爷，你瞧，还不服气！"老船夫拾起那棒槌，向屋角隅摔去，说道："爷爷老了！过几天打豹子给你看！"

到了午后，落了一阵行雨，老船夫却同翠翠好好商量，仍然进了城。翠翠不能陪祖父进城，就要黄狗跟去。老船夫在城里被一个熟人拉着谈了许久盐价、米价，又过守备衙门看了一会厘金局长新买的骡马，方到河街顺顺家里去。到了那里，见顺顺正同三个人围着小桌子打纸牌，不便谈话，就站在身后看了一阵牌。后来顺顺请他喝酒，借口病刚好点不敢喝酒，推辞了。牌既不散场，老船夫又不想即走，顺顺似乎并不明白他等着有何话说，却只注意手中的牌。后来老船夫的神气倒为另外一个人看出了，就问他是不是有什么事情。老船夫方忸忸怩怩照老方子搓着他那两只大手，说别的事没有，只想同船总说两句话。

那船总方明白在身后看牌半天的理由，回头对老船夫笑将起来。

"怎不早说？你不说，我还以为你在看我牌学张子！"

"没有什么，只是三五句话，我不便扫兴，不敢说出！"

船总把牌向桌上一撒，笑着向后房走去了，老船夫跟在身后。

"什么事？"船总问着，神气似乎先就明白了他来此要说的话，显得略微有点儿怜悯的样子。

"我听一个中寨人说，你预备同中寨团总打亲家，是不是真事？”

船总见老船夫的眼睛盯着他的脸，想得一个满意的回答，就说：“有这事情。”那么答应，意思却是：“有了你怎么样？”

老船夫说：“真的吗？”

那一个又很自然的说：“真的。”意思却依旧包含了“真的又怎么样？”

老船夫装得很从容的问：“二老呢？”

船总说：“二老坐船下桃源好些日子了！”

二老下桃源的事，原来还同他爸爸吵了一阵才走的。船总性情虽异常豪爽，可不愿意间接把第一个儿子弄死的女孩子，又来作第二个儿子的媳妇，这是很明白的事情。若照当地风气，这些事认为只是小孩子的事，大人管不着；二老当真欢喜翠翠，翠翠又爱二老，他也并不反对这种爱怨纠缠的婚姻。但不知怎么的，老船夫对于这件事情的关心处，使二老父子对于老船夫反而有了一点误会。船总想起家庭间的近事，以为全与这老而好事的船夫有关，虽不见诸形色，心中却有个疙瘩。

船总不让老船夫再开口了，就语气略粗的说道：

“伯伯，算了吧，我们的口只应当喝酒了，莫再只想替儿女唱歌！你的意思我全明白，你是好意。可是我也求你明白我的意思，我以为我们只应当谈点自己分上的事情，不适宜于想那些年轻人的门路了。”

老船夫被一个闷拳打倒后，还想说两句话，但船总却不让他再有说话机会，把他拉出到牌桌边去。

老船夫无话可说，看看船总时，船总虽还笑着谈到许多笑话，心中却似乎很沉郁，把牌用力掷到桌上去。老船夫不说什么，戴起他那个斗笠，自己走了。

天气还早，老船夫心中很不高兴，又进城去找杨马兵。那马兵正在喝酒，老船夫虽推病，也免不了喝个三五杯。回到碧溪岨，走得热了一点，又用溪水去抹身子。觉得很疲倦，就要翠翠守船，自己回家睡去了。

黄昏时天气十分郁闷，溪面各处飞着红蜻蜓。天上已起了云，热风把两山竹篁吹得声音极大，看样子到晚上必落大雨。翠翠守在渡船上，看着那些溪面飞来飞去的红蜻蜓，心也极乱。看祖父脸上颜色惨惨的，放心不下，便又赶回家中去。先以为祖父一定早睡了，谁知还坐在门限上打草鞋。

“爷爷，你要多少双草鞋穿，床头上不是还有十四双吗？怎么不好好的躺一躺？”

老船夫不做声，却站起身来昂头向天空望着，轻轻的说：“翠翠，今晚上要落大雨响大雷的！回头把我们的船系到岩下去，这雨大哩。”

翠翠说：“爷爷，我真害怕！”翠翠怕的似乎并不是晚上要来的雷雨。

老船夫似乎也懂得那个意思，就说：“怕什么？一切要来的都得来，不必怕！”

二〇

夜间果然落了大雨，夹以吓人的雷声。电光从屋脊上掠过时，接着就是訇的一个炸雷。翠翠在暗中抖着。祖父也醒了，知道她害怕，且担心她着凉，还起身来把一条布单搭到她身上去。祖父说：“翠翠，打雷不要怕！”

翠翠说：“我不怕。”说了还想说：“爷爷，你在这里我不怕！”

訇的一个大雷，接着是一种超越雨声而上的洪大闷重倾圮声。两人都以为一定是溪岸悬崖崩落了；担心到那只渡船，会压在崖石下面了。

祖孙两人便默默的躺在床上听雨声、雷声。

但无论如何大雨，过不久，翠翠却依然睡着了。醒来时天已大亮，雨不知在何时业已止息，只听到溪两岸山沟里注水入溪的声音。翠翠爬起身来看看，祖父还似乎睡得很好，开了门走出去，门前已变成为一个水沟，一股浊流便从塔后哗哗的流来，从前面悬崖直堕而下。并且各处全是那么一种临时的水道。屋旁菜园地已为山水冲乱了，菜秧被掩在粗砂泥里了。再走过前面去看看溪里一切，才知道溪中也涨了大水，已漫过了码头，水脚快到茶缸边了。下到码头去的那条路，正同一条小河一样，哗哗的泄着黄泥水。过渡的那一条横溪牵定的缆绳，早被水淹了。泊在崖下的渡船，已不见了。

翠翠看看屋前悬崖并不崩坍，当时还不注意渡船的失去。但再过一阵，她上下搜索不到这东西，无意中回头一看，屋后白塔已不见了，一惊非同小可。赶忙向屋后跑去，才知道白塔业已坍倒，大堆砖石极零乱的摊在那儿，翠翠吓慌得不知所措，只锐声叫她的祖父。祖父不起身，也不答应，就赶回家里去，到得床边摇了祖父许久，祖父还不做声。原来这个老年人在雷雨将息时已死去了。

翠翠于是大哭起来。

过一阵，有从茶峒过川东跑差事的人，赶早到了溪边，隔溪喊过渡。翠翠正在灶边一面哭着，一面烧水预备为死去的祖父抹澡。

那人以为老船夫一家还不醒，急于过河，喊叫不应，就抛掷小石头过溪，打到屋顶上。翠翠鼻涕眼泪成一片的走出来，跑到溪边高崖前站定。

“喂，不早了！快快把船划过来！”

“船跑了！”

“你爷爷做什么事情去了呢？他管船，有责任！”

“他管船，管了五十年的船，尽过了责任，——他死了啊！”

翠翠一面向隔溪人说着，一面大哭起来。那人知道老船夫死了，得进城去报信，就说：

“真死了吗？不要哭吧，我回城去告他们，要他们弄条船带东西来！”

那人回到茶峒城边时，一见熟人就报告这件新闻，不多久，全茶峒城里外便都知道这个消息了。河街上船总顺顺，派人找了一只空船，带了副白木匣子，即刻向碧溪岨撑去。城中杨马兵却同一个老军人，赶到碧溪岨去，砍了几十根大毛竹，用葛藤编作筏子，作为来往过渡的临时渡船。筏子编好后，撑了那个东西，到翠翠家中那一边岸下，留老兵守竹筏来往渡人，自己跑到翠翠家去看那个死者，眼泪湿莹莹的，摸了一会躺在床上硬僵僵的老友，又赶忙着做些应做的事情。到后帮忙的人来了，从大河船上运来的棺木也来了，住在城中的老道士，还带了许多法宝，一件旧麻布道袍，并提了一只大公鸡，来尽义务办理念经起水招魂绕棺诸事，也从筏上渡过来了。家中人出出进进，翠翠只坐在灶边矮凳上呜呜的哭着。

到了中午，船总顺顺也来了，还跟着一个人扛了一口袋米、一坛酒、一大腿猪肉。见了翠翠就说：

“翠翠，爷爷死去我知道了，老年人是必须死的。劳苦了一辈子，也应当休息了。你不要发愁，一切有我！”

各方面看看，就回去了。到了下午入了殓，一些帮忙的回的回家去了，晚上便只剩下了那老道士、杨马兵、箍桶匠秃头陈四四同顺顺家派来两个年轻长年。黄昏以前老道士用红绿纸剪了一些花朵，用黄泥作了一些烛台。天断黑后，棺木前小桌上点起黄色九品蜡，燃了香，棺木周围也点了小蜡烛，老道士披上那件蓝麻布道袍，开始了丧事中绕棺仪式。老道士在前拿着个小小纸幡引路，孝子第二，马兵殿后，绕着那具寂寞棺木慢慢转着圈子。两个长年则站在灶边空处，不成节奏胡乱的打着锣钹。老道士一面闭了眼睛走去，一面且唱且哼，安慰亡灵。提到关于亡魂所到西方极乐世界花香四季时，老马兵就把手托木盘里的杂色纸花，向棺木上高高撒去，象征西方极乐世界情形。

到了半夜，法事办完了，放过爆竹，蜡烛也快熄灭了。翠翠眼泪婆娑的，赶忙又到灶边去烧火，为帮忙的人办消夜。吃了消夜，老道士歪到死人床上睡着了。剩下几个人还得照规矩在棺木前守灵过夜。老马兵为大家唱丧堂歌取乐，用个空的量米木升子，当作小鼓，把手剥剥剥的一面敲着升底，一面悠悠的唱下去——唱二十四孝中“王祥卧冰”的事情，“黄香扇枕”的事情。

翠翠哭了一整天，也同时忙累了一整天，到这时节已倦极，把头靠在棺前眯着了。两个长年同马兵等既吃了消夜，喝过两杯酒，精神还虎虎的，便轮流把丧堂歌唱下去。但只一会儿，翠翠又醒了，仿佛梦到什么，惊醒后看到棺木，明白祖父已死，于是又幽幽的哭起来。

“翠翠，翠翠，不要哭啦，人死了哭不回来的！”

秃头陈四四接着就说了一个做新嫁娘的人哭泣的笑话，话语中夹杂了三五个粗野字眼儿，因此引起两个年轻长年咕咕的笑了许久。黄狗在屋外吠着，翠翠开了大门，到外面去站了一会，耳听到各处是虫声，天上月色极好，大星子嵌进透蓝天空里，非常沉静温柔。翠翠心想：

“这是真事情吗？爷爷当真死了吗？”

老马兵原来跟在她的后边，因为他知道，女孩子心门儿窄，说不定一炉火闷在灰里，痕迹不露，见祖父去了，自己一切皆已无望，跳崖悬梁，想跟着祖父一块儿去，也说不定。于是随时留心监视到翠翠。

老马兵见翠翠痴痴的站着，时间过了许久还不回头，就打着咳声叫翠翠说：

“翠翠，露水落了，不冷么？”

“不冷。”

“天气好得很！”

“呀……”一颗大流星使翠翠轻轻的喊了一声。

接着南方又是一颗流星划空而下。对溪有猫头鹰叫。

“翠翠，”老马兵业已同翠翠并排一块儿站定了，很温和的说，“你进屋里睡去了吧，不要胡思乱想！老人是入土为安，不要让他挂牵你！”

翠翠默默的回到祖父棺木前，坐在地上又呜咽起来。守在屋中两个长年已睡着了。

那一个马兵便幽幽的说道：“不要哭了！不要哭了！你爷爷也难过咧。眼睛哭胀，喉咙哭嘶，有什么好处？听我说，爷爷的心事我全都知道，一切有我；我会把事情安排得好好的，对得起你爷爷。我会安排，什么事都会。我要一个爷爷欢喜、你也欢喜的人来接收这只渡船。不能如我们的意，我老虽老，还能拿镰刀同他们拼命。翠翠，你放心，一切有我！……”

远处不知什么地方鸡叫了，老道士原是个老童生，辛亥后才改业，在那边床上胡胡涂涂的自言自语：“天子重英豪，文章教尔曹，万般皆下品，唯有读书高……天亮了吗？早咧！”

二一

大清早，帮忙的人从城里拿了绳索、杠子赶来了。

老船夫的白木小棺材，为六个人抬着，到那个倾圮了的塔后山岨上去埋葬时，船总顺顺、杨马兵、翠翠、老道士、黄狗，都默默的跟在后面。到了预先掘就的方阱边，老道士照规矩先跳下去，把一点硃砂颗粒同白米安置到阱中四隅及中央，又烧了一点纸钱，念了个安魂咒，爬出阱时就要抬棺木的人动手下殚。翠翠哑着喉咙干号，伏在棺木上不起身。经马兵用力把她拉开，方能移动棺木。一会儿，那棺木便下了阱，调整了方向，拉去了绳子，被新土掩盖了。翠翠还坐在地上呜咽。老道士要赶早回城，去替人做斋，过渡走了。船总事务多，把这方面一切托付给老马兵，也赶回城去了。帮忙的到溪边去洗了手，家中各人还有各人的事，且知道这家人的情形，不便再叨扰，也不再惊动主人，过渡回家走了。于是碧溪岨便只剩下三个人，一个是翠翠，一个是老马兵，一个是由船总家派来暂时帮忙照料渡船的秃头陈四四。黄狗因被那秃头打过一石头，怀恨在心，对于那秃头仿佛很不高兴，尽是轻轻的吠着，意思好像说：“你来干什么？这里用不着你这个人！”

到了下午，翠翠同老马兵商量，要老马兵回城去，把马托给营里人照料，再回碧溪岨来陪她。老马兵回转碧溪岨时，秃头陈四四被打发回城去了。

翠翠仍然自己同黄狗来弄渡船，让老马兵坐在溪岸高崖上玩，或嘶着个老喉咙唱歌给她听。

过三天后，船总顺顺来商量接翠翠过家里去住，翠翠却想看守祖父的坟山，不愿即刻进城。只请船总过城里衙门去说句话，许杨马兵暂时同她住住，船总顺顺答应了这件事，送了几斤片糖，就走了。

杨马兵是个近六十岁了的人，原本和翠翠的父亲同营当差，说故事的本领比翠翠祖父还高一筹，加之为人特别热忱，做事又勤快又干净，因此同翠翠住下来，使翠翠仿佛去了一个祖父，却新得了一个伯父。过渡时有人问及可怜的祖父，黄昏时想起祖父，都使翠翠心酸，觉得十分凄凉。但这分凄凉日子过久一点，也就渐渐淡薄些了。两人每日在黄昏中同晚上，坐在门前溪边高崖上，谈点那个躺在湿土里可怜祖父的旧事，有许多是翠翠先前所不知道的，说来便更加使翠翠心中柔和。又说到翠翠的父亲，那个又要爱情又惜名誉的军人，在当时按照绿营军勇的装束，穿起绿盘云得胜褂，包青绉绸包头，如何使乡下女孩子动心。又说到翠翠的母亲，年纪轻轻时就如何善于唱歌，而且所唱的那些歌在当时又如何流行。

时候变了，一切也自然都不同了，皇帝已被掀下了金銮宝殿，不再坐江山，平常人还消说！杨马兵想起自己年轻作马夫时，打扮的索索利利，牵了马匹到碧溪岨来对翠翠母亲唱歌，翠翠母亲总不理会，到如今自己却成为这孤雏的唯一靠山，唯一信托人，不由得不苦笑。

两人每个黄昏必谈祖父，以及这一家有关系的问题。后来便说到了老船夫死前的一切，翠翠因此明白了祖父活时所不提到的许多事。二老的唱歌，顺顺大儿子的死，顺顺父子对于祖父的冷淡，中寨人用碾坊作陪嫁妆奁，诱惑傩送二老，二老既记忆着哥哥的死亡，且因得不到翠翠理会，又被逼着接受那座碾坊，意思还在渡船，因此赌气下行。祖父的死因，又如何和翠翠有关……凡是翠翠不明白的事情，如今可全明白了。翠翠把事情弄明白后，哭了一个夜晚。

过了四七，船总顺顺派人来请马兵进城去，商量把翠翠接到他家中去。马兵以为这件事得问翠翠。回来时，把顺顺的意思向翠翠说过后，见翠翠还不肯和祖父的坟墓离开，又为翠翠出主张，以为名分既不定妥，到一个生人家里去也不大方便，还是不如在碧溪岨暂等，等到二老驾船回来时，再看二老意思，说不定二老要来碧溪岨驾渡船！

办法决定后，老马兵还以为二老不久必可回来的，就依然把马匹托营上人照料，在碧溪岨为翠翠作伴，把一个一个日子过下去。

碧溪岨的白塔，人人都认为和茶峒风水大有关系，塔圮坍了，不重新作一个自然不成。除了城中营管、税局，以及各商号各平民捐了些钱以外，各大寨子也有人拿册子去捐钱。为了这塔的重建并不是给谁一个人的好处，应让每个人来积德造福，让每个人有捐钱的机会，因此在新作的渡船上也放了个两头有节的大竹筒，中部锯了一口，尽过渡人自由把钱投进去，竹筒满了，马兵就捎进城中首事人处去，另外又带了个竹筒回来。过渡人一看老船夫不见了，翠翠辫子上扎了白绒，就明白那老的已作完了自己分上的工作，安安静静躺到土坑里了；必一面用同情的眼色瞧着翠翠，一面摸出钱来塞到竹筒中去。“天保佑你，死了的到西方去，活下的永保平安。”翠翠明白那些捐钱人的怜悯与同情意思，心里软软的，酸酸的，忙把身子背过去拉船。

到了冬天，那个圮坍了的白塔，又重新修好了。那个在月下唱歌，使翠翠在睡梦里为歌声把灵魂轻轻浮起的年轻人，还不曾回到茶峒来。

这个人也许永远不回来了，也许明天回来！

1934年4月19日完成

短 篇 小 说

龙　朱

第一　说这个人

郎家苗人中出美男子，仿佛是那地方的父母全曾参预过雕塑天王菩萨的工作，因此把美的模型留给儿子了。族长儿子龙朱年十七岁，是美男子中之美男子。这个人，美丽强壮像狮子，温和谦驯如小羊。是人中模型。是权威。是力。是光。种种比譬全只为了他的美。其他德行则与美一样，得天比平常人特别多。

提到龙朱相貌时，就使人生一种卑视自己的心情。平时在各样事业得失上全引不出妒嫉的神巫，因为有次望到龙朱的鼻子，也立时变成小气，甚至于想用钢刀去刺破龙朱的鼻子。这样与天作难的倔强野心却生之于神巫。到后又却因为那个美，仍然把这神巫克服了。

郎家，以及乌婆，彝族，花帕，长脚各族，人人都说龙朱相貌长得好看，如日头光明，如花新鲜，正因为这样说话的人太多，无量的阿谀，反而烦恼了龙朱了。好的风仪用处不是得阿谀（龙朱的地位，已就应当得到各样人的尊敬歆羡了）。既不能在女人中煽动勇敢的悲欢，好的风仪全成为无意思之事。龙朱走到水边去，照过了自己，相信自己的好处，又时时用铜镜检察自己，觉得并不为人过誉。然而结果如何呢？似乎龙朱不像是应当在每个女子理想中的丈夫那么平常，因此反而与妇女们离远了。

女人不敢把龙朱当成目标，作那荒唐艳丽的梦，不是女人的过错。在任何民族中，女子们，不能把神做对象，来热烈恋爱，来流泪流血，不是自然的事么？任何种族的妇人，原永远是一种胆小知分的生物，要情人，也知道要什么样情人才合乎身分。纵其中并不乏勇敢不知事故的女子，也自然能从她的不合理希望上得到一种好教训。相貌堂堂是女子倾心的原由，但一个过分美观的身材，却只作成了与女子相远的方便。谁不承认狮子是孤独兽物？狮子永远孤独，就只为了狮子全身的纹彩与众不同。

龙朱因为美，有那与美同来的骄傲不？凡是到过青石冈的苗人，全都能赌咒作证，否认这个事。人人总说总爷的儿子，从不用地位虐待过人畜，也从不闻对长年老辈妇人女子失过敬礼。在称赞龙朱的人口中，总还不忘同时提到龙朱的相貌。全寨中，年轻汉子们，有与老年人争吵事情时，老人词穷，就必定说，我老了，你年轻人，干吗不学龙朱谦恭对待长辈？这青年汉子，若还有羞耻心存在，必立时遁去，不说话，或立即认错，作揖陪礼。一个妇人与人谈到自己儿子，总常说，儿子若能像龙朱，那就卖自己与江西布客，让儿子得钱花用，也愿意。所有未出嫁的女人，都想自己将来有个丈夫能与龙朱一样。所有同丈夫吵嘴的妇人，说到丈夫时，总说你不是龙朱，真不配管我磨我；你若是龙朱，我做牛做马也甘心情愿。

还有，一个女人同她的情人，在山峒里约会，男子不失约，女人第一句赞美的话总是“你真像龙朱”。其实这女人并不曾同龙朱有过交情，也未尝听到谁个女人向龙朱约会过。

一个长得太标致了的人，是这样常常容易为别人把名字放到口上咀嚼的。

龙朱在本地方远远近近，得到如此尊敬爱重。然而他是寂寞的。这人是兽中之狮，永远当独行无伴！

在龙朱面前，人人觉得极卑小，把男女之爱全抹杀，因此这族长的儿子，却仿佛永远无从爱女人了。女人中，属于乌婆族，以出产多情才貌女子著名地方的女人，也从无一个敢来到龙朱的面前，闭上一只眼，荡着她上身，向龙朱挑情。也从无一个女人，敢把她绣成的荷包，掷到龙朱身边来。也从无一个女人，敢把自己姓名与龙朱姓名编成一首歌，来在跳年时节唱。然而所有龙朱的亲随，所有龙朱的奴仆，又正因为强壮美好，正因为与龙朱接近，如何在一种沉醉狂欢中享受这个种族中年轻及时女人小嘴长臂的温柔！

“寂寞的王子，向神请求帮忙吧。”

使龙朱生长得如此壮美，是神的权力，也就是神所能帮助龙朱的唯一事。至于要女人倾心，是人的事啊！

要自己，或他人，设法使女人来在面前唱歌，疯狂中裸身于草席上面献上贞洁的身，只要是可能，龙朱不拘牺牲自己所有任何物，都愿意。然而不行。任怎样设法，也不行。齐梁桥的洞口终于有合拢的一日，不拘有人能说在高大山洞合拢以前，龙朱能够得到女人的爱，是不可信的事。

民族中积习，折磨了天才与英雄，不是在事业上粉骨碎身，便是在爱情中退位落伍。这不是仅仅白耳族王子的寂寞，他一种族中人，也总不缺少同样的故事！不是怕受天责罚，也不是另有所畏，也不是预言者曾有明示，也不是族中法律限制，自自然然，所有女人都将她的爱情，给了一个男子，轮到龙朱却无份了。

在寂寞中龙朱是用骑马猎狐以及其他消遣把日子混下去了。

日子如此过了四年，他二十一岁。

四年后的龙朱，没有与以前日子龙朱两样处。另一方面也许可以指出一点不同来，那就是说如今的龙朱，更像一个好情人了。年龄在这个神工打就的身体上，增加上了些更表示“力”更像男子的东西，应长毛的地方生长了茂盛的毛，应长肉的地方添上了结实的肉，一颗心，则同样因为年龄所补充的，更其能顽固的预备承受爱、给予爱了。

他越觉得寂寞。

虽说齐梁洞并未有合拢，二十一岁的人年纪算轻，来日正长，前途大好，然而什么时候是那补偿填还时候呢？有人能作证，说天所给别的男子的那一份幸福与苦恼，过不久也将同样分派给龙朱么？有人敢包，说到另一时，会有个初生之犊一般的女人，不怕一切来爱龙朱么？

郎家族男女结合，在唱歌。大年时，端午时，八月中秋时，以及跳年刺牛大祭时，男女成群唱，成群舞。女人们，各自穿了峒锦衣裙，各戴花擦粉，供男子享受。平常时，大好天气下，或早或晚，在山中深阿，在水滨，唱着歌，把男女吸到一块来，即在太阳或月亮下，成了熟人，做着只有顶熟的人可做的事。在此习惯下，一个男子不能唱歌他是种羞辱，一个女子不能唱歌她不会得到好丈夫。抓出自己的心，放在爱人的面前，方法不是钱，不是貌，不是门阀也不是假装的一切，只有真实热情的歌。所唱的，不拘是健壮乐观，是忧郁，是怒，是恼，是眼泪，总之还是歌。一个多情的鸟绝不是哑鸟。一个人在爱情上无力勇敢自白，那在一切事业上也全是无希望可言，这样人决不是好人！

那么龙朱必定是缺少这一项，所以不行了？

事实又并不如此。龙朱的歌全为人引作模范的歌。用歌发誓的青年男子女人，全采用龙朱誓歌那一个韵。一个情人被对方的歌窘倒时，总说胜利人拜过龙朱作歌师傅。凡是龙朱的声音，别人都知道。凡是龙朱唱的歌，无一个女人敢接声。各样的超凡入圣，把龙朱摒除于爱情之外，歌的太完全太好，也仿佛成为一种吃亏理由了。

有人拜龙朱作歌师傅的话，也是当真的。手下的用人，或其他青年汉子，在求爱时腹中歌词为女人逼尽，或为一种浓烈情感扼着了他的喉咙，歌唱不出心中的恩怨，来请教龙朱，龙朱总不辞。经过龙朱的指点，结果是多数把女子引回家，成了管家妇；或者领导到山洞中，互相把心愿了销。熟读龙朱的歌的男子，博得美貌善歌的女人倾心，也有过许多人。但是歌师傅永远是歌师傅，直接要龙朱教歌的，总全是男子，并无一个年轻女人。

龙朱是狮子，只有说这个人是狮子，可以使平常人对于他的寂寞得到一种解释!

当地年轻女人到什么地方去了呢？懂得唱歌要男人的，都给一些歌战胜，全引诱尽了。凡是女人都明白在情欲上的固持是一种痴处，所以女人宁愿减价卖出，无一个敢屯货在家。如今只能让日子过去一个办法，因了日子的推迁，希望那新生的犊中也有那不怕狮子的犊在。

龙朱就常常这样自慰着度着每个新的日子，人事凑巧处正多着，在齐梁桥洞口合拢以前，也许龙朱仍然可以得着一种好运。

第二 说一件事

中秋大节的月下整夜歌舞，已成了过去的事了。大节的来临，反而更寂寞，也成了过去的事了。如今已到了九月。打完谷子了。拾完桐子了。红薯早挖完下窖了。冬鸡已上孵，快要生出小鸡了。连日晴明出太阳，天气冷暖宜人。年轻女子全都负了柴耙同篾笼上坡扒草。各处山坡上都有歌声，各处山洞里，都有情人在用干草铺就并撒有野花的临时床铺上并排坐或并头睡。这九月是比春天还好的九月。

龙朱在这样时候更多无聊。出去玩，打鸠本来非常相宜，然而一出门，就听到各处歌声，到许多地方又免不了要碰着那成双作对的人，于是大门也不敢出了。

无所事事的龙朱，每天只在家中磨刀，这预备在冬天来剥豹皮的刀，是宝物，是龙朱的朋友。无聊无赖的龙朱，正用着那“一日数摩挲剧于十五女”的心情来爱这口宝刀的。刀用清油在一方小石上磨了多日，光亮到暗中照得见人，锋利到把头发放近刀口，吹一口气发就成两截。然而他还是每天把这把刀来磨砺。

某天，一个比平常日子似乎更像是有意帮助青年男女“野餐”的一天，黄黄的日头照满全村，龙朱仍然在阳光下磨刀。

在这人脸上有种孤高鄙夷的表情，嘴角的笑纹也变成了一条对生存感到烦厌的线。他时时凝神听察堡外远处女人的尖细歌声，又时时顾望天空。黄日头临照到他一身，使他身上有春天温暖。天是蓝天，在蓝天作底的景致中，常常有雁鹅排成人字或一字写在那虚空。龙朱望到这些也不笑。

什么事把龙朱变成这样阴郁的人呢？郎家，乌婆族，彝族，花帕，长脚……每一族的年轻女人都应负责，每一对年轻情人都应致歉。妇女们，在爱情选择中遗弃了这样完全人物，是菩萨神鬼不许可的一件事，是爱神的耻辱，是民族灭亡的先兆。女人们对于恋爱不能发狂，不能超越一切利害去追求，不能选她顶欢喜的一个人，不论是什么种族，这种族都近于无用。

龙朱正磨刀，一个五短身材的奴隶走到他身边来，伏在龙朱的脚边，用手攀他主人的脚。

龙朱瞥了一眼，仍然不做声，低头磨刀。

这个奴隶抚着龙朱的脚也不做声。

远处正有一片歌声飞来。过了一阵，龙朱发声了，声音像唱歌，在糅合了庄严和爱的调子中夹着一点儿愤懑，说："矮子，你又不听我话，做这个样子！"

"主，我是你的奴仆。"

"难道你不想做朋友吗？"

"我的主，我的神，在你面前我永远卑小。谁人敢在你面前平排？谁人敢说他的尊严在美丽的龙朱面前还有存在必需！谁人不愿意永远为龙朱作奴作婢？谁……"

龙朱用顿足制止了矮奴的奉承，然而矮奴仍然把最把一句"谁个女子敢想象爱上龙朱？"恭维得不得体的话说毕，才站起来。

矮奴站起了，也仍然如平常人跪下一般高。矮人似乎真适宜于作奴隶的。

龙朱说："什么事使你这样可怜？"

"在主面前看出我的可怜，这一天我真值得生存了。"

"你人太聪明了。"

"经过主的称赞呆子也成了天才。"

“我说的是毫不必需的聪明。是令人讨厌的废话。我问你，到底有什么事?”

“是主人的事，因为主在此事上又可见出神的恩惠。”

“你这个只会唱歌不会说话的人，真要我打你了。”

矮奴到这时才把话说到身上。这时他哭着脸，表明自己的苦恼和失望，且学着龙朱生气时顿足的神气。这行为，若在别人猜来，也许以为矮子服了毒，或者肚脐被山蜂所螫，所以作成这样子，表明自己痛苦，至于龙朱，则早已明白，猜得出矮子的郁郁不乐，不出赌博输钱或失欢女人两件事。

龙朱不做声，高贵的笑，于是矮子说：

“我的主，我的神，我的事是瞒不了你的。在你面前的仆人，又被一个女子欺侮了!”

“得了，谁能欺侮你?你是一只会唱谄媚曲子的鸟，被欺侮是不会有的事!”

“但是，主，爱情把仆人变成一只蠢鸟了。”

“只有人在爱情中变聪明的事。”

“是的，聪明了，仿佛比其他时节聪明了一点点，但在一个比自己更聪明的人面前，我看出我自己蠢得像一只猪。”

“你这土鹦哥平日的本事往什么地方去了?”

“平时哪里有什么本事呢！这只土鹦哥，嘴巴大，身体大，唱的歌全是学来的歌，不中用。”

“把你所学的全唱唱，也就很可以打胜仗。”

“唱虽唱过了，还是失败。”

龙朱皱了一皱眉毛，心想这事怪。

然而一低头，望到矮奴这样矮，便了然于矮奴的失败是在身体，不是在歌喉了，龙朱微笑说：

“矮东西，莫非是为你相貌把事情弄坏了。”

“但是她并不曾看清楚我是谁。若果她知道我是在美丽无比的龙朱王子面前的矮奴，那她早被我引到黄虎洞做新娘子了。”

“我不信。一定是你土气太重。”

“主，我赌咒。这个女人不是从声音上量得出我身体长短的人。但她在我的歌声上，却一定把我心的长短量出了。”

龙朱还是摇头，因为自己即或见到矮人站在面前，至于度量这矮奴心的长短，还不能够的。

“主，请你信我的话。这是一个美人，许多人唱枯了喉咙，还为她所唱败！”

“既然是好女人，你也就应当把喉咙唱枯，为她吐血，才是爱。”

“我喉咙枯了，才到主面前来求救。”

“不行不行，我刚才还听过你恭维了我一阵，一个真真为爱情绊倒了脚的人，他决不会过一阵又能爬起来说别的话！”

“主啊，”矮奴摇着他那颗大头颅，悲声的说道，“一个死人在主面前，也总有话赞扬主的完全美好，何况奴仆呢。奴仆是已为爱情绊倒了脚，但一同主人接近，仿佛又勇气勃勃了。主给人的勇气比何首乌补药还强十倍。我仍然唱去了。让人家战败了，我也不说是主的奴仆，不然别人会笑主用着这样一个蠢人，丢了郎家的光荣！”

矮奴于是走了。但最后说的几句话，却激起了龙朱的愤怒，把矮子叫着，问，到底女人是怎样的女人。

矮奴把女人的脸，身，以及歌声，形容了一次。矮奴的言语，正如他自己所称，是用一枝秃笔与残余颜色涂在一块破布上的。在女人的歌声上，他就把所有青石冈地方有名的出产比喻净尽。说到像甜酒，说到像枇杷，说到像三羊溪的鳜鱼，说到像大兴场的狗肉，仿佛全是可吃的东西。矮奴用口作画的本领并不蹩脚。

在龙朱眼中，看得出矮奴有点儿饥饿，在龙朱心中，则所引起的，似乎也同甜酒狗肉引起的欲望相近。他有点好奇，不相信，就同到一起去看看。

正想设法使龙朱快乐的矮奴，见说主人要出去，当然欢喜极了，就着忙催主人出寨门往山中去。

不一会，这郎家的王子就到山中了。

藏在一堆干草后面的龙朱，要矮奴大声唱出去，照他所教的唱。先不闻回声。矮奴又高声唱。过一会，在对山，在毛竹林里，却答出歌来了。音调是花帕族中女子悦耳的音调。

龙朱把每一个声音都放到心上去，歌只唱三句，就止了。有一句留着待答歌人解释。龙朱就告给矮奴答复这一句歌。又教矮奴也唱三句出去，等那边解释。龙朱的歌意思是：凡是好酒就归那善于唱歌的人喝，凡是好肉也应归善于唱歌的人吃，只是你姣好美丽的女人应当归谁？

女人就答一句，意思是：好的女人只有好男子才配。她且即刻又唱出三句歌来，就说出什么样男子方是好男子。说好男子时，提到龙朱的大名，又提到别的两个人的名，那另外两个名字却是历史上的美男子名字，只有龙朱是活人。女人的意思是：你不是龙朱，又不是××××，你与我对歌的人究竟算什么人？你胡涂，你不用妄想。

"主，她提到你的姓名！她骂我！我就唱出你是我的主人，说她只配同主人的奴隶相交。"

龙朱说："不行，不要唱了。"

"她胡说，应当要让她知道她是只够得上为主人擦脚的女子。"

然而矮奴见龙朱不做声，也不敢回唱出去了。龙朱的心深沉到刚才几句歌中去了。他料不到有女人敢这样大胆。虽然许多女子骂男人时，都总说，"你不是龙朱"，这事却又当别论了。因为这时谈到的正是谁才配爱她的问题。女人能提出龙朱名字来，女人骄傲也就可知了。龙朱想既然这样，就让她先知道矮奴是自己的用人，再看情形如何。

于是矮奴依照龙朱所教的，又唱了四句。歌的意思是：吃酒糟的人何必说自己量大，没有根柢的人也休想同王子要好，若认为搀了水的酒总比酒糟还行，那与龙朱的用人恋爱也就很写意了。

谁知女子答得更妙，她用歌表明她的身分，说，只有乌婆族的女人才同龙朱用人相好，花帕族女人只有外族的王子可以论交，至于花帕苗中的自己，为预备在郎家苗中与男子唱歌三年，再预备来同龙朱对歌的。

矮子说："我的主，她尊视了你却小看了你的仆人，我要解释我这无用用人并不是你的仆人，免得她知道了耻笑！"

龙朱对矮奴微笑，说："为什么你不应当说'你对山的女子，胆量大就从今天起始来同我龙朱主人对歌'呢？你不是先才说到要她知道我在此，好羞辱羞辱她吗？"

矮奴听龙朱说的话，还不很相信得过，以为这只是主人说的笑话。他想不到主人因此就会爱上这个狂妄大胆的女人。他以为女人不知对山有龙朱在，唐突了主人，主人纵不生气，自己也应当生气。告女人龙朱在此，则女人虽觉得羞辱了，可是自己的事情也完了。

龙朱见矮奴迟疑，不敢接声，就打一声吆喝，让对山人明白，表示还有接歌的气概，尽女人起头。龙朱的行为使矮奴发急，矮奴说："主，你在这儿我已没有歌了。"

"你照我意思唱下去，问她胆子既然这样大，就拢来，看看这个如虹如日的龙朱。"

"我当真要她来？"

"当真！要来我看看是什么样女人，敢轻视我们说不配同花帕族女子相好！"

矮奴又望了望龙朱，见主人情形并不是在取笑他的用人，就全答应下来了。他们歌唱出口后，于是等待着女子的歌声，稍过一会，女子果然又唱起来了。所唱的意思是：对山的竹雀你不必叫了，对山的蠢人你也不必唱了，还是想法子到你龙朱王子的奴仆跟前学三年歌，再来开口。

矮奴说："主，这话怎么回答？她要我跟龙朱的用人学三年歌，再开口，她还是不相信我是你最亲信的奴仆，还是在骂我郎家苗的全体！"

龙朱告矮奴一首非常有力的歌，唱过去，那边好久好久不回。矮奴又提高喉咙唱。回声来了大骂矮子，说矮奴偷龙朱的歌，不知羞，至于龙朱这个人，却是值得在走过的路上撒满鲜花的。矮奴烂了脸，不知所答。年轻的龙朱，再也不能忍下去了，小心小心，压着了喉咙，平平的唱了四句。声音的低平仅仅使对山一处可以明白，龙朱是正怕自己的歌使其他男女听到，因此哑喉半天的。龙朱的歌中意思就是说：唱歌的高贵女人，你常常提到郎家苗一个平凡的名字使我惭愧，因为我在我族中是最无用的人，所以我族中男子在任何地方都有情人，独名字在你口中出入的龙朱却仍然是个独身。

不久，那一边像思索了一阵，也幽幽的唱和起来了，唱的是：你自称为郎家苗王子的人我知道你不是，因为这王子有银锣银钟的声音，本来呢，拿所有花帕苗年轻女子供龙朱作垫还不配，但爱情是超过一切的事情，所以你也不要笑我。所歌的意思，极其委婉谦和，音节又极其整齐，是龙朱从不闻过的好歌。因为对山女人总不相信与她对歌的是龙朱，所以龙朱不由得不放声唱了。

这歌是用顶精粹的言语，自顶纯洁的一颗心中摇着，从一个顶甜蜜的口中喊出，成为顶热情的音调。这样一来所有一切声音仿佛全哑了。一切鸟声与一切远处歌声，全成了这王子歌时和拍的一种碎声。对山的女人，从此沉默了。

龙朱的歌一出口，矮奴就断定了对山再不会有回答。这时节等了一阵，还无回声，矮奴说："主，一个在奴仆当来是劲敌的女人，不等主的第二个歌已压倒了。这女人不久还说大话，要与郎家王子对歌，她学三十年还不配！"

矮奴不问龙朱意见，许可不许可，就又用他不高明的中音唱道：

你花帕族中说大话的女子，
大话以后不用再说了，
若你欢喜作郎家王子仆人的新妇，
他愿意你过来见他的主同你的夫。

仍然不闻有回声。矮奴说，这个女人莫非害羞上吊了吧。矮奴说的原只是笑话，然而龙朱却说过对山看看去。龙朱说后就走，沿山谷流水沟下去。跟到龙朱身后追着，两手拿了一大把野黄菊同山红果的，是想做新郎的矮奴。

矮奴常说，在龙朱王子面前，跛脚的人也能跃过阔涧。这话是真的。如今的矮奴，若不是跟了主人，这身长不过四尺的人，就决不会像腾云驾雾一般的飞！

第三　唱歌过后一天

“狮子，我说过你，永远是孤独的！”郎家为一个无名勇士立碑，曾有过这样句子。

龙朱昨天并没有寻着那唱歌人。到女人所在处的毛竹林中时，不见人。人走去不久，只遗了无数野花。跟踪各处追，还是见不着。各处找遍了，山中不少好女子，各躺在草地唱歌歇憩，见龙朱来时，识与不识都立起来怯怯的如为龙朱的美所征服，见到的女子，问矮奴是不是那一个人，矮奴总摇头。

龙朱又重复回到女人唱歌地方，别无所有，只见一片落英撒在垫坐的干草上，望到这个野花的龙朱，如同嗅过血腥气的小豹，虽按捺自己咆哮，仍不免要憎恼矮奴走得太慢。其实那走在前面的是龙朱，矮奴则两只脚像贴了神行符，全不自主，只仿佛像飞。矮奴无过错。不过女人比鸟儿，这称呼得实在太久了，不怕主仆二人走得怎样飞快，鸟儿毕竟还是先已飞往远处去了！

天气渐渐夜下来，各处有鸡叫，各处有炊烟，龙朱废然归了家。那想作新郎的矮奴，跟在主人的后面，把所有的花全丢了，两只长手垂到膝下，还只说见了她非抱她不可，万料不到自己是拿这女人在主人面前开了多少该死的玩笑！天气当时原是夜下来了。矮奴又是跟在龙朱王子的后面，望不到主人脸上的颜色。一个聪明的仆人，即或怎样聪明，总也不会闭了眼睛知道主人心情的。

龙朱过了一个特别的烦恼日子，半夜睡不着，起来怀了宝刀，披上一件豹皮小褂，走到堡墙上去瞭望。无所闻，无所见，入目的只是远山上的野烧明灭。各处村庄全睡尽了，大地也睡了。寒月凉露，助人悲思，于是这个少年王子，仰天叹息，悲怀抑郁。且远处山下，听有孩子哭声，如半夜醒来吃奶时情形，龙朱更难自遣。

龙朱想，这时节，各地各处，那洁白如羔羊温和如鸽子的女人，岂不是全都正在新棉絮中做好梦？当地的青年，在日里唱歌倦了的心，作工疲倦了的身体，岂不是在这时节也全得到休息了么？只有那扰乱了自己心胃的女人，究竟在什么地方呢？她不应当如同其他女人，在新棉絮中做梦。她不应当有睡眠。她这时应当来思索她所歆慕的王子的歌声。她应当野心扩张，希望我凭空而下。她应当为思我而流泪，如悲悼她情人的死去……但是，这女子究竟是什么人的女儿？

烦恼中的龙朱，拔出刀来，向天作誓说："你大神，你老祖宗，神明在左在右，我龙朱不能得到这女人作妻，我永远不与女人同眠，承宗接祖事我不负责！若爱情必需用血来掉换时，我愿意在神面前立约，我如得到她，斫下一只手也不翻悔！"

立过誓后的龙朱，回转自己的屋中，和衣睡了。睡后不久，就梦到女人缓缓唱歌而来，身穿白衣白裙，钉满了小小银泡，头发纷披在身后，模样如救苦救难观世音。女人的神奇，使白耳族王子屈膝，倾身膜拜。但是女人却不理会，越去越远了。白耳族王子就赶过去，拉着女人的衣裙。女人回过头笑了。女人一笑龙朱就勇敢了，这王子猛如豹子擒羊，把女人连衣抱起飞向一个最近的山洞中去。龙朱做了男子。龙朱把最武勇的力，最纯洁的血，最神圣的爱，全献给这梦中女子了。

郎家的大神是能护佑青年情人的，龙朱所要的，业已由神帮助得到了。

日里的龙朱，已明白昨夜一个好梦所交换的是些什么了，精神反而更充实了一点，坐到那大石礅上晒太阳，在太阳下深思人世苦乐的分界。

矮奴愁眉双结走进院中来，来到龙朱脚边伏下，龙朱轻轻用脚一踢，就乘势一个筋斗，翻身而起。

“我的主，我的神，若不是因为你有时高兴，用你尊贵的脚踢我，奴仆的筋斗决不至于如此纯熟！”

“讨厌的东西，你该打十个嘴巴。”

“那大约因为口牙太钝，本来是在主跟前的人，无论如何也应当比奴仆聪明十倍！”

“唉，矮陀螺，你又在做戏了。我警告了你不知道有多少回，不许这样，难道全都忘记了么？你大约似乎把我当作情人，来练习一种精粹谄媚技能吧。”

“主，惶恐！奴仆是当真有一种野心，在主面前来练习一种技能，以便将来把主的神奇编成历史的。”

“你近来一定赌博又输了，缺少钱扳本，一个天才在穷时越显得是天才，所以这时节的你到我面前时寡话就特别多。”

“主啊，是的。我赌输了。损失不少。但输的不是金钱；是爱情！”

“我以为你肚子这样大，爱情纵输也输不尽的！”

“用肚子大小比爱情贫富，主的想象真是历史上大诗人的想象。不过……”

矮奴从龙朱脸上看出龙朱今天情形不同往日，所以不说了。这据说爱情上赌输了的矮奴，看得出主人有要出去走走的样子，就改口说：

“主，这样好的天气，真是日头神特意为主出游而预备的天气，不出去像不大对得起这大神一番好意！”

龙朱说：“日神为我预备的天气我倒好意思接受，你为我预备的恭维我可受不了。”

“本来主并不是人中的皇帝，要倚靠恭维阿谀而生存。主是天上的虹，同日头与雨一块儿长在世界上的，赞美形容自然多余。”

“那你为什么还是这样唠唠叨叨？”

“在美好月光下野兔也会跳舞，在主的光明照耀下我当然比野兔聪明一点儿。”

“够了！随我到昨天唱歌女人那地方去，或者今天可以见见那个女人。”

“主呵，我就是来报告这件事。我已经探听明白了。女人是黄牛寨寨主的姑娘。据说这寨主除会酿制好酒以外就是会养女儿。寨中据说姑娘有三个，这是第三的，还有大姑娘二姑娘不常出来。不常出来的据说生长得更美。这全是有福气的人享受的！我的主，我当听到女人是这家人的姑娘时，我才知道我是一只癞蛤蟆。这样人家的姑娘，为郎家王子擦背擦脚，勉勉强强。主若是想要，我们就差人抢来。”

龙朱稍稍生了气，说：“给我滚了吧，矮子，白耳族的王子是抢别人家的女儿的么？说这个话不知羞么？”

矮奴当真就把身卷成一个球，滚到院中一角去。是这样，算是知羞了。然而听过矮奴的话以后的龙朱怎么样呢？三个女人就在离此不到三里路的堡寨里，自己却一无所知，白耳族的王子真是多么愚蠢！到第三的小鸟也能出窠迎太阳与生人唱歌，那大姐二姐早已成了熟透的桃子多日了。让好女人守在家中等候那命运中远方大风吹来的美男子作配，这是神的意思。但是神这意思又是多么自私！龙朱如今既把情形探明白了，也不要风，也不要雨，自己马上就应当走去！

龙朱不再理会矮奴就跑出去了。矮奴这时节正在用手代足走路，做戏法娱龙朱，见龙朱一走，知道主人脾气，也忙站起身追出去。

“我的主，慢一点，别太忙！在笼中蓄养的雀儿是始终飞不远的。主，你白忙有什么用？”

龙朱虽听到后面矮奴的声音，却仍不理会，如一枝箭向黄牛寨射去。

快要到大寨边，郎家的王子是已全身略觉发热了。这王子，一面想起许多事，还是要矮奴才行，于是就去到一株大榆树下的青石礅上歇憩。这个地方再有两箭远近就是那黄牛寨用石砌成的寨门了。树边大路下是一口大井。溢出井外的水成一小溪活活流着，溪水清明如玻璃，井边有人低头洗菜，龙朱顾望这人的背影是一个青年女子，心就一动。一个圆圆肩膊，一个大大的发髻，髻上簪了一朵小黄花。龙朱就目不转睛的注意这背影转移，以为总可以有机会见到她的脸。在那边大路上，矮奴却像一只海豹匍匐气喘走来了。矮奴不知道路下井边有人，只望到龙朱，恐怕龙朱冒冒失失走进寨里去却一无所得，就大声嚷：

“我的主，我的神，你不能冒失进去，里面的狗像豹子！虽说你是山中的狮子，无怕狗道理，但是为什么让笑话留给这花帕族，说狮子会被家养的狗吠过呢？”

龙朱也来不及喝止矮奴，矮奴的话却全为洗菜女人听到了。听到这话的女人，就嗤的笑了。且知道有人在背后，才抬起头回转身来，望了望路边人是什么样子。

这一望情形全了然了。不必道名通姓，也不必再看第二眼，女人就知道路上的男子便是白耳族的王子，是昨天唱过了歌今天追跟到此的王子。郎家王子也同样明白了这洗菜的女人是谁。平时气概轩昂的龙朱，看日头不眏眼睛，看老虎也不动心，只略微把目光与女人清冷的目光相遇，却忽然觉得全身缩小到可笑的情形中了。女人的头发能系大象，女人的声音能制怒狮，这青年王子屈服到这寨主女儿面前，也是平平常常的一件事啊！

矮奴走到了龙朱身边，见到龙朱失神失志的情形，又望见了井边女人的背影，情形已明白了五分。他知道这个女人就是那昨天唱歌被主人收服的女人，且知道这时候无论如何女人也明白蹲在路旁石礅上的男子是龙朱。他有点慌张，不知所措，对龙朱作出一种呆样子，又用一手掩自己的口，一手指女人。

龙朱轻轻附到他耳边说：“聪明的扁嘴，这时节，是你做戏的时节！”

矮奴于是咳了一声嗽。女人明知道了头却不回。矮奴于是又把音调弄得极其柔和，像唱歌一样的开口说道：

“郎家王子的仆人昨天做了错事，今天特意来当到他主人在姑娘面前陪礼。不可恕的过失永远不可恕，因此我如今把姑娘想对歌的人引导前来了。”

女人头不回，却轻轻说道：

“跟着凤凰飞的乌鸦也比锦鸡还好。”

矮奴说：

“这乌鸦若无凤凰在身边，就有人要拔它的毛……”

说出这样话的矮奴，毛虽不曾拔，耳朵却被龙朱拉长了。小子知道了自己猪八戒性质未脱，赶忙陪礼作揖。听到这话的女人，笑着回过头来，见到矮奴情形，更好笑了。

矮奴见女人掉回了头，就又说道：

“我的世界上唯一良善的主人，你做错事了。”

“为什么？”龙朱很奇怪矮奴有这种话，所以追问。

“你的富有与慷慨，是各族中全知道的，所以用不着在一个尊贵的女人面前赏我的金银，那本来不必需，你的良善喧传远近，所以你故意这样教训你的奴仆，别人也相信你不是会发怒的人。但是你为什么不差遣你的奴仆，为那花帕族的尊贵姑娘把菜篮提回，表示你应当同她说说话呢？”

郎家的王子与黄牛寨主的女儿，听到这个话全笑了。

矮奴话还说不完，才责备了主人又来自责。他说：

“不过郎家王子的仆人，照理他应当不必主人使唤就把事情做好，这样他才配说是龙朱好仆人——”

于是，不听龙朱发言，也不待那女人把菜洗好，走到井边去，把菜篮拿来挂到屈着的手肘上，向龙朱眨了一下眼睛，却回头走了。

龙朱迟了许久才走到井边去。

十天后，龙朱用三十只牛三十坛酒下聘，作了黄牛寨寨主的女婿。

1929年作于上海

（原载1929年1月10日《红黑》第一期）

媚金、豹子、与那羊

不知道麻梨场麻梨的甜味的人，告他白脸苗的女人唱的歌是如何好听也是空话。听到摇橹的声音觉得很美是有人。听到雨声风声觉得美的也有人。听到小孩子半夜哭喊，以及芦苇在小风中说梦话那样细细的响，以为美，也总不缺少那呆子。这些是诗。但更其是诗，更其容易把情绪引到醉里梦里的，就是白脸族苗女人的歌。听到这歌的男子，把流血成为自然的事，这是历史上相传下来的魔力了。一个熟习苗中掌故的人，他可以告你五十个有名美男子被丑女人的好歌声缠倒的故事，他又可以另外告你五十个美男子被白脸苗女人的歌声唱失魂的故事。若是说了这些故事的人，还有故事不说，那必定是他还忘了把媚金的事情相告。

媚金的事是这样。她是一个白脸苗中顶美的女人，同到凤凰族相貌极美又顶有一切美德的一个男子，因唱歌成了一对。两方面在唱歌中把热情交流了。于是女人就约他夜间往一个洞中相会。男子答应了。这男子名叫豹子。豹子答应了女人夜里到洞中去，因为是初次，他预备牵一匹小山羊去送女人，用白羊换媚金贞女的红血，所作的纵是罪恶，似乎神也许可了。谁知到夜豹子把事情忘了，等了一夜的媚金，因无男子的温暖，就冷死在洞中。豹子在家中睡到天明才记起，赶即去，则女人已死了，豹子就用自己身边的刀自杀在女人身旁。尚有一说则豹子的死，为此后仍然常听到媚金的歌，因寻不到唱歌人，所以自杀。

但是传闻全为人所撰拟，事情并不那样。看看那遗传下来据说是豹子临死以前用树枝画在洞里地面沙上最后的一首诗，那意思，却是媚金有怨豹子爽约的语气。媚金是等候豹子不来，以为自己被欺，终于自杀了。豹子是因了那一只羊的原故，爽了约，到时则媚金已死，所以豹子就从媚金胸上拔出那把刀来，陷到自己胸里去，也倒在洞中。至于羊此后的消息，以及为什么平时极有信用的豹子，却在这约会上成了无信的男子，是应当问那一只羊了。都因为那一只羊，一件喜事变成了一件悲剧，无怪乎白脸族苗人如今有不吃羊肉的理由。

但是问羊又到什么地方去问？每一个情人送他情妇的全是一只小小白山羊，而且为了表示自己的忠诚，与这恋爱的坚固，男人总说这一只羊是当年豹子送媚金姑娘那一只羊的血族。其实说到当年那一只羊，究竟是公山羊或母山羊，谁也还不能够分明。

让我把我所知道的写来吧。我的故事的来源是得自大盗吴柔。吴柔是当年承受豹子与媚金遗下那一只羊的后人，他的祖先又是豹子的拳棍师傅，所传下来的事实，可靠的自然较多。后面是那故事。

媚金站在山南，豹子站在山北，从早唱到晚。山就是现在还名为唱歌山的山。当年名字是野菊，因为菊花多，到秋来满山一片黄。如今还是一样黄花满山，名字是因为媚金的事而改了。唱到后来的媚金，承认是输了，是应当把自己交把与豹子，尽豹子如何处置了，就唱道：

红叶过冈是任那九秋八月的风，
把我成为妇人的只有你。

豹子听到这歌，欢喜得踊跃。他明白他胜利了。他明白这个白脸族中最美丽风流的女人，心归了自己所有，就答道：

白脸族一切全属第一的女人，
请你到黄村的宝石洞里去。
天上大星子能互相望到时，
那时我看见你你也能看见我。

媚金又唱：

我的风，我就照到你的意见行事。
我但愿你的心如太阳光明不欺，
我但愿你的热如太阳把我融化。
莫让人笑凤凰族美男子无信，
你要我做的事自己也莫忘记。

豹子又唱：

放心，我心中的最大的神。
豹子的美丽你眼睛曾为证明。
豹子的信实有一切人作证。
纵天空中到时落的雨是刀，
我也将不避一切来到你身边与你亲嘴。

天是渐渐夜了。野猪山包围在紫雾中如今日黄昏景致一样。天上剩一些起花的红云，送太阳回地下，太阳告别了。到这时打柴人都应归家，看牛羊人应当送牛羊归栏，一天已完了。过着平静日子的人，在生命上翻过一页，也不必问第二页上面所载的是些什么，他们这时应当从山上，或从水边，或从田坝，回到家中吃饭时候了。

豹子打了一声呼哨，与媚金告别，匆匆赶回家，预备吃过饭时找一只新生的小羊到宝石洞里去与媚金相会。媚金也回了家。

回到家中的媚金，吃过了晚饭，换过了内衣，身上擦了香油，脸上擦了宫粉，对了青铜镜把头发挽成一个大髻，缠上一匹长一丈六尺的绉绸首帕，一切已停当，就带了一个装满了酒的长颈葫芦，以及一个装满了钱的绣花荷包，一把锋利的小刀，走到宝石洞去了。

宝石洞当年，并不与今天两样。洞中是干燥，铺满了白色细沙，有用石头做成的床同板凳，有烧火地方，有天生凿空的窟窿，可以望星子，所不同，不过是当年的洞供媚金豹子两人做新房，如今变成圣地罢了。时代是过去了。好的风俗是如好的女人一样，都要渐渐老去的。一个不怕伤风，不怕中暑，完完全全天生为少年情人预备的好地方，如今却供奉了菩萨，虽说菩萨就是当年殉爱的两人，但媚金豹子若有灵，都会以为把这地方盘踞为不应当吧。这样好地方，既然是两个情人死去的地方，为了纪念这一对情人，除了把这地方来加以人工，好好布置，专为那些唱歌互相爱悦的少男少女聚会方便外，真没有再适当的用处了。不过我说过，地方的好习惯是消灭了，民族的热情是下降了，女人也慢慢的像中国女人，把爱情移到牛羊金银虚名虚事上来了，爱情的地位显然是已经堕落，美的歌声与美的身体同样被其他物质战胜成为无用东西了，就是有这样好地方供年轻人许多方便，恐怕媚金同豹子，也见不惯这些假装的热情与虚伪的恋爱，倒不如还是当成圣地，省得来为现代的爱情脏污好！

如今且说媚金到宝石洞的情形。

她是早先来，等候豹子的。她到了洞中，就坐到那大青石做成的床边。这是她行将做新妇的床。石的床，铺满了干麦秆草，又有大草把做成的枕头，干爽的弯形洞顶仿佛是帐子，似乎比起许多床来还合用。她把酒葫芦挂到洞壁钉上，把绣花荷包放到枕边（这两样东西是她为豹子而预备的），就在黑暗中等候那年轻壮美的情人。洞口微微的光照到外面，她就坐着望到洞口有光处，期待那黑的巨影显现。

她轻轻的唱着一切歌，娱悦到自己。她用歌去称赞山中豹子的武勇与人中豹子的美丽，又用歌形容到自己此时的心情与豹子的心情。她用手揣自己身上各处，又用鼻子闻嗅自己各处；揣到的地方全是丰腴滑腻如油如脂，嗅到的气味全是一种甜香气味。她又把头上的首巾除去，把髻拆松，比黑夜还黑的头发一散就拖地。媚金原是白脸族极美的女人，男子中也只有豹子，才配在这样女人身上作一切撒野的事。

这女人，全身发育到成圆形，各处的线全是弧线，整个的身材却又极其苗条相称。有小小的嘴与圆圆的脸，有一个长长的鼻子。有一个尖尖的下巴。还有一对长长的眉毛。样子似乎是这人的母亲，照到何仙姑捏塑成就的，人间决不应当有这样完全的精致模型。请想想，再过一点钟，两点钟，就应当把所有衣衫脱去，做一个男子的新妇，这样的女人，在这种地方，略为害着羞，容纳了一个莽撞男子的热与力，是怎样动人的事！

生长于二十世纪，一九二八年，在中国上海地方，善于在朋友中刺探消息，各处造谣，天生一张好嘴，得人怜爱的文学家，聪明伶俐为世所惊服，但请他来想想媚金是如何美丽的一个女人，仍然是很难的一件事。

白脸族苗女人的秀气清气，是随到媚金灭了多日了。这事是谁也能相信的。如今所见到的女人，只不过是下品中的下品，还足使无数男子倾心，使有身分的汉人低头，媚金的美貌也就可以仿佛得知了。

爱情的字眼，是已经早被无数肮脏的虚伪的情欲所玷污，再不能还到另一时代的纯洁了。为了说明当时媚金的心情，我们是不愿再引用时行的话语来装饰，除了说媚金心跳着在等候那男子来压她以外，她并不如一般天才所想象的叹气或独白！

她只望豹子快来，明知是豹子要咬人她也愿意被吃被咬。

那一只人中豹子呢？

豹子家中无羊，到一个老地保家买羊去了。他拿了四吊青钱，预备买一只白毛的小母山羊，进了地保的门就说要羊。

地保见到豹子来问羊，就明白是有好事了，向豹子说：

“年轻的标致的人，今夜是预备作什么人家的新郎？”

豹子说：

“在伯伯眼中，看得出豹子的新妇所在。”

“是山茶花的女神，才配为豹子屋里人。是大鬼洞的女妖，才配与豹子相爱。人中究竟是谁，我还不明白。”

“伯伯，人人都说凤凰族的豹子相貌堂堂，但是比起新妇来，简直不配为她作垫脚蒲团！”

“年轻人，不要太自谦卑。一个人投降在女人面前时，是看起自己来本就一钱不值的。”

“伯伯说的话正是！我是不能在我那个人面前说到自己的。得罪伯伯，我今夜里就要去作丈夫了。对于我那人，我的心，要怎样来诉说呢？我来此是为伯伯匀一只小羊，拿去献给那给我血的神。”

地保是老年人，是预言家，是相面家，听豹子在喜事上说到血，就一惊。这老年人似乎就有一种预兆在心上明白了，他说：

“年轻人，你神气不对。”

“伯伯呵！今夜你的儿子是自然应当与往日两样的。”

“你把脸到灯下来我看。”

豹子就如这老年人的命令，把脸对那大青油灯。地保看过后，把头点点，不做声。

豹子说：

“明于见事的伯伯，可不可以告我这事的吉凶？”

“年轻人，知识只是老年人的一种消遣，于你们是无用的东西！你要羊，到栏里去拣选，中意的就拿去吧。不要给我钱。不要致谢。我愿意在明天见到你同你新妇的……”

地保不说了，就引导豹子到屋后羊栏里去。豹子在羊群中找取所要的羔羊，地保为掌灯相照。羊栏中，羊数近五十，小羊占一半，但看去看来却无一只小羊中豹子的意。毛色纯白的又嫌稍大，较小的又多脏污。大的羊不适用那是自然的事，毛色不纯的羊又似乎不配送给媚金。

“随随便便，年轻人，你自己选。”

“选过了。”

“羊是完全不合用么？”

“伯伯，我不愿意用一只驳杂毛色的羊与我那新妇洁白贞操相比。”

“不过我愿意你随随便便选一只，赶即去看你那新妇。”

“我不能空手，也不能用伯伯这里的羊，还是要到别处去找！”

“我是愿意你随便点。”

“道谢伯伯，今天是豹子第一次与女人取信的事，我不好把一只平常的羊充数。”

“但是我劝你不要羊也成。使新妇久候不是好事。新妇所要的并不是羊。”

“我不能照伯伯的忠告行事，因为我答应了我的新妇。”

豹子谢了地保，到别一人家去看羊。送出大门的地保，望到这转瞬即消失在黑暗中的豹子，叹了一口气，大数所在这预言者也无可奈何，只有关门在家等消息了。他走了五家，全无合意的羊，不是太大就是毛色不纯。好的羊在这地方原是如好的女人一样，使豹子中意全是偶然的事！

当豹子出了第五家养羊人家的大门时，星子已满天，是夜静时候了。他想，第一次答应了女人做的事，就做不到，此后尚能取信于女人么？空手的走去，去与女人说羊是找遍了全个村子还无中意的羊，所以空手来，这谎话不是显然了么？他于是下了决心，非找遍全村不可。

凡是他所知道的地方他都去拍门，把门拍开时就低声柔气说出要羊的话。豹子是用着他的壮丽在平时就使全村人皆认识了的，听到说要羊，送女人，所以人人无有不答应。像地保那样热心耐烦的引他到羊栏去看羊，是村中人的事。羊全看过了，很可怪的事是无一只合式的小羊。

在洞中等候的媚金着急情形，不是豹子所忘记的事。见了星子就要来的临行嘱托，也还在豹子耳边停顿。但是，答应了女人为抱一只小羔羊来，如今是羊还不曾得到，所以豹子这时着急的，倒只是这羊的寻找，把时间忘了。

想在本村里找寻一只净白小羊是办不到的事，若是一定要，那就只有到离此三里远近的另一个村里询问了。他看看天空，以为时间尚早。豹子为了守信，就决心一气跑到另一村里去买羊。

到别一村去道路在豹子走来是极其熟习的，离了自己的村庄，不到半里，大路上，他听到路旁草里有羊叫的声音。声音极低极弱，这汉子一听就明白这是小羊的声音。他停了。又详细的侧耳探听，那羊又低低的叫了一声。他明白是有一只羊掉在路旁深坑里了，羊是独自留在坑中有了一天，失了娘，念着家，故在黑暗中叫着哭着。

豹子借到星光拨开了野草，见到了一个地口。羊听到草动，就又叫，那柔弱的声音从地口出来。豹子欢喜极了。豹子知道近来天气晴明，坑中无水，就溜下去。坑只齐豹子的腰，坑底的土已干硬了，豹子下到坑中以后稍过一阵，就见到那羊了。羊知道来了人便叫得更可怜，也不走拢到豹子身边来，原来羊是初生不到十天的小羔，看羊人不小心，把羊群赶走，尽它掉下了坑，把前面一只脚跌断了。

豹子见羊已受了伤，就把羊抱起，爬出坑来，以为这羊无论如何是用得着了，就走向媚金约会的宝石洞路上去。在路上，羊却仍然低低的喊叫。豹子悟出羊的痛苦来了，心想只有抱它到地保家去，请地保为敷上一点药，再带去。他就又反向地保家走去。

到了地保家，拍门时，正因为豹子事无从安睡的老人，还以为是豹子的凶信来了。老人隔门问是谁。

“伯伯，是你的侄儿。羊是得到了，因为可怜的小东西受了伤，跌坏了脚，所以到伯伯处求治。”

“年轻人，你还不去你新妇那里吗？这时已半夜了，快把羊放到这里，不要再耽搁一分一秒吧。”

“伯伯，这一只羊我断定是我那新妇所欢喜的。我还不能看清楚它的毛色，但我抱了这东西时，就猜得这是一只纯白的羊！它的温柔与我的新妇一样，它的……”

那地保真急了，见到这汉子对于无意中拾来一只受伤的羊，像对这羊在作诗，就把门闩抽去砰的把门打开。一线灯光照到豹子怀中的小羊身上，豹子看出了小羊的毛色。

羊的一身白得像大理的积雪。豹子忙把羊抱起来亲嘴。

“年轻人，你这是作什么？你忘了你是应当在今夜作新郎了。”

“伯伯，我并不忘记！我的羊是天赐的。我请你赶紧为设法把脚搽一点药水，我就应当抱它去见我的新人了。”

地保只摇头，把羊接过手来在灯下检视，这小羊见了灯光再也不喊了，只闭了眼睛，鼻孔里咻咻的出气。

过了不久豹子已在向宝石洞的一条路上走着了。小羊在他怀中得了安眠。豹子满心希望到宝石洞时见到了媚金，同到媚金说到天赐这羊的事。他把脚步放宽，一点不停，一直上了山，过了无数高崖，过了无数水涧，走到宝石洞。

到得洞外时东方的天已经快明了。这时天上满是星，星光照到洞门，内中冷冷清清不见人。他轻轻的喊：

“媚金，媚金，媚金！”

他再走进一点，则一股气味从洞中奔出，全无回声，多经验的豹子一嗅便知道这是血腥气。豹子愕然了。稍稍发痴，即刻把那小羊向地下一掼，奔进洞中去。

到了洞中以后，向床边走去，为时稍久，豹子就从天空星子的微光返照下望到媚金倒在床上的情形了。血腥气也就从那边而来。豹子扑拢去，摸到媚金的额，摸到脸，摸到口；口鼻只剩了微热。

“媚金！媚金！”

喊了两声以后，媚金微微的嘤的应了一声。

“你做什么了呢？”

先是听嘘嘘的放气，这气似乎并不是从口鼻出，又似乎只是在肚中响，到后媚金转动了，想爬起不能，就幽幽的继续的说道：

“喊我的是日里唱歌的人不？”

“是的，我的人！他日里常常是忧郁的唱歌，夜里则常是孤独的睡觉；他今天这时却是预备来作新郎的……为什么你是这个样子了呢?”

“为什么?”

“是！是谁害了你?”

“是那不守信实的凤凰族年轻男子，他说了谎。一个美丽的完人，总应当有一些缺点，所以菩萨就给他一点说谎的本能。我不愿在说谎人面前受欺，如今我是完了。”

“并不是！你错了！全因为凤凰族男子不愿意第一次对一个女人就失信，所以他找了一整夜才无意中把那所答应的羊找到，如今是得了羊倒把人失了。天啊，告我应当在什么事情上面守着那信用。”

临死的媚金听到这语，知道豹子迟来的理由是为了那羊，知道并不是失约了，对于自己在失望中把刀陷进胸膛里的事是觉得做错了。她就要豹子扶她起来，把头靠到豹子的胸前，让豹子的嘴放到她额上。

女人说：

“我是要死了。……我因为等你不来，看看天已快亮，心想自己是被欺了，……所以把刀放进胸膛里了。……你要我的血我如今是给你血了。我不恨你。……你为我把刀拔去，让我死。……你也乘天未大明就逃到别处去，因为你并无罪。”

豹子听着女人断断续续的说到死因，流着泪，不做声。他想了一阵，轻轻的去摸媚金的胸，摸着了全染了血的媚金的奶，奶与奶之间则一把刀柄浴着血。豹子心中发冷，打了一个战。

女人说：

“豹子，为什么不照到我的话行事呢?你说是一切为我所有，那么就听我命令，把刀拔去了，省得我受苦。”

豹子还是不做声。

女人过了一阵，又说：

“豹子，我明白你了，你不要难过。你把你得来的羊拿来我看。”

豹子就好好把媚金放下，到洞外去捉那只羊。可怜的羊是无意中被豹子已掼得半死，也卧在地下喘气了。

豹子望一望天，天是完全发白了。远远的有鸡在叫了。他听到远处的水车响声，像平常做梦日子。

他把羊抱进洞去给媚金，放到媚金的胸前。

“豹子，扶我起来，让我同你拿来的羊亲嘴。”

豹子把她抱起，又把她的手代为抬起，放到羊身上。“可怜这只羊也受伤了，你带它去了吧。……为我把刀拔了，我的人。不要哭。……我知道你是爱我，我并不怨恨。你带羊逃到别处去好了。……呆子，你预备做什么？”

豹子是把自己的胸也袒出来了，他去拔刀。陷进去很深的刀是用了大的力才拔出的。刀一拔出血就涌出来了，豹子全身浴着血。豹子把全是血的刀子扎进自己的胸脯，媚金还能见到就含着笑死了。

天亮了，天亮了以后，地保带了人寻到宝石洞，见到的是两具死尸，与那曾经自己手为敷过药此时业已半死的羊，以及似乎是豹子临死以前用树枝在沙上写着的一首歌。地保于是乎把歌读熟，把羊抱回。

白脸苗的女人，如今是再无这种热情的种子了。她们也仍然是能原谅男子，也仍然常常为男子牺牲，也仍然能用口唱出动人灵魂的歌，但都不能作媚金的行为了！

1928年冬作

三　三

杨家碾坊在堡子外一里路的山嘴路旁。堡子位置在山弯里，溪水沿了山脚流过去，平平的流，到山嘴折弯处忽然转急，因此很早就有人利用它，在急流处筑了一座石头碾坊。这碾坊，不知从什么时候起，就叫杨家碾坊了。

从碾坊往上看，看到堡子里比屋连墙，嘉树成荫，正是十分兴旺的样子。往下看，夹溪有无数山田，如堆积蒸糕；因此种田人借用水力，用大竹扎了无数水车，用椿木做成横轴同撑柱，圆圆的如一面锣，大小不等竖立在水边。这一群水车，就同一群游手好闲人一样，成日成夜不知疲倦的咿咿呀呀唱着意义含胡的歌。

一个堡寨里只有这样一座碾坊，所以凡是堡子里碾米的事都归这碾坊包办。成天有人轮流挑了仓谷来，把谷子倒进石槽里去后，抽去水闸的板，枧槽里水冲动了下面的暗轮，石磨盘带着动情的声音，即刻就转动起来了。于是主人一面谈说一件事情，一面清理簸箩筛子，到后头包了一块白布，拿着个长把的扫帚，追逐磨盘，跟着打圈儿，扫除溢出槽外的谷米，再到后，谷子便成白米了。

到米碾好了，筛好了，把米糠挑走之后，主人全身是糠灰，常常如同一个滚入豆粉里的汤圆。然而这生活，是明明白白比堡子里许多人生活还从容，而为一堡子中人所羡慕的。

凡是到杨家碾坊碾过谷子的，都知道杨家三三。妈妈二十年前嫁给守碾坊的杨，三三五岁，爸爸就丢下碾坊同母女，什么话也不说死去了。爸爸死去后，母亲作了碾坊的主人，三三还是活在碾坊里，吃米饭同青菜、小鱼、鸡蛋过日子，生活毫无什么不同处。三三先是眼见爸爸成天全身是糠灰；到后爸爸不见了，妈妈又成天全身是糠灰……于是三三在哭里笑里慢慢的长大了。

妈妈随着碾槽转，提着小小油瓶，为碾盘的木轴铁心上油，或者很兴奋的坐在屋角拉动架上的筛子时，三三总很安静的自己坐在另一角玩。热天坐到风凉处吹风，用包谷秆子作小笼，捉蝈蝈、纺织娘玩。冬天则伴同猫儿蹲在火桶里，拨灰煨栗子吃。或者有时候从碾米人手上得到一个芦管作成的唢呐，就学着打大傩的法师神气，屋前屋后吹着，半天还玩不厌倦。

这碾坊外屋墙上爬满了青藤，绕屋全是葵花同枣树，疏疏树林里，常常有三三葱绿衣裳的飘忽。因为一个人在屋里玩厌了，就出来坐在废石槽上撒米头子给鸡吃；在这时，什么鸡逞强欺侮了另一只鸡，三三就得赶逐那横蛮无理的鸡，直等到妈妈在屋后听到声音，代为讨情才止。

这碾坊上游有一潭，四面是大树覆，六月里阳光照不到水面。碾坊主人在这潭中养得有几只白鸭子，水里的鱼也比上下溪里多。照当地习惯，凡靠自己屋前的水，也算是自己财产的一份。水坝既然全为了碾坊而筑成的，一乡公约不许毒鱼下网，所以这小溪里鱼极多。遇不甚面熟的人来钓鱼，看潭边幽静，想蹲一会儿，三三见到了时，总向人说："不行，这鱼是我家潭里养的，你到下面去钓吧。"人若顽皮一点，听了这个话等于不听到，仍然拿着长长的竿子，搁到水面上去安闲的吸着烟管，望着小姑娘发笑。三三急了，便高声喊叫她的妈："娘，娘，你瞧，有人不讲规矩，钓我们的鱼，你来折断他的竿子，你快来！"娘自然是不会来干涉别人钓鱼的。

母亲就从没有照到女儿意思折断过谁的竿子，照例将说："三三，鱼多咧，让别人钓吧。鱼是会走路的，上面堡子塘里的鱼，因为欢喜我们这里的水，都跑来了。”三三照例应当还记得夜间做梦，梦到大鱼从水里跃起来吃鸭子，听完这个话，也就没有什么可说了，只静静的看着，看这不讲规矩的人，到后究竟钓了多少鱼去。她心里记着数目，回头好告给妈妈。

有时因为鱼太大了一点，上了钩，拉得不合式，撇断了钓竿，三三可乐极了，仿佛娘不同自己一伙，鱼反而同自己是一伙了的神气。那时就应当轮到三三向钓鱼人咧着嘴发笑了。但是三三却常常急忙跑回去，把这件事告给母亲，母女两人同笑。

有时钓鱼的人是熟人，人家来钓鱼时，见到了三三，知道她的脾气，就照例不忘记问：“三三，许我钓鱼吧？”三三便说：“鱼是各处走动的，又不是我们养的，怎么不能钓！”同一件事情对待不同，原来是来人讲礼，三三也讲礼。

钓鱼的是熟人时，三三常搬了小小木凳子，坐在旁边看鱼上钩，且告给这人，另一时谁个把钓竿撇断的故事。到后这熟人回碾坊时，照例会把所得的大鱼分一些给三三家。三三看着母亲用刀剖鱼，掏出白色的鱼脬来，就放在地上用脚去踹，发声如放一枚小爆仗，听来十分快乐。鱼洗好后，揉了些盐，三三忙取麻线来把鱼穿好，挂到太阳下去晒。等待有客时，这些干鱼同辣子炒在一个碗里待客。母亲如想到折钓竿的话，将说：“这是三三的鱼。”三三就笑，心想着：“怎么不是三三的鱼？潭里鱼若不是归我照管，早被村子里看牛孩子捉完了。”

三三如一般小孩，换几回新衣，过几回节，看几回狮子龙灯，就长大了。熟人都说看到三三是在糠灰里长大的。一个堡子里的人，都愿意得到这糠灰里长大的女孩子作媳妇，因为人人都知道这媳妇的妆奁是一座石头作成的碾坊。照规矩十五岁的三三，要招郎上门，也应当是时候了。但妈妈有了一点私心，记得一次签上的话语，不大相信媒人的话语，所以这碾坊还是只有母女二人，一时节不曾有谁添入。

三三大了，还是同小孩一样，一切得傍着妈妈。母女两人把饭吃过后，在流水里洗了脸，眺望行将下沉的太阳，一个日子就打发走了。有时听到堡子里的锣鼓声音，或是什么人接亲，或是什么人做斋事，“娘，带我去看”，又像是命令又像是请求的说着；若无什么别的理由推辞时，娘总得答应同去。去一会儿，或停顿在什么人家喝一杯蜜茶，荷包里塞满了榛子、胡桃，预备回家时，有月亮天，什么也不用，就可以走回家。遇到夜色晦黑，燃了一把油柴，毕毕剥剥的响着爆着，什么也不必害怕。若到寨子里去玩时，还常有人打了灯笼火把送客，一直送到碾坊外边。三三觉得只有这类事是顶有趣味的事情。在雨里打灯笼走夜路，三三不能常常得到这机会，却常常梦到一人那么拿着小小红纸灯笼，在溪旁走着，好像只有鱼知道这回事。

当真说来，三三的事情，鱼知道的比母亲应当还多一点，也是当然的。三三在母亲身旁，说的是母亲全听得懂的话；那些凡是母亲不明白的，差不多都在溪边说去。溪边除了鸭子就只有那些水里的鱼。鸭子成天自己嘎嘎的叫个不休，哪里还有耳朵听别人说话！

这个夏天，母女两人一吃了晚饭，不到日黄昏，总常常过堡子里一个姓宋的熟人家去，陪一个行将远嫁的姑娘谈天，听一个从小寨来的人唱歌。有一天，照例又进堡子里去，却因为谈到绣花，要三三回碾坊来取样子，三三就一个人赶忙跑回碾坊来。快到屋边时，黄昏里望到溪边有两个人影子，有一个人到树下，拿着一根竿子，好像要下钩的神气。三三心想，这一定是来偷鱼的，因此照规矩喊着：“不许钓鱼，这鱼是有主人的！”一面想走上前去看是些什么人。

就听到一个人说：“谁说溪里的鱼也有主人？难道溪里活水也可养鱼吗？”

另一人又说：“这是碾坊里小姑娘说着玩的。”

先说话的一个人就笑了。

旋即又听到第二个人说：“三三，三三，你来，你鱼都被人捉完了！”

三三听到人家取笑她，声音好像是熟人，心里十分不平。就冲过去，预备看是谁在此撒野，以便回头告给母亲。走过去时，才知道那第二回说话的人是堡子里一个管事先生，另外是一个从不见面的年轻男人。那男人手里拿的原来只是一个拐杖，不是什么钓竿。那管事先生认得三三，三三也认识他，所以当三三走近身时，就取笑说：

“三三，怎么鱼是你家里养的？你家养了多少鱼呀？”

三三见是堡子里管事先生，什么话也不说了，只低下头笑。头虽低低的，却望到那个好像从城里来的人白裤白鞋，且听到那个男子说：“这女孩倒很聪明，很美，长得不坏。”管事的又说：“这是我堡子里美人。”两人这样说着，那男子就笑了。

到这时，她猜测男子是对她望着发笑。三三心想：“你笑我干吗？”又想：“你城里人只怕狗，见了狗也害怕，还笑人，真亏你不羞。”她好像这句话已说出了口，为那人听到了，故打量趁此跑去。管事先生知道她要害羞跑了，便说：“三三，你别走，我们是来看你碾坊的。你娘呢？”

“娘不在碾坊。”

“到堡子里听小寨人唱歌去了，是不是？”

“是的。”

“你怎么不欢喜听唱歌？”

“你怎么知道我不欢喜？”

管事先生笑着说：“因为看你一个人回来，还以为你是听厌了那歌，担心这潭里鱼被人偷尽，所以赶回来看看，好小气！”

三三同管事先生说着，慢慢的把头抬起，望到那生人的脸目了，白白的脸好像在什么地方看见过，就估计：莫非这人是唱戏的小生，忘了擦去脸上的粉，所以那么白？……那男子见三三已不再怕人，就问三三：

“这是你的家吗？”

三三说：“怎么不是我家！”

因为这答话很有趣味，那男子就说：

“你住在这个山沟边，不怕大水把你冲去吗？”

“嗨，”三三抿着小小美丽嘴唇，狠狠的望了这陌生男子一眼，心里想，“狗来了，你这人吓倒落到水里，水就会冲去你。”想着当真冲去的情形，一定很是好笑，就不理会这两人，笑着跑去了。

从碾坊取了花样子回向堡子走去的三三，在潭边再上游一点，望到那两个白色影子还在前面，不高兴又同这管事先生打麻烦，于是故意跟随这两个人身后，慢慢的走着。听两个人说到城里什么人什么事情，听到说开河，又听到说学务局要办学校。因为这两人全都不知道有人在后面，所以自己觉得很有趣味。到后又听管事先生提起碾坊，提起妈妈怎么好，更极高兴。再到后，就听那城里男人说：

“女孩子倒真俏皮，照你们乡下习惯，应当快放人了。”

那管事的先生笑着说：“少爷欢喜，要总爷做红叶，可以去说亲。不过这碾坊是应当由姑爷管业的。”

三三轻轻的呸了一口，停顿了一下，把两个指头紧紧的塞了耳朵。但依然听到那两人的笑声。她想知道那个由城里来好像唱小生的人还要说些什么，所以不久就继续跟上前去。

那小生说些什么，可听不明白，就只听那个管事先生一人说话。那管事先生说：“做了碾坊主人，别的不说，成天可有新鲜鸡蛋吃，也很值得的！”话一说完，两人又笑了。

三三这次可再不能跟上去了，就坐在溪边的石头上，脸上发着烧，十分生气。心里想：“你要我嫁你，我才偏偏不嫁你！我家里的鸡就是成天下二十个蛋，我也不会给你一个吃。”坐了一会，凉凉的风吹到脸上，水声淙淙使她记忆起先一时估计中那男子为狗吓倒跌在溪里的情形，可又快乐了，就望到溪里水深处，一人自言自语说：“你怎么这样不中用，管事的救你，你可以喊他救你！”

到宋家时，宋家婶子正说起一件已经说了一会儿的事情，只听宋家妇人说：

“……他们养病倒希奇，说是养病，日夜睡在廊下风里让风吹。……脸儿白得如闺女，见了人就笑。……谁说是团总的亲戚，团总见他那种恭敬样子，你还不见到。福音堂洋人还怕他，他要媳妇有多少！”

母亲就说：“那么他养什么病？”

“谁知道是什么病？横顺成天吃那些甜甜的药，什么事情不做，在床上躺着。在城里是享福，来乡里也是享福。老庚说，害第三期的病，又说是痨病，说也说不清楚。谁清楚城里人那些病名字。依我想，城里人欢喜害病，所以病的名字特别多。我们不能因害病耽搁事情，所以除打摆子只发烧肚泻，别的名字的病，也就从不到乡下来了。”

另外一个妇人因为生过瘰疬，不大悦服宋家妇人武断的话，就说：“我不是城里人，可是也害城里人的病。”

“你舅妈是城里人！”

“舅妈管我什么事？”

“你文雅得像城里人，所以才生疡子！”

这样说着，大家全笑了起来。

母女两人回去时，在路上三三问母亲：“谁是白白脸庞的人？”母亲就照先前一时听人说过的话，告给三三，堡子里如何来了一位城里的病人，样子如何俊，性情如何怪。一个乡下人，对于城中人隔膜的程度，在那些描写里是分明易见的，自然说得十分好笑。在平常某个时节，三三对于母亲在叙述中所加的批评与稍稍过分的形容，总觉得母亲说得极其俨然，十分有味，这时不知如何却不相信这话了。

走了一会，三三忽问：“娘，娘，你见到那个城里白脸人没有呢？”

妈妈说：“我怎么会见他？我这几天又不到团总家里去。”

三三心想：“你不见人怎么说了那么半天。”

三三知道妈妈不见到的，自己倒早见到了，便把这件事保守秘密，却十分高兴。以为只有自己明白这件事情，此外凡是说到城里人的都不甚可靠。

两人到潭边时，三三又问：

“娘，你见团总家管事先生没有？”

若是娘说没有见过，反问她一句，那么，三三就预备把先前遇到那两个人的一切，都说给妈妈听了。但母亲这时正想起别的一个问题，完全不关心三三问的话，所以三三把方才的事情瞒着母亲，一个字不提。

第二天，三三的母亲到堡子里去，在团总家门前，碰着那个从城里来的白脸客人，同团总的管事先生，正在围城边看马打滚。那管事先生告她，说他们昨天曾到碾坊前散步，见到三三。又告给三三母亲说，这客人是从城里来养病的客人。到后就又告给那客人，说这个人就是碾坊的主人杨伯妈。那人说，真很同小三姐相像。那人又说三三长得很好，很聪明，做母亲的真福气。说了一阵话，把这老妇人说快乐了，在心中展开了一个幻景，想起自己觉得有些近于胡涂的事情，忙匆匆的回转碾坊去，望着三三痴笑。

三三不知母亲为什么今天特别乐，就问母亲到了什么地方，遇着了谁。

母亲想，应当怎么说好？想了许久才开口：

“三三，昨天你见过谁？”

三三说：“我见到谁？没有！”

娘就笑了：“三三你记记，晚上天黑时，你不看见两个人吗？”

三三以为是娘知道一切了，就忙说：“人有两个，一个是团总家管事的先生，一个是生人……怎么？”

“不怎么。我告你，那个生人就是城里来的先生。今天我看见他们，他们说已经和你认识了，所以我们说了许多话。那人真像个姑娘样子。”母亲说到这里时，想起一件事情好笑。

三三以为妈妈是在笑她，偏过头去看土地上灶马，不理会母亲。

母亲说：“他们问我要鸡蛋，你下半天送二十个去，好不好？”

三三听到说鸡蛋，打量昨天两个男人说的笑话都为母亲知道了，心里很不高兴，说道：“谁去送他们鸡蛋？娘，娘，我说……他们是坏人！”

母亲奇怪极了，问：“怎么是坏人？什么地方坏？”

三三红了脸不愿答应。母亲说：

“三三，你说什么事？”

迟了许久，三三才说：“他们背地里要找团总做媒，把我嫁给那个白脸人。”

母亲听到这天真话什么也不说，笑了好一阵。到后估计三三要跑了，才拉着三三说：“小报应，管事先生他们说笑话，这也生气吗？谁敢欺侮你！”

说到后来，三三也被说笑了。

三三后来就告给娘城里人如何怕狗的话，母亲听后不做声，好久以后，才说：“三三，你真还像个小丫头，什么也不懂。”

第二天，妈妈要三三送鸡子到寨子里去，三三不说什么，只摇头。妈妈既然答应了人家，就只好亲自送去。母亲走后，三三一个人在碾坊里玩，玩厌了，又到潭边去看白鸭，看了一会鸭子，等候母亲还不回来，心想莫非管事先生同妈妈吵了架，或者天热到路上发了痧？……心里老不自在，回到碾坊里去。

但是过了一会，母亲可仍然回来了，回到碾坊一脸的笑，跨着脚如一个男子神气。坐在小凳上，不住抹额头上汗水，告给三三如何见到那先生，那先生又如何要她坐到那个用粗布做成的软椅子上去，摇着荡着像一个摇网，怪舒服怪不舒服。又说到城里人说的三三为何不念书，城里女人全念书。又说到……

三三正因为等了母亲大半天，十分不高兴。如今听母亲说的话，莫名其妙，不愿意再听，所以不让母亲说完就走了。走到外边站在溪岸旁，望着清清的溪水，记起从前有人告诉她的话，说这水流下去，一直从山里流一百里，就流到城里了。她这时忖想……什么时候我一定也不让谁知道，就要流到城里去，一进城里就不回来了。但是如当真要流去时，她倒愿意那碾坊、那些鱼、那些鸭子，以及那一匹花猫，和她在一处流去。同时还有，她很想母亲永远和她在一处，她才能够安安静静的睡觉。

母亲看不见三三，站在碾坊门前喊着：

“三三，三三，天气热，你脸上晒出油了，不要远走，快回来！”

三三一面走回来，一面就自己轻轻的说：“三三不回来了！”

下午天气较热，倦人极了，躺到屋角竹凉床上的三三，耳中听着远处水车陆续的懒懒的声音，眯着眼睛觑母亲头上的髻子，仿佛一个瘦人的脸。越看越活，蒙蒙眬眬便睡着了。

她还似乎看到母亲包了白帕子，拿着扫帚追赶碾盘，绕屋打着圈儿，就听到有人在外面说话，提起她的名字。

只听人说：“三三到什么地方去了，怎么不出来？”

她奇怪这声音很熟，又想不起是谁的声音，赶忙走出去，站在门边打望，才望到原来又是那个白脸的人，规规矩矩坐在那儿钓鱼。过细看了一下，却看见那个钓竿，原来是团总家管事先生的烟杆，一头还冒烟。

拿一根烟杆钓鱼，倒是极新鲜的事情，但身旁似乎又已经得到了许多鱼，所以三三非常奇怪。正想走去告母亲，忽然管事先生也从那边走来。

好像又是那一天的那种情景，天上全是红霞，妈妈不在家，自己回来原是忘了把鸡关到笼子里，因此赶忙跑回来捉鸡的。如今碰到这两个人：管事先生同那白脸城里人，都站在那石礅子上，轻轻的商量一件事情。这两人声音很轻，三三却听得出是一件关于不利于自己的行为。因为听到说这些话，又不能嗾人走开，又不能自己走开，三三就非常着急，觉得自己的脸上也像天上的霞一样。

那个管事先生装作正经人样子说：“我们是来买鸡蛋的，要多少钱把多少钱。”

那个城里人，也像唱戏小生那么把手一扬，就说：“你说错了，要多少金子把多少金子。”

三三因为人家用金子恐吓她，所以说：“可是我不卖给你，不想你的钱。你搬你家大块金子来，到场上去买老鸦蛋吧。”

管事先生于是又说：“你不卖行吗？别人卖的凤凰蛋我也不希罕。你舍不得鸡蛋为我做人情，你想想，妈妈以后写庚帖，还少得了管事先生吗？”

那城里人于是又说："向小气的人要什么鸡蛋，不如算了吧。"

三三生气似的大声说："就算我小气也行，我把鸡蛋喂虾米，也不卖给人！我们赌咒不羡慕别人的金子宝贝。你和别人去说金子，恐吓别人吧。"

可是两个人还不走，三三心里就有点着急，很愿意来一只狗向两个人扑去。正那么打量着，忽然从家里就扑出来一条大狗，全身是白色，大声汪汪的吠着，从自己身边冲过去，凶凶的扑到两人身边去，即刻就把这两个恶人冲落到水里去了。

于是溪里的水起了许多波花，起了许多大泡，管事先生露出一个光光的头在水面，那城里人则长长的头发，缠在贴近水面的柳树根上，情景十分有趣。

可是一会儿水面什么也没有了，原来那两个人在水里摸了许多鱼，上了岸，拍拍身上的水点，把鱼全拿走了。

三三想去告给妈妈，一滑就跌下了。

刚才的事原来是做一个梦。母亲似乎是在灶房煮夜饭，因为听到三三梦里说话，才赶出来的。见三三醒了，摇着她问："三三，三三，你同谁吵闹？"

三三定了一会儿神，望妈妈笑着，什么也不说。

妈妈说："起来看看，我今天为你焖芋头吃。你去照照镜子，脸睡得一片红！"虽然依照母亲说的，去照了镜子，还是一句话不说，人虽早已清醒，还记得梦里一切的情景。到后来又想起母亲说的同谁吵闹的话，才反去问母亲，究竟听到吵闹些什么话。妈妈自然不注意这些，说听不分明，三三也就不再问什么了。

直到吃饭时，妈妈还说到脸上睡得发红，所以三三就告给老人家先后做了些什么梦，母亲听来笑了半天。

第二次送鸡蛋去时，三三也去了，那时是下午。吃过饭后不久，两人进了团总家的大院子。在东边偏院里，看到城里来的那个客，正躺在廊下藤椅上，眺望天上飞的老鹰。管事的不在家，三三认得那个男子，不大好意思上前去，就要母亲过去，自己站在月门边等候。母亲上前去时节，三三又为出主意，要妈妈站在门边大声说“送鸡蛋的来了”，好让他知道。母亲自然什么都照三三主意作去。三三听母亲说这句话，说到第三次，才引起那个白白脸庞的城里人注意，自己就又急又笑。

三三这时是站在月门外边的。从门罅里向里面窥看，只见那白脸人站起身来又坐下去，正像梦里那种样子。同时就听到这个人同母亲说话，说起天气和别的事情，妈妈一面说话一面尽掉过头来望到三三所在的一边。白脸人以为她就要走去了，便说：

“老太太，你坐坐，我同你说说话。”

妈妈于是坐下了，可是同时那白脸的城里人也注意到那一面门边有一个人等候了：“谁在那里？是不是你的小姑娘？”

一看情形不妙，三三就想跑。可是一回头，却望到管事先生站在身后，不知已站了多久。打量逃走自然是难办到的，末后就被拉着袖子，牵进小院子来了。

听到那个人请自己坐下，听到那个人同母亲说那天在溪边看见自己的情形，三三眼望另一边，傍近母亲身旁，一句话不说，巴不得即刻离开，可是想不出怎么就可以离开。

坐了一会儿，出来了一个穿白袍戴白帽、装扮古怪的女人。三三先还以为是个男子，不敢细细的望。后来听这女人说话，且看她站在城里人身旁，用一根小小白色管子塞进那白脸男子口里去，又抓了男子的手捏着，捏了好一会，拿一支好像笔的东西，在一张纸上写了些什么记号。那先生问“多少‘豆’”？就听她回答说：“‘豆瘦’同昨天一样。”且因为另外一句话听到这个人笑，才晓得那是一个女人。这时似乎妈妈那一方面，也刚刚才明白这是一个女人，且听到说“多少‘豆’”，以为奇怪，所以两个互相望望，都抿着嘴笑了起来。

看着这母女生疏的情形，那白袍子女人也觉得好笑，就不即走开。

那白脸城里人说：“周小姐，你到这地方来一个朋友也没有，就同这小姑娘做个朋友吧。她家有个好碾坊，在那边溪头，有一个动人的水车，前面一点还有一个好堰坝。你同她做朋友，就可到那儿去玩，还可以钓些鱼回来。你同她去那边林子里玩玩吧，要这小姑娘告你那些花名、草名。”

这周小姐就笑着过来，拖了三三的手，想带她走去。三三想不走，望着母亲，母亲却做样子努嘴要她去，不能不走。

可是到了那一边，两人即刻就熟了。那看护把关于乡下的一切，这样那样问了她许多。她一面答着，一面想问那女人一些事情。却找不出一句可问的话，只很希奇的望到那一顶白帽子发笑。觉得好奇怪，怎么顶在头上不怕掉下来。

过后听母亲在那边喊自己的名字，三三也不知道还应当同看护告别，还应当说些什么话，只说“妈妈喊我回去，我要走了”，就一个人忙忙的跑回母亲身边，同母亲走了。

母女两人回到路上走过了一个竹林，竹林里恰正当晚霞的返照，满竹林是金色的光。三三把一个空篮子戴在头上，扮作钓鱼翁的样子，同时想起团总家养病服侍病人那个戴白帽子的女人，就和妈妈说：

“娘，你看那个女人好不好？”

母亲说：“你说的是哪一个女人？”

三三好像以为这答复是母亲故意装作不明白的样子，因此稍稍有点不高兴，向前走去。

妈妈在后面说：“三三，你说谁？”

三三就说：“我说谁，我问你先前那个女子，你还问我！”

“我怎么知道你是说谁？你说那姑娘，脸庞红红白白的，是说她吗？”

三三才停着了脚，等着她的妈。且想起自己无道理处，悄悄的笑了。母亲赶上了三三，推着她的背：“三三，那姑娘长得好体面，你说是不是？”

三三本来就觉得这人长得体面，听到妈妈先说，所以就故意说：“体面什么？人高得像一条菜瓜，也算体面！”

“人家是读过书来的，你没看她会写字吗？”

“娘，那你明天要她拜你做干娘吧。她读过书，娘，你近来只欢喜读书的。”

“嗨，你瞧你！我说读书好，你就生气。可是……你难道不欢喜读书的吗？”

“男人读书还好，女人读书讨厌咧。”

“你以为她讨厌，那我们以后讨厌她得了。”

“不，干吗说‘讨厌她得了’？你并不讨厌她！”

“那你一人讨厌她好了。”

“我也不讨厌她！”

“那是谁该讨厌她？三三，你说。”

“我说，谁也不该讨厌她。”

母亲想着这个话就笑，三三想着也笑了。

三三于是又匆匆的向前走去。因为黄昏太美，三三不久又停顿在前面枫树下了，还要母亲也陪她坐一会，送那片云过去再走。母亲自然不会不答应的。两人坐在那石条子上，三三把头上的竹篮儿取下后，用手整理发辫，就又想起那个男人一样短短头发的女人。母亲说：“三三，你用围裙揩揩脸，脸上出汗了。”三三好像没听到妈妈的话，眺望另一方，她心中出奇，为什么有许多人的脸，白得像茶花。她不知不觉又把这个话同母亲说了，母亲就说，这是他们称呼做“城里人”的理由，不必擦粉，脸也总是很白的。

三三说：“那不好看。”母亲也说“那自然不好看”。三三又说：“宋家的黑子姑娘才真不好看。”母亲因为到底不明白三三意思所在，拿不稳风向，所以再不敢插言，就只貌作留神的听着，让三三自己去作结论。

三三的结论就只是故意不同母亲意见一致，可是母亲若不说话时，自己就不须结论，也闭了口，不再做声了。

另外某一天，有人从大寨里挑谷子来碾坊的，挑谷子的男人走后，留下一个女人在旁边照料一切。这女人欢喜说白话，且不久才从六十里外一个寨上吃喜酒回来，有一肚子的故事，许多乡村消息，得和一个人说说才舒服，所以就拿来与碾坊母女两人说。母亲因为自己有一个女儿，有些好奇的理由，专欢喜问人家到什么地方吃喜酒，看见些什么体面姑娘，看到些什么好嫁妆。她还明白，照例三三也愿意听这些故事。所以就问那个人，问了这样又问那样，要那人一五一十说出来。

三三却静静的坐在一旁，用耳朵听着，一句话不说。有时说的话那女人以为不是女孩子应当听的，声音较低时，三三就装作毫不注意的神气，用绳子结连环玩，实际上仍然听得清清楚楚。因为听到些怪话，三三忍不住要笑了，却扭过头去悄悄的笑，不让那个长舌妇人注意。

到后那两个老太太，自然而然就说到团总家中的来客，且说及那个白袍白帽的女人了。那妇人说她听人说这白帽白袍女人，是用钱雇来的，雇来照料那个先生，好几两银子一天。但她却又以为这话不十分可靠，以为这人一定就是城里人的少奶奶，或者小姨太太。

三三的妈妈意见却同那人的恰恰相反，她以为那白袍女人，决不是少奶奶。

那妇人就说："你怎么知道不是少奶奶？"

三三的妈说："怎么会是少奶奶！"

那人说："你告诉我些道理。"

三三的妈说："自然有道理，可是我说不出。"

那人说："你又看不见，你怎么会知道？"

三三的妈说："我怎么看不见？……"

两人争着不能解决，又都不能把理由说得完全一点，尤其是三三的母亲，又忘记说是听到过那一位喊叫过周小姐的话，用来作证据。三三却记起许多话，只是不高兴同那个妇人去说。所以三三就用别种的方法打乱了两人不能说清楚的问题。三三说："娘，莫争这些闲事情，帮我洗头吧，我去热水。"

到后那妇人把米碾完挑走了。把水热好了的三三，坐在小凳上一面解散头发，一面带着抱怨神气向她娘说：

"娘，你真奇怪，欢喜同那老婆子说空话。"

“我说了些什么空话?”

“人家媳妇不媳妇，管你什么事!”

……

母亲想起什么事来了，抿着口痴了半天，轻轻的叹了一口气。

过几天，那个白帽白袍的女人，却同寨子里一个小女孩子到碾坊来玩了。玩了大半天，说了许多话，妈妈因为第一次有这么一个稀客，所以走出走进，只想杀一只肥母鸡留客吃饭，但是又不敢开口，所以十分为难。

三三却把客人带到溪下游一点有水车的地方去，玩了好一阵，在水边摘了许多金针花，回来时又取了钓竿，搬个矮脚凳子，到溪边去陪白帽子女人钓鱼。

溪里的鱼好像也知道凑趣。那女人一根钓竿，一会儿就得了四条大鲫鱼，使她十分欢喜。到后应当回去了，女人不肯拿鱼回去，母亲可不答应，一定要她拿去。并且因为白帽子女人说南瓜子好吃，又另外取了一口袋的生瓜子，要同来的那个小女孩代为拿着。

再过几天，那白脸人同管事先生，也来钓了一次鱼，又拿了许多礼物回去。

再过几天，那病人却同女人一块儿来了，来时送了一些用瓶子装的糖，还送了些别的东西，使得主人不知如何措置手脚。因为不敢留这两个人吃饭，所以到临走时，三三母亲还捉了两只活鸡，一定要他们带回去。两人都说留到这里生蛋，用不着捉去，还不行。到后说等下一次来再杀鸡，那两只鸡才被开释放下了。

自从两个客人到来后，碾坊里有点不同过去的样子，母女两人说话，提到“城里”的事情，就渐渐多了。城里是什么样子，城里有些什么好处，两人本来全不知道。两人只从那个白脸男子、白袍女人的神气，以及平常从乡下听来的种种，作为想象的根据，摹拟到城里的一切景况，都以为城里是那么一种样子：有一座极大的用石头垒就的城，这城里就竖了许多好房子。每一栋好房子里面都住了一个老爷同一群少爷；每一个人家都有许多成天穿了花绸衣服的女人，装扮得同新娘子一样，坐在家里，什么事也不必作。每一个人家，房子里一定还有许多跟班同丫头，跟班的坐在大门前接客人的名片，丫头便为老爷剥莲心，去燕窝毛。城里一定有很多条大街，街上全是车马。城里有洋人，脚杆直直的，就在大街上走来走去。城里还有大衙门，许多官都如“包龙图”一样，威风凛凛，一天审案到夜，夜了还得点了灯审案。虽有一个包大人，坏人还是数不清。城里还有好些铺子，卖的是各样希奇古怪的东西。城里一定还有许多大庙小庙，成天有人唱戏，成天也有人看戏。看戏的全是坐在一条板凳上，一面看戏一面剥黑瓜子。坏女人想勾引人就向人打瞟瞟眼。城门口有好些屠户，都长得胖墩墩的。城门口还坐有个王铁嘴，专门为人算命打卦。

这些情形自然都是实在的。这想象中的都市，像一个故事一样动人，保留在母女两人心上，却永远不使两人痛苦。她们在自己习惯生活中得到幸福，却又从幻想中得到快乐，所以若说过去的生活是很好的，那到后来可说是更好了。

但是，从另外一些记忆上，三三的妈妈却另外还想起了一些事情，因此有好几回同三三说话到城里时，却忽然又住了口不说下去。三三询问这是什么意思，母亲就笑着，仿佛意思就只是想笑一会儿，什么别的意思也没有。

三三可看得出母亲笑中有原因，但总没有方法知道这另外原因究竟是什么。或者是妈妈预备要搬进城里，或者是作梦到过城里，或者是因为三三长大了，背影子已像一个新娘子了，妈妈惊讶着，这些躲在老人家心上一角儿的事可多着呐。三三自己也常常发笑，且不让母亲知道那个理由。每次到溪边玩，听母亲喊“三三你回来吧”，三三一面走一面总轻轻的说：“三三不回来了，三三永不回来了。”为什么说不回来，不回来又到什么地方去落脚，三三并不曾认真打量过。

有时候两人都说到前一晚上梦中去过的城里，看到大衙门大庙的情形，三三总以为母亲到的是一个城里，她自己所到又是一个城里。城里自然有许多，同寨子差不多一样，这个三三老早就想到了的。三三所到的城里一定比母亲那个还远一点，因为母亲凡是梦到城里时，总以为同团总家那堡子差不多，只不过大了一点，却并不很大。三三因为听到那白帽子女人说过，一个城里看护至少就有两百，所以她梦到的，就是两百个白帽子女人的城里！

妈妈每次进寨子送鸡蛋去，总说他们问三三，要三三去玩，三三却怪母亲不为她梳头。但有时头上辫子很好，却又说应当换干净衣服才去。一切都好了，三三却常常临时又忽然不愿意去了。母亲自然不强着三三的。但有几次母亲有点不高兴了，三三先说不去，到后又去；去到那里，两人却都很快乐。

人虽不去大寨，等待妈妈回来时，三三总愿意听听说到那一面的事情。母亲一面说，一面注意三三的眼睛，这老人家懂得到一点三三心事。她自己以为十分懂得三三，所以有时话说得也稍多了一点。譬如关于白帽子女人，如何照料白脸男子那一类事，母亲说时总十分温柔，同时看三三的眼睛，也照样十分温柔。于是，这母亲，忽然又想到了远远的什么一件事，不再说下去；三三也想到了另外一件事，不必妈妈说话了。母女二人就沉默了。

寨子里人有次又过碾坊来了，来时三三已出到外边往下溪水车边采金针花去了。三三回碾坊时，望见母亲同那个人商量什么似的在那里谈话，一见到三三，就笑着什么也不说。三三望望母亲的脸，从母亲脸上颜色，她看出像有些什么事情，很有点蹊跷。

那人一见三三就说："三三，我问你，怎么不到堡子里去玩，有人等你！"

三三望望自己手上那一把黄花，头也不抬说："谁也不等我。"

"你的朋友等你。"

"没有人是我的朋友。"

"一定有人！想想看，有一个人！"

"你说有就有吧。"

"你今年几岁，是不是属龙的？"

三三对这个谈话觉得有点古怪，就对妈妈看着，不即作答。

"你不说我也知道，你妈妈还刚刚告我，四月十七，你看对不对？”

三三心想，四月十七、五月十八你都管不着，我又不希罕你为我拜寿。但因为听说是妈妈告的，三三就奇怪，为什么母亲同别人谈这些话。她就对母亲把小小嘴唇撇了一下，怪着她不该同人说起这些。本来折的花应送给母亲，也不高兴了，就把花放在休息着的碾盘旁，跑出到溪边，拾石子打飘飘梭去了。

不到一会儿，听到母亲送那人出来了，三三赶忙用背对着大路，装着眺望溪对岸那一边牛打架的样子，好让他们走去。那人见三三在水边，却停顿到路上，喊三姑娘，喊了好几声，三三还故意不理会，又才听到那人笑着走了。

到了晚上，母亲因为见三三不大说话，和平时完全不同了，母亲说：“三三，怎么，是不是生谁的气？”

三三口上轻轻的说“没有”，心里却想哭一会儿。

过两天，三三又似乎仍然同母亲讲和了，把一切事都忘掉了，可是再也不提到大寨里去玩，再也不提醒母亲送鸡蛋给人了。同时母亲那一面，似乎也因为了一件事情，不大同三三提到城里的什么，不说是应当送鸡蛋到大寨去了。

日子慢慢的过着，许多人家田间的新稻，为了好的日头同恰当的雨水，长出的禾穗全垂了头。有些人家的新谷已上了仓，有些人家摘着早熟的禾线，舂出新米各处送人尝新了。

因为寨子里那家嫁女的好日子快到了，搭了信来接母女两人过去陪新娘子。母亲正新给三三缝了一件葱绿布围裙，要三三去住两天。三三没有什么理由可以说不去，所以母女两人就带了些礼物到寨子里来了。到了那个嫁女的家里，按照一乡的风气，在女人未出阁以前，有展览妆奁的习惯，一寨子的女人都可来看，就见到了那个白帽子的女人。她因为在乡下除了照料病人就无什么事情可作，所以一个月来在乡下就成天同乡下女人玩玩，如今随同别的女人来看嫁妆，碰到了三三母女两人。

一见面，这白帽子女人便用城里人的规矩，怪三三母亲，问为什么多久不到总爷家里来看他们；又问三三，为什么忘了她。这母女两人自然什么也不好说，只按照一个乡下人的方法，望到略显得黄瘦了的白帽子女人笑着。后来这白帽子的女人就告给三三妈妈，说病人的病还不怎么好，城里医生来了一次，以为秋天还要换换地方，预备八月里回城去，再要到一个顶远的有海的地方去养息。因为不久就要走了，所以她自己同病人，都很想念母女两人，和那个小小碾坊。

这白帽子女人又说，曾托过人带信要她们来玩的，不知为什么她们不来。又说，她很想再来碾坊那小潭边钓鱼，可是因为天气热了一点，不好出门。

这白帽子女人，看见三三的新围裙，裙上还扣了朵小花，式样秀美，充满了一种天真的妩媚，就说：

“三三，你这个围腰真美，妈妈自己作的是不是？”

三三却因为这女人一个月以来脸晒红多了，就只望着这个人的红脸好笑，笑中包含了一种纯朴的友谊。

母亲说：“我们乡下人，要什么讲究东西，只要穿得上身就好了。”因为母亲的话不大实在，三三就轻轻的接下去说：“可是改了三次。”

那白帽女人听到这个话，向母女笑着：“老太太你真有福气，做你女儿的也真有福气。”

“这算福气吗？我们乡下人，哪里比得城里人好。”

因为有两个人正抬了一盒礼物过去，三三追上前想看看是什么时，白帽子女人望着三三的背影：“老太太，你三姑娘陪嫁的，一定比这家还多。”

母亲也望那一方说：“我们是穷人，姑娘嫁不出去的。”

这些话三三都听到，所以看完了那一抬礼，还不即过来。

说了一阵话，白帽子女人想邀母女两人进寨子里去看看病人，母亲见三三神气有点不高兴，同时且想起是空手，乡下人照例不好意思空手进人家大门，所以就答应过两天再去。

又过了几天，母女二人在碾坊，因为谈到新娘子敷水粉的事情，想起白帽子女人的脸，一到乡下后就晒红了许多的情形，且想起那天曾答应人家的话了，所以妈妈问三三，什么时候高兴去寨子里看“城里人”。三三先是说不高兴，到后又想了一下，去也不什么要紧，就答应母亲，不拘那一天去都行。既然不拘什么时候，那么，自然第二天就可以去了。

因为记起那白帽子女人说的话，很想来碾坊玩，所以三三要母亲早上同去，好就便邀客来，到了晚上再由三三送客回去。母亲却因为想到前次送那两只鸡，客人答应了下次来吃，所以还预备早早的回来，好杀鸡款客。

一早上，母女两人就提了一篮鸡蛋，向大寨走去。过桥，过竹林，过小小山坡，道旁露水还湿湿的。金铃子像敲钟一样，叮叮的从草里发出声音来，喜鹊喳喳的叫着从头上飞过去。母亲走在三三的后面，看到三三苗条如一根笋子，拿着棍儿一面走一面打道旁的草，记起从前团总家管事先生问过她的话，不知道究竟是什么意思。又想到几天以前，白帽子女人说及的话，就觉得这些从三三日益长大快要发生的事情，不知还有许多。

她零零碎碎就记起一些属于别人的印象来了……一顶凤冠，用珠子穿好的，搁到谁的头上？二十抬贺礼，金锁金鱼，这是谁？……床上撒满了花，同百果、莲子、枣子，这是谁？……这是谁？……那三三是不是城里人？……

若不是滑了一下，向前一窜，这梦还不知如何放肆做下去。

因为听妈妈口上连作呸呸，三三才回过头来：“娘，你怎么？想些什么？差点儿把鸡蛋篮子也摔了。你想些什么？”

“我想我老了，不能进城去看世界了。”

“你难道欢喜进城吗？”

“你将来一定是要到城里去的！”

“怎么一定？我偏不上城里去！”

“那自然好极了。”

两人又走着，三三忽然又说：“娘，娘，为什么你说我要到城里去？你怎么个想起这事情？”

母亲忙分辩说："你不去城里，我也不去城里。城里天生是给城里人预备的；我们有我们的碾坊，自然不会离开的。"

不到一会儿，就望到大寨子那门楼了，门前有许多大榆树和梧桐。两人进了寨门向南走，快要走到时，就望见榆树下面，有许多人站立，好像在看热闹，其中还有些人，忙手忙脚的搬移一些东西，看情形一定是发生了什么事情，或者来了远客，或者还有别的原因。母女两人也不怎么出奇，依然慢慢的走过去。三三一面走一面说："莫非是衙门的委员来了？娘，我在这里等你，你先过去看看吧。"母亲随随便便答应着，心里觉得有点蹊跷，就把篮子放下，要三三等着，自己赶上前去了。

这时恰巧有个妇人抱了自己孩子向北走，预备回家，看见三三了，就问："三三，怎么你这样早，有些什么事？"但同时却看到了三三篮里的鸡蛋了，"三三，你送谁的礼呢？"

三三说："随便带来的。"因为不想同这人说别的话，于是低下头去，用手盘弄那个盘云的葱绿围腰扣子。

那妇人又说："你妈呢？"

三三还是低着头用手向南方指着："过那边去了。"

那女人说："那边死了人。"

"是谁死了？"

"就是上个月从城中搬来养病的少爷。只说是病，前一些日子还常常出外面玩，谁知忽然犯病就死了。"

三三听到这个，心里一跳，心想："难道是真话吗？"

这时节，母亲从那边也知道消息了，匆匆忙忙的跑回来，心门口咚咚跳着，脸儿白白的，到了三三跟前，什么话也不说，拉着三三就走。好像是告三三，又像是自言自语的说："就死了，就死了，真不像会死！"

但三三却立定了，问："娘，那白脸先生死了吗？"

"都说是死了的。"

"我们难道就回去吗？"

母亲想想："真的，难道就回去？"

因此母女两人又商量了一下，还是过去看看，好知道究竟是什么原因。三三且想见见那白帽子女人，找到白帽子女人一切就明白了。但一走进大门边，望见许多人站在那里，大门却敞敞的开着。两人又像怕人家知道他们是来送礼的，不敢进去。在那里就听许多人说到这个病人的一切，说到那个白帽子女人，称呼她为病人的媳妇，又说到别的。都显然证明这些人并不和这两个城里人有什么熟识。

三三脸白白的拉着妈妈的衣角，低声的说："娘，走。"两人于是就走了。

到了磨坊，因为有人挑了谷子来在等着碾米，母亲提着蛋篮子进去了。三三站立溪边，眼望一泓碧流，心里好像掉了什么东西。极力去记忆这失去的东西的名称，却数不出。

母亲想起三三了，在里面喊着三三的名字，三三说："娘，我在看虾米呢。"

"来把鸡蛋放到坛子里去，虾米在溪里可以成天看！"因为母亲那么说着，三三只好进去了。水闸门的闸板已提起，磨盘正开始在转动，母亲各处找寻油瓶，为碾盘轴木加油，三三知道那个油瓶挂在门背后，却不做声，尽母亲乱乱的各处去找。三三望着那篮子，就蹲到地下去数篮里的鸡蛋，数了半天。后来碾米的人，问为什么那么早拿鸡蛋往别处去，送谁，三三好像不曾听到这个话，站起身来又跑出去了。

1931 年 8 月写成于青岛

1941 年 11 月在昆明重看

1957 年 3 月校正

萧　萧

乡下人吹唢呐接媳妇，到了十二月是成天会有的事情。

唢呐后面一顶花轿，两个夫子平平稳稳的抬着，轿中人被铜锁锁在里面，虽穿了平时没上过身的体面红绿衣裳，也仍然得荷荷大哭。在这些小女人心中，做新娘子，从母亲身边离开，且准备做他人的母亲，从此必然将有许多新事情等待发生。像做梦一样，将同一个陌生男子汉在一个床上睡觉，做着承宗接祖的事情。这些事想起来，当然有些害怕，所以照例觉得要哭哭，于是就哭了。

也有做媳妇不哭的人。萧萧做媳妇就不哭。这小女子没有母亲，从小寄养到伯父种田的庄子上，终日提个小竹兜箩，在路旁田坎捡狗屎挑野菜。出嫁只是从这家转到那家。因此到那一天，这女人还只是笑。她又不害羞，又不怕。她是什么事也不知道，就做了人家的新媳妇了。

萧萧做媳妇时年纪十二岁，有一个小丈夫，年纪还不到三岁。丈夫比她年少九岁，还不曾断奶。按地方规矩，过了门，她喊他做弟弟。她每天应作的事是抱弟弟到村前柳树下去玩，到溪边去玩。饿了，喂东西吃；哭了，就哄他，摘南瓜花或狗尾草戴到小丈夫头上，或者亲嘴，一面说："弟弟，哪，啵。再来，啵。"在那肮脏的小脸上亲了又亲，孩子于是便笑了。孩子一欢喜兴奋，行动粗野起来，会用短短的小手乱抓萧萧的头发。那是平时不大能收拾蓬蓬松松在头上的黄发。有时候，垂到脑后那条小辫儿被拉得太久，把红绒线结也弄松了，生了气，就挞那弟弟几下，弟弟自然哇的哭出声来。萧萧于是也装成要哭的样子，用手指着弟弟的哭脸，说："哪，人不讲理，可不行！"

天晴落雨日子混下去，每日抱抱丈夫，也帮同家中作点杂事，能动手的就动手。又时常到溪沟里去洗衣，搓尿片，一面还捡拾有花纹的田螺给坐在身边的小丈夫玩。到了夜里睡觉，便常常做这种年龄人所做的梦，梦到后门角落或别的什么地方捡得大把大把铜钱，吃好东西，爬树，自己变成鱼到水中各处溜。或一时仿佛身子很小很轻，飞到天上众星中，没有一个人，只是一片白，一片金光，于是大喊"妈！"人就吓醒了。醒来心还只是跳。吵了隔壁的人，不免骂着："疯子，你想什么！白天玩得疯，晚上就做梦！"萧萧听着却不做声，只是咕咕的笑。也有很好很爽快的梦，为丈夫哭醒的事情。那丈夫本来晚上在自己母亲身边睡，吃奶方便。有时吃多了奶，或因另外情形，半夜大哭，起来放水拉稀是常有的事。丈夫哭到婆婆无可奈何，于是萧萧轻脚轻手爬起床来，睡眼迷蒙，走到床边，把人抱起，给他看月光，看星光；或者仍然啵啵的亲嘴，互相觑着，孩子气的"嗨嗨，看猫呵！"那样喊着哄着，于是丈夫笑了。玩一会会，困倦起来，慢慢的合上眼。人睡定后，放上床，站在床边看着，听远处一传一递的鸡叫，知道天快到什么时候了，于是仍然蜷到小床上睡去。天亮后，虽不做梦，却可以无意中闭眼开眼，看一阵在面前空中变幻无端的黄边紫心葵花，那是一种真正的享受。

萧萧嫁过了门，做了拳头大丈夫的小媳妇，一切并不比先前受苦，这只看她一年来身体发育就可明白。风里雨里过日子，像一株长在园角落不为人注意的蓖麻，大叶大枝，日增茂盛。这小女人简直是全不为丈夫设想那么似的，一天比一天长大起来了。

夏夜光景说来如做梦。大家饭后坐到院中心歇凉，挥摇蒲扇，看天上的星同屋角的萤，听南瓜棚上纺织娘咯咯咯拖长声音纺车，远近声音繁密如落雨，禾花风翛翛吹到脸上，正是让人在各种方便中说笑话的时候。

萧萧好高，一个人常常爬到草料堆上去，抱了已经熟睡的丈夫在怀里，轻轻的轻轻的随意唱着自编的四句头山歌。唱来唱去却把自己也催眠起来，快要睡去了。

在院坝中，公公婆婆，祖父祖母，另外还有帮工汉子两个，散乱的坐在小板凳上，摆龙门阵学古，轮流下去打发上半夜。

祖父身边有个烟包，在黑暗中放光。这用艾蒿作成的烟包，是驱逐长脚蚊得力东西，蜷在祖父脚边，犹如一条乌梢蛇。间或又拿起来晃那么几下。

想起白天场上的事情，祖父开口说话：

“我听三金说，前天又有女学生过身。”

大家就哄然笑了起来。

这笑的意义何在？只因为在大家印象中，都知道女学生没有辫子，留下个鹌鹑尾巴，像个尼姑，又不完全像。穿的衣服像洋人，又不是洋人。吃的，用的，……总而言之，事事不同，一想起来就觉得怪可笑！

萧萧不大明白，她不笑。所以老祖父又说话了。他说：

“萧萧，你长大了，将来也会做女学生！”

大家于是更哄然大笑起来。

萧萧为人并不愚蠢，觉得这一定是不利于己的一件事情，所以接口便说：

“爷爷，我不做女学生。”

“你像个女学生，不做可不行。”

“我不做。”

众人有意取笑，异口同声的说：“萧萧，爷爷说得对，你非做女学生不行！”

萧萧急得无可如何：“做就做，我不怕。”其实做女学生有什么不好，萧萧全不知道。

女学生这东西，在本乡的确永远是奇闻。每年一到六月天，据说放“水假”日子一到，照例便有三三五五女学生，由一个荒谬不经的热闹地方来，到另一个远地方去，取道从本地过身。从乡下人眼中看来，这些人都近于另一世界中活下的人，装扮奇奇怪怪，行为更不可思议。这种女学生过身时，使一村人都可以说一整天的笑话。

祖父是当地一个人物，因为想起所知道的女学生在大城中的生活情形，所以说笑话要萧萧也去做女学生。一面听到这话，就感觉一种打哈哈趣味，一面还有那被说的萧萧感觉一种惶恐，说这话不为无意义了。

女学生由祖父方面所知道的是这样一种人：她们穿衣服不管天气冷热，吃东西不问饥饱，晚上交到子时才睡觉，白天正经事全不作，只知唱歌打球，读洋书。她们都会花钱，一年用的钱可以买十六只水牛。她们在省里京里想往什么地方去时，不必走路，只要钻进一个大匣子中，那匣子就可以带她到地。城市中还有各种各样的大小不同匣子，都用机器开动。她们在学校，男女在一处上课读书，人熟了，就随意同那男子睡觉，也不要媒人，也不要财礼，名叫“自由”。她们也做做州县官，带家眷上任，男子仍然喊作“老爷”，小孩子叫“少爷”。她们自己不养牛，却吃牛奶羊奶，如小牛小羊；买那奶时是用铁罐子盛的。她们无事时到一个唱戏地方去，那地方完全像个大庙，从衣袋中取出一块洋钱来（那洋钱在乡下可买五只母鸡），买了一小方纸片儿，拿了那纸片到里面去，就可以坐下看洋人扮演的影子戏。她们被冤了，不赌咒，不哭。她们年纪有老到二十四岁还不肯嫁人的，有老到三十四十居然还好意思嫁人的。她们不怕男子，男子不能使她们受委屈，一受委屈就上衙门打官司，要官罚男子的款，这笔钱她有时独占自己花用，有时和官平分。她们不洗衣煮饭，也不养猪喂鸡；有了小孩子，也只花五块钱或十块钱一月，雇个人专管小孩，自己仍然整天看戏打牌，或者读那些没有用处的闲书……

总而言之，说来事事都希奇古怪，和庄稼人不同，有的简直还可说岂有此理。这时经祖父一说明，听过这话的萧萧，心中却忽然有了一种模模糊糊的愿望，以为倘若她也是个女学生，她是不是照祖父说的女学生一个样子去做那些事情？不管好歹，女学生并不可怕，因此一来，却已为这乡下姑娘初次体念到了。

因为听祖父说起女学生是怎样的人物，到后萧萧独自笑得特别久。笑够了时，她说：

"爷爷，明天有女学生过路，你喊我，我要看看。"

"你看，她们捉你去作丫头。"

"我不怕她们。"

"她们读洋书念经你也不怕？"

"念观音菩萨消灾经，念紧箍咒，我都不怕。"

"她们咬人，和做官的一样，专吃乡下人，吃人骨头渣渣也不吐，你不怕？"

萧萧肯定的回答说："也不怕。"

可是这时节萧萧手上所抱的丈夫，不知为什么，在睡梦中哭了，媳妇于是用作母亲的声势，半哄半吓的说：

"弟弟，弟弟，不许哭，不许哭，女学生咬人来了。"

丈夫还仍然哭着，得抱起各处走走。萧萧抱着丈夫离开了祖父，祖父同人说另外一样古话去了。

萧萧从此以后心中有个"女学生"。做梦也便常常梦到女学生，且梦到同这些人并排走路。仿佛也坐过那种自己会走路的匣子，她又觉得这匣子并不比自己跑路更快。在梦中那匣子的形体同谷仓差不多，里面还有小小灰色老鼠，眼珠子红红的，各处乱跑，有时钻到门缝里去，把个小尾巴露在外边。

因为有这样一段经过，祖父从此喊萧萧不喊"小丫头"，不喊"萧萧"，却唤作"女学生"。在不经意中萧萧答应得很好。

乡下的日子也如世界上一般日子，时时不同。世界上人把日子糟蹋，和萧萧一类人家把日子吝惜是同样的，各有所得，各属分定。许多城市中文明人，把一个夏天完全消磨到软绸衣服、精美饮料以及种种好事情上面。萧萧的一家，因为一个夏天的劳作，却得了十多斤细麻，二三十担瓜。

作小媳妇的萧萧，一个夏天中，一面照料丈夫，一面还绩了细麻四斤。到秋八月工人摘瓜，在瓜间玩，看硕大如盆、上面满是灰粉的大南瓜，成排成堆摆到地上，很有趣味。时间到摘瓜，秋天真的已来了，院子中各处有从屋后林子里树上吹来的大红大黄木叶。萧萧在瓜旁站定，手拿木叶一束，为丈夫编小小笠帽玩。

工人中有个名叫花狗，年纪二十三岁，抱了萧萧的丈夫到枣树下去打枣子。小小竹竿打在枣树上，落枣满地。

"花狗大[1]，莫打了，太多了吃不完。"

虽这样喊，还不动身。到后，仿佛完全因为丈夫要枣子，花狗才不听话。萧萧于是又警告她那小丈夫：

"弟弟，弟弟，来，不许捡了。吃多了生东西肚子痛！"

丈夫听话，兜了大堆枣子向萧萧身边走来，请萧萧吃枣子。

"姐姐吃，这是大的。"

"我不吃。"

"要吃一颗！"

她两手哪里有空！木叶帽正在制边，工夫要紧，还正要个人帮忙！

"弟弟，把枣子喂我口里。"

丈夫照她的命令作事，作完了觉得有趣，哈哈大笑。

她要他放下枣子帮忙捏紧帽边，便于添加新木叶。

丈夫照她吩咐作事，但老是顽皮的摇动，口中唱歌。这孩子原来像一只猫，欢喜时就得捣乱。

"弟弟，你唱的是什么？"

"我唱花狗大告我的山歌。"

"好好的唱一个给我听。"

丈夫于是帮忙拉着帽边，一面就唱下去，照所记到的歌唱：

---

① 花狗大的"大"字，即大哥简称。

天上起云云起花，
包谷林里种豆荚，
豆荚缠坏包谷树，
娇妹缠坏后生家。

天上起云云重云，
地下埋坟坟重坟，
娇妹洗碗碗重碗，
娇妹床上人重人。

歌中意义丈夫全不明白，唱完了就问萧萧好不好。萧萧说好，并且问跟谁学来的，她知道是花狗教他的，却故意盘问他。

“花狗大告我，他说还有好多歌，长大了再教我唱。”

听说花狗会唱歌，萧萧说：

“花狗大，花狗大，你唱一个好听的歌我听听。”

那花狗，面如其心，生长得不很正气，知道萧萧要听歌，人也快到听歌的年龄了，就给她唱“十岁娘子一岁夫”。那故事说的是妻年大，可以随便到外面作一点不规矩事情；夫年小，只知吃奶，让他吃奶。这歌丈夫完全不懂，懂到一点儿的是萧萧。把歌听过后，萧萧装成“我全明白”那种神气，她用生气的样子，对花狗说：

“花狗大，这个不行，这是骂人的歌！”

花狗分辩说：“不是骂人的歌。”

“我明白，是骂人的歌。”

花狗难得说多话，歌已经唱过了，错了陪礼，只有不再唱。他看她已经有点懂事了，怕她回头告祖父，会挨顿臭骂，就把话支吾开，扯到“女学生”上头去。他问萧萧，看不看过女学生习体操唱洋歌的事情。

若不是花狗提起，萧萧几乎已忘却了这事情。这时又提到女学生，她问花狗近来有没有女学生过路，她想看看。

花狗一面把南瓜从棚架边抱到墙角去，告她女学生唱歌的事情，这些事的来源还是萧萧的那个祖父。他在萧萧面前说了点大话，说他曾经到官路上见过四个女学生，她们都拿得有旗子，走长路流汗喘气之中仍然唱歌，同军人所唱的一模一样。不消说，这自然完全是胡诌的笑话。可是那故事把萧萧可乐坏了。因为花狗说这个就叫作“自由”。

花狗是起眼动眉毛、一打两头翘、会说会笑的一个人。听萧萧带着歆羡口气说“花狗大，你膀子真大”，他就说：“我不止膀子大。”

“你身个子也大。”

“我全身无处不大。”

萧萧还不大懂得这个话的意思，只觉得憨而好笑。

到萧萧抱了她的丈夫走去以后，同花狗在一起摘瓜，取名字叫哑巴的，开了平时不常开的口。

“花狗，你少坏点。人家是十三岁黄花女，还要等十年才圆房！”

花狗不做声，打了那伙计一巴掌，走到枣树下捡落地枣去了。

到摘瓜的秋天，日子计算起来，萧萧过丈夫家有一年半了。

几次降霜落雪，几次清明谷雨，一家中人都说萧萧是大人了。天保佑，喝冷水，吃粗粝饭，四季无疾病，倒发育得这样快。婆婆虽生来像一把剪子，把凡是给萧萧暴长的机会都剪去了，但乡下的日头同空气都帮助人长大，却不是折磨可以阻拦得住。

萧萧十五岁时已高如成人，心却还是一颗糊糊涂涂的心。

人大了一点，家中做的事也多了一点。绩麻、纺车、洗衣、照料丈夫以外，打猪草推磨一些事情也要作，还有浆纱织布。凡事都学，学学就会了。乡下习惯凡是行有余力的都可从劳作中攒点本分私房，两三年来仅仅萧萧个人份上所聚集的粗细麻和纺就的棉纱，也够萧萧坐到土机上抛三个月的梭子了。

丈夫早断了奶。婆婆有了新儿子，这五岁儿子就像归萧萧独有了。不论做什么，走到什么地方去，丈夫总跟在身边。丈夫有些方面很怕她，当她如母亲，不敢多事。他们俩实在感情不坏。

地方稍稍进步，祖父的笑话转到“萧萧你也把辫子剪去好自由”那一类事上去了。听着这话的萧萧，某个夏天也看过了一次女学生，虽不把祖父笑话认真，可是每一次在祖父说过这笑话以后，她到水边去，必不自觉的用手捏着辫子末梢，设想没有辫子的人那种神气，那点趣味。

打猪草，带丈夫上螺蛳山的山阴是常有的事。

小孩子不知事故，听别人唱歌也唱歌。一开腔唱歌，就把花狗引来了。

花狗对萧萧生了另外一种心，萧萧有点明白了，常常觉得惶恐不安。但花狗是男子，凡是男子的美德恶德都不缺少，劳动力强，手脚勤快，又会玩会说，所以一面使萧萧的丈夫非常欢喜同他玩，一面一有机会即缠在萧萧身边，且总是想方设法把萧萧那点惶恐减去。

山大人小，到处是树林蒙茸，平时不知道萧萧所在，花狗就站在高处唱歌逗萧萧身边的丈夫；丈夫小口一开，花狗穿山越岭就来到萧萧面前了。

见了花狗，小孩子只有欢喜，不知其他。他原要花狗为他编草虫玩，做竹箫哨子玩，花狗想方法支使他到一个远处去找材料，便坐到萧萧身边来，要萧萧听他唱那使人开心红脸的歌。她有时觉得害怕，不许丈夫走开；有时又像有了花狗在身边，打发丈夫走去反倒好一点，终于有一天，萧萧就这样给花狗把心窍子唱开，变成个妇人了。

那时节，丈夫走到山下采刺莓去了，花狗唱了许多歌，到后却向萧萧唱：

娇家门前一重坡，
别人走少郎走多，
铁打草鞋穿烂了，

不是为你为哪个？

末了却向萧萧说："我为你睡不着觉。"他又说他赌咒不把这事情告给人。听了这些话仍然不懂什么的萧萧，眼睛只注意到他那一对粗粗的手膀子，耳朵只注意到他最后一句话。末了花狗大便又唱了许多歌给她听。她心里乱了。她要他当真对天赌咒，赌过了咒，一切好像有了保障，她就一切尽他了。到丈夫返身时，手被毛毛虫螫伤，肿了一大片，走到萧萧身边。萧萧捏紧这一只小手，且用口去呵它，吮它，想起刚才的胡涂，才仿佛明白自己作了一点不大好的胡涂事。

花狗诱她做坏事情是麦黄四月，到六月，李子熟了，她欢喜吃生李子。她觉得身体有点特别，在山上碰到花狗，就将这事情告给他，问他怎么办。

讨论了多久，花狗全无主意。虽以前自己当天赌得有咒，也仍然无主意。原来这家伙个子大，胆量小。个子大容易做错事，胆量小做了错事就想不出办法。

到后，萧萧捏着自己那条乌梢蛇似的大辫子，想起城里了，她说：

"花狗大，我们到城里去自由，帮帮人过日子，不好么？"

"那怎么行？到城里去做什么？"

"我肚子大了。"

"我们找药去。场上有郎中卖药。"

"你赶快找药来，我想……"

"你想逃到城里去自由，不成的。人生面不熟，讨饭也有规矩，不能随便！"

"你这没有良心的，你害了我，我想死！"

"我赌咒不辜负你。"

"负不负我有什么用，帮我个忙，赶快拿去肚子里这块肉吧。我害怕！"

花狗不再做声，过了一会，便走开了。不久丈夫从他处拿了大把山里红果子回来，见萧萧一个人坐在草地上眼睛红红的，丈夫心中纳罕。看了一会，问萧萧：

“姐姐，为什么哭？”

“不为什么，灰尘落到眼睛窝里，痛。”

“我吹吹吧。”

“不要吹。”

“你瞧我，得这些这些。”

他把手中拿的和从溪中捡来放在衣口袋里的小蚌、小石头全部陈列到萧萧面前，萧萧泪眼婆娑看了一会，勉强笑着说：“弟弟，我们要好，我哭你莫告家中。告家中我可要生气！”到后这事情家中当真就无人知道。

过了半个月，花狗不辞而行，把自己所有的衣裤都拿去了。祖父问同住的长工哑巴，知不知道他为什么走路，走哪儿去了？是上山落草，还是作薛仁贵投军？哑巴只是摇头，说花狗还欠了他两百钱，临走时话都不留一句，为人少良心。哑巴说他自己的话，并没有把花狗走的理由说明。因此这一家希奇一整天，谈论一整天。不过这工人既不偷走物件，又不拐带别的，这事情过后不久，自然也就把他忘掉了。

萧萧仍然是往日的萧萧。她能够忘记花狗就好了，但是肚子真有些不同了，肚中东西总在动，使她常常一个人干着急，尽做怪梦。

她脾气坏了一点，这坏处只有丈夫知道，因为她对丈夫似乎严厉苛刻了好些。

仍然每天同丈夫在一处，她的心，想到的事自己也不十分明白。她常想，我现在死了，什么都好了。可是为什么要死？她还很高兴活下去，愿意活下去。

家中人不拘谁在无意中提起关于丈夫弟弟的话，提起小孩子，提起花狗，都像使这话如拳头，在萧萧胸口上重重一击。

到九月，她担心人知道更多了，引丈夫庙里去玩，就私自许愿，吃了一大把香灰。吃香灰被她丈夫看见了，丈夫问这是做什么，萧萧就说肚痛，应当吃这个。虽说求菩萨保佑，菩萨当然没有如她的希望，肚子中的东西依旧在慢慢的长大。

她又常常往溪里去喝冷水，给丈夫看见时，丈夫问她，她就说口渴。

一切她所想到的方法都没有能够使她同自己不欢喜的东西分开。大肚子只有丈夫一人知道，他却不敢告这件事给父母晓得。因为时间长久，年龄不同，丈夫有些时候对于萧萧的怕同爱，比对于父母还深切。

她还记得花狗赌咒那一天里的事情，如同记着其他事情一样。到秋天，屋前屋后毛毛虫都结茧，成了各种好看蝶蛾，丈夫像故意折磨她一样，常常提起几个月前被毛毛虫螫手的旧话，使萧萧心里难过。她因此极恨毛毛虫，见了那小虫就想用脚去踹。

有一天，又听人说有好些女学生过路，听过这话的萧萧，睁了眼做过一阵梦，愣愣的对日头出处痴了半天。

萧萧步花狗后尘，也想逃走，收拾一点东西预备跟了女学生走的那条路上城去。但没有动身，就被家里人发觉了。这种打算照乡下人说来是一件大事，于是把她两手捆了起来，丢在灶屋边，饿了一天。

家中追究这逃走的根源，才明白这个十年后预备给小丈夫生儿子继香火的萧萧肚子已被另一个人抢先下了种。这在一家人生活中真是了不得的一件大事！一家人的平静生活，为这件新事全弄乱了。生气的生气，流泪的流泪，骂人的骂人，各按本分乱下去。悬梁，投水，吃毒药，被禁困着的萧萧，诸事漫无边际的全想到了，究竟是年纪太小，舍不得死，却不曾做。于是祖父从现实出发，想出个聪明主意，把萧萧关在房里，派人好好看守着，请萧萧本族的人来说话，照规矩，看是“沉潭”还是“发卖”？萧萧家中人要面子，就沉潭淹死了她；舍不得死就发卖。萧萧只有一个伯父，在近处庄子里为人种田，去请他时先还以为是吃酒，到了才知是这样丢脸事情，弄得这老实忠厚的家长手足无措。

大肚子作证，什么也没有可说。照习惯，沉潭多是读过“子曰”的族长爱面子才作出的蠢事。伯父不读“子曰”，不忍把萧萧当牺牲，萧萧当然应当嫁人作“二路亲”了。

这也是一种处罚，好像极其自然，照习惯受损失的是丈夫家里，然而却可以在发卖上收回一笔钱，当作为损失赔偿。那伯父把这事情告给了萧萧，就要走路。萧萧拉着伯父衣角不放，只是幽幽的哭。伯父摇了一会头，一句话不说，仍然走了。

一时没有相当的人家来要萧萧，送到远处去也得有人，因此暂时就仍然在丈夫家中住下。这件事情既经说明白，照乡下规矩，倒又像不什么要紧，只等待处分，大家反而释然了。先是小丈夫不能再同萧萧在一处，到后又仍然如月前情形，姐弟一般有说有笑的过日子了。

丈夫知道了萧萧肚子中有儿子的事情，又知道因为这样萧萧才应当嫁到远处去。但是丈夫并不愿意萧萧去，萧萧自己也不愿意去。大家全莫名其妙，只是照规矩像逼到要这样做，不得不做。究竟是谁定的规矩，是周公还是周婆。也没有人说得清楚。

在等候主顾来看人，等到十二月，还没有人来，萧萧只好在这人家过年。

萧萧次年二月间，十月满足，坐草生了一个儿子，团头大眼，声响洪壮。大家把母子二人照料得好好的，照规矩吃蒸鸡同江米酒补血，烧纸谢神。一家人都欢喜那儿子。

生下的既是儿子，萧萧不嫁别处了。

到萧萧正式同丈夫拜堂圆房时，儿子已经年纪十岁，有了半劳动力，能看牛割草，成为家中生产者一员了。平时喊萧萧丈夫做大叔，大叔也答应，从不生气。

这儿子名叫牛儿。牛儿十二岁时也接了亲，媳妇年长六年。媳妇年纪大，才能诸事作帮手，对家中有帮助。唢呐吹到门前时，新娘在轿中呜呜的哭着，忙坏了那个祖父、曾祖父。

这一天，萧萧抱了自己新生的毛毛，在屋前榆蜡树篱笆间看热闹，同十年前抱丈夫一个样子。

1929年作

1957年2月校改字句

菜　园

玉家菜园出白菜，因为种子特别，本地任何种菜人所种的都没有那种大卷心。这原因从姓上可以明白，姓玉原本是旗人，菜种是当年从北京带来的。北京白菜素来著名。

辛亥革命以前，来城候补的是玉太爷，单名讳琛。当年来这小城时带了家眷，也带了白菜种子。大致当时种来也只是为自己吃。谁知太爷一死，不久革命军推翻了清室，清宗室平时在国内势力一时失尽，顿呈衰败景象。各处地方都有流落的旗人，贫穷窘迫，无以为生，玉家却在无意中得白菜救了一家人的灾难。玉家靠卖菜过日子，从此玉家菜园在本县成为人人皆知的地方了。

主人玉太太，年纪五十岁，年轻时节应当是美人，所以到老来还可以从余剩风姿想见一二。这太太有一个儿子是白脸长身的好少年，年纪二十一，在家中读过书，认字知礼，还有点世家风范。虽本地新兴绅士阶级，因切齿过去旗人的行为，极看不起旗人，如今又是卖菜佣儿子，很少同这家少主人来往；但这人家的儿子，总仍然有和平常菜贩儿子两样处。虽在当地得不到人亲近，却依然相当受人尊敬。

玉家菜园园地发展后，母子两双手已不大济事，因此另外雇得有人。主人设计每到秋深便令长工在园中挖个长窖，冬天来雪后白菜全入窖。由于处理得法，从此一年四季城中人都有大白菜吃。菜园二十亩地，除了白菜还种了不少其他菜蔬，善于经营的主人，使本城人一年任何时节都可得到极好的蔬菜，特别是几种难得的蔬菜。也便因此，收入数目不小。十年来，渐渐成为小康之家了。

仿佛因为种族不同，很少同人往来的玉家母子，由旁人看来，除知道这家人卖菜有钱以外，其余一概茫然。

夏天薄暮，这个有教养又能自食其力的、富于林下风度的中年妇人，穿件白色细麻布旧式大袖衣服，拿把宫扇，朴素不华的在菜园外小溪边站立纳凉。侍立在身边的是穿白绸短衣裤的年轻男子。两人常常沉默着半天不说话，听柳上晚蝉拖长了声音飞去，或者听溪水声音。溪水绕菜园折向东去，水清见底，常有小虾、小鱼，鱼小到除了看玩就无用处。那时节，鱼大致也在休息了。

动风时，晚风中混有素馨兰花香和茉莉花香。菜园中原有不少花木的。在微风中掠鬓，向天空柳枝空处数点初现的星，做母亲的想着古人的诗歌，可想不起谁曾写下形容晚天如落霞孤鹜一类好诗句。又总觉得有人写过这样恰如其境的好诗，便笑着问那个男子，是不是能在这样情境中想出两句好诗。

"这景象，古今相同。对它得到一种彻悟，一种启示，应当写出几句好诗的。"

"这话好像古人说过了，记不起这个人。"

"我也这样想。是谢灵运，是王维，不能记得，我真上年纪了。"

"母亲，你试作七绝一首，我和。"

"那么，想想吧。"

做母亲的于是当真就想下去，低吟了半天，总像是没有文字能解释当前这一种境界。一面是文字生疏已久，一面是情境相协，所谓超于言语，正如佛法，只能心印默契，不可言传，所以笑了。她说：

"这不行，哪里还会作诗！"

稍过，又问：

“少琛，你呢?”

男子笑着说，这天气是连说话也觉得可惜的天气，作诗等于糟蹋好风光。听到这样话的母亲莞尔而笑，过了桥，影子消失在白围墙竹林子后不见了。

不过在这样晚凉天气下，母子两人走到菜园去，看工人作瓜架子，督促舀水，谈论到秋来的菜种、萝卜的市价，也是很平常的事。他们有时还到园中去看菜秧，亲自动手挖泥浇水。一切不造作处，较之斗方诗人在瓜棚下坐一点钟便拟赋五言八韵田家乐，偶一出城就赞赏独木桥美不可言，虚伪真实，相去真不可以道里计。

冬天时，玉家白菜上了市，全城人都吃玉家白菜。在吃白菜时节，有想到这卖菜人家居情形的，赞美了白菜，总同时也就赞美了这人家母子。一切人所知有限，但所知的一点点便仿佛使人极其倾心。这城中也如别的城市一样，城中所住蠢人比聪明人多十来倍，所以竟有那种人，说出非常简陋的话，说是每一株白菜，皆经主人的手抚手摸，所以才能够如此肥茁，这原因是有根有柢的。从这样呆气的话语中，也仍然可以看出城中人如何闪耀着一种对于这家人生活优美的企羡。

做母亲的还善于把白菜制成各样干菜，根、叶、心各用不同方法制作成各种不同味道。少年人则对于这一类知识，远不及其对于笔记小说知识丰富。但他一天所做的事，经营菜园的时间却比看书写字时间多。年轻人，心地洁白如鸽子毛，需要工作，需要游戏，所以菜园不是使他厌倦的地方。他不能同人锱铢必较的算账，不过单是这缺点，也就使这人变成更可爱的人了。

他不因为认识了字就不作工，也不因为有了钱就增加骄傲。对于本地人凡有过从的，不拘是小贩他也能用平等相待。他应当属于知识阶级，却并不觉得在作人意义上，自己有特别尊重读书人必要。他自己对人诚实，他所要求于人的也是诚实。他把诚实这一件事看作人生美德，这种品性同趣味却全出之于母亲的陶冶。

日子到了应当使这年轻人定婚的时候了，这男子尚无媳妇。本城的风气，已到了大部分男女自相悦爱才好结婚，然而来到玉家菜园的仍有不少老媒人。这些媒人完全因为一种职业的善心，成天各处走动，只愿意事情成就，自己从中得一点点钱财谢礼。因太想成全他人，说谎自然也就成为才艺之一种。眼见用了各样谎话都等于白费以后，这些媒人方才死了心，不再上玉家菜园。

然而因为媒人的撺掇，以及另一因缘，认识过玉家青年人，愿意作玉家媳妇私心窃许的，本城女人却很多很多。

二十二岁的生日，做母亲的为儿子备了一桌特别酒席，到晚来两人对坐饮酒。窗外就是菜园，时正十二月，大雪刚过，园中一片白。已经摘下还未落窖的白菜，全成堆的在园中，白雪盖满，正像一座座大坟。还有尚未收取的菜，如小雪人，成队成排站立雪中。母子二人喝了一些酒，谈论到今年大雪同菜蔬，萝卜、白菜都须大雪始能将味道转浓，把窗推开了。

窗开以后，园中一切都收入眼底。

天色将暮，园中静静的。雪已不落了，也没有风。上半日在菜畦觅食的黑老鸹，不知到什么地方去了。母亲说：

“今年这雪真好！”

“今年刚十二月初，这雪不知还有多少次落呢。”

“这样雪落下人不冷，到这里算是希奇事。北京这样一点点雪，可就太平常了。”

“北京听说完全不同了。”

“这地方近十年也变得好厉害！”

这样说话的母亲，想起二十年来在本地方住下经过的人事变迁，她于是喝了一口酒。

“你今天满二十二岁，太爷过世十八年，民国反正十五年，不单是天下变得不同，就是我们家中，也变得真可怕。我今年五十，人也老了。总算把你教养成人，玉家不至于绝了香火。你爹若在世，就太好了。”

在儿子印象中只记得父亲是一个手持“京八寸”人物。那时吸纸烟真有格，到如今，连做工的人也买“美丽牌”，不用火镰同烟杆了。这一段长长的日子中，母亲的辛苦从家中任何一事都可知其一二。如今儿子已成人了，二十二岁，命好应有了孙子可抱。听说“母亲也老了”这类话的少琛，不知如何，忽想起一件心事来了。他蓄了许久的意思今天才有机会说出。他说他想过北京。

北京方面他有一个舅父，宣统未出宫以前，还在宫中做小管事，如今听说在旃章胡同开铺子，卖冰、卖西洋点心，生意不恶。

听说儿子要到北京去，作母亲的似乎稍稍吃了一惊。这惊讶是儿子料得到的，正因为不愿意使母亲惊讶，所以直到最近才说出来。然而她也挂念着那胞兄的。

“你去看看你三舅，还是做别的事？”

“我想读点书。”

“我们这人家还读什么书？世界天天变，我真怕。”

“那我们俩去！”

“这里放得下吗？”

“我去三个月又回来，也说不定。”

“要去，三年五年也去了。我不妨碍你。你希望走走就走走，只是书不读也不甚要紧。做人不一定要多少书本知识。像我们这种人，知识多，也是灾难！”

这妇人这样慨乎其言的说后，就要儿子喝一杯，问他预备过年再去，还是到北京过年。

儿子说赶考，是今年走好，且趁路上清静，也极难得。

母亲虽然同意远行，却认为事情不必那么匆忙，因此到后仍然决定正月十五以后，再离开母亲身边。把话说过，回到今天雪上来了。母亲记起忘了的一桩事情，她要他送一坛酒给做工人，因为今天不是平常的日子。

不久过年了。

过了年，随着不久就到了少琛动身日子了。信早已写给北京的舅父，于是坐了省河小轮，到长沙市坐车，转武汉，再换火车，到了北京。

时间过了三年。

在这三年中，玉家菜园还是玉家菜园。但渐渐的，城中便知道玉家少主人在北京大学读书，极其出名的事了。其中经过自然一言难尽，琐碎到不能记述。然而在本城，玉家白菜还是十分出色。在家中一方面稍稍不同了的，是作儿子的常常寄报纸回来，寄新书回来；作母亲的一面仍然管理菜园的事务，兼喂养一群白色母鸡，自己每天无事时，便抓玉米喂鸡，和鸡雏玩，一面读从北京所寄来的书报杂志。母亲虽然有了五十岁，一切书报扇起二十岁的年轻学生情感的种种，母亲有时也不免有了些幻梦。

地方一切新的变故甚多，随同革命，北伐……于是许多壮年都在这个过程中，死到野外，无人收尸因而烂去了，也成长了一些英雄和志士先烈，也培养了许多新官旧官。……于是地方的党部工会成立了……于是“马日事变”年轻人杀死了，工会解散党部换了人……于是从报章上消息，知道北京改成了北平。

地方改了北平，北方已平定，仿佛真命天子出世，天下就快太平了。在北平地方的儿子，还是常常有信来，寄书报则稍稍少了一点。

在本城的母亲，每月寄六十块钱去，同时写信总在告给身体保重以外，顺便问问有不有那种合意的女子可以订婚。母亲是老一代人，年纪渐老，自然对于这些事也更见得关心。三年来的母亲还是同样的不失林下风度。因儿子的缘故，多知了许多时事，然而一切外形，属于美德的，没有一种失去。且因一种方便，两个工人得到主人的帮助，都接亲了。母亲把这类事告给儿子时，儿子来信说这样作很对。

儿子也来过信，说母亲不妨到北平看看，把菜园交给工人，是一样的。虽说菜园的事也不一定放不下手，但不知如何，这老年人总不曾打量过北行的事。

当这母亲接到了儿子的一封信，说本学期终了可以回家来住一月时，欢喜极了。来信还只是四月，从四月起作母亲的就在家中为儿子准备一切。凡是这老年人想到可以使儿子愉快的事统统计划到了。一到了七月，就成天盼望远行人的归来。又派人往较远的××市去接他，又花了不少钱为他添办了一些东西，如迎新娘子那么期待儿子的归来。

儿子如期回来了。出于意外叫人惊喜的，是同时还真有一个新媳妇回来。这事情直到进了家门母亲才知道，一面还在心中作小小埋怨，一面把“新客”让到自己的住房中去，作母亲的似乎人年轻了十岁。

见到脸目略显憔悴的儿子，把新媳妇指点给两对工人夫妇，说“这是我们的朋友”时，母亲欢喜得话说不出。

儿子回家的消息不久就传遍了本城，美丽的媳妇不久也就为本城人全知道了。因为地方小，从北京方面回来的人不多，虽然绅士们的过从仍然缺少，但渐渐有绅士们的儿子到玉家菜园中的事了。还有本地教育局，在一次集会中，也把这家从北平回来的男子和媳妇请去开会了。还有那种对未来有所倾心的年轻人，从别的事情上知道了玉家儿子的姓名，因为一种倾慕，特邀集了三五同好来奉访了。

从母亲方面看来，儿子的外表还完全如未出门以前，儿子已慢慢是个把生活插到社会中去的人了。许多事都还仿佛天真烂漫，凡是一切往日的好处完全还保留在身上，所有新获得的知识，却融入了生活里，找不出所谓痕迹。媳妇则除了像是过分美丽不适宜于做媳妇，住到这小城市值得忧心以外，简直没有疵点可寻。

时间仍然是热天，在门外溪边小立，听水听蝉，或在瓜棚豆畦间谈话，看天上晚霞，五年前母子两人过的日子如今多了一人。这一家某种情形仍然仿佛和一地方人是两种世界。生活中多与本城人发生一点关系，不过是徒增注意及这一家情形的人谈论到时一点企羡而已。

因为媳妇特别爱菊花，今年回家，拟定看过菊花，方过北平，所以作母亲的特别令工人留出一块地种菊花，各处寻觅佳种，督工人整理菊秧，母子们自己也动动手。已近八月的一天，吃过了饭，母子们同在园中看菊苗，儿子穿一件短衣，把袖子卷到肘弯以上，用手代铲，两手全是泥。

母亲见一对年轻人，在菊圃边料理菊花，便作着一种无害于事极其合理的祖母的幻梦。

一面同母亲说北平栽培菊花的，如何使用他种蒿草干本接枝，开花如斗的事情，一面便同蹲在面前美丽到任何时见及皆不免出惊的夫人，用目光作无言的爱抚。忽然县里有人来说，有点事情，请两个年轻人去谈一谈。来人连洗手的暇裕也没有留给主人，把一对年轻人就“请”去了。从此一去，便不再回家了。

做母亲的当时纵稍稍吃惊，也仍然没有想到此后事情。

第二天，做母亲的已病倒在床，原来儿子同媳妇，已和三个因其他缘故而得着同样灾难的青年人，陈尸到教场的一隅了。

第三天，由一些粗手脚汉子为把那五个尸身一起抬到郊外荒地，抛在业已在早一天掘就、因夜雨积有泥水的大坑里，胡乱加上一点土，略不回顾的扛了绳杠到衙门去领赏，尽其慢慢腐烂去了。

做母亲的为这种意外不幸晕去数次，却并没有死去。儿子虽如此死了，办理善后，罚款，具结，取保，她还有许多事情得做。三天后大街上和城门边才贴出告示，才使她同本城人同时知道儿子原来是共产党。仿佛还亏得衙门中人因为想到要白菜吃，才把老的生命留下来，也没有把菜园产业全部充公。这样打量着而苦笑的老年人，不应当就死去，还得经营菜园才行。她于是仍然卖菜，活下来了。

秋天来时菊花开遍了一地。

主人对花无语，无可记述。

玉家菜园或者终有一天会改作玉家花园，因为园中菊花多而且好，有地方绅士和新贵强借作宴客的地方了。

骤然憔悴如七十岁的女主人，每天坐在园里空坪中喂鸡，一面回想一些无用处的旧事。

玉家菜园从此简直成了玉家花园。内战不兴，天下太平，到秋天来地方有势力的绅士在园中宴客，吃的是园中所出产的蔬菜，喝着好酒，同赏菊花。因为赏菊，大家在兴头中必赋诗，有祝主人有功国家，多福多寿，比之于古人某某典雅切题的好诗，有把本园主人写作卖菜媪对于旧事加以感叹的好诗。地方绅士有一种习惯，多会作点诗，自以为好的必题壁，或花钱找石匠来镌石，预备嵌墙中作纪念。名士伟人，相聚一堂，人人尽欢而散，扶醉归去。各人回到家中，一定还有机会作和“五柳先生”猜拳照杯的梦。

玉家菜园改称玉家花园，是主人在儿子死去三年后的事。这妇人沉默寂寞的活了三年。到儿子生日那一天，天落大雪，想这样活下去日子已够了，春天同秋天不用再来了，把一点剩余家产全分派给几个工人，忽然用一根丝绦套在颈子上，便缢死了。

1930年作

1957年校正字句

雨　后

“我明白你会来，所以我等你。”

“当真等我？”

“可不是。我看看天，雨快要落了。谁知道这雨要落多大多久。天又是黑的，我喊了五声，或者七声。我说，四狗，四狗，你是怎么啦！雨快要落了，不怕么？落雨了，打雷了，你这个人！全不曾回声。我以为你回了家。我又算……雨可真来了。哗喇哗喇，这里树叶子响得多怕人。我不怕，可只担心你。我知道你不曾拿斗篷的。雨水可真大。我躲在那株大楠木下。就是那株楠木，我们俩……忘记了么？你装痴。我要问你到底打哪儿来。身上也不湿多少，头又是光的，我问你，躲到甚么洞里。”

四狗笑。四狗不答。他不说从家中来，她便明白的。

他坐到那人身边去，挤拢去坐，垫坐当成褥子的是桐木叶。

这时节行雨已过前山，太阳复出了。还可以看前山成块成片的云，像被猎人追赶的野猪，只飞奔。四狗坐处四围是虫声，是树木枝叶上积雨下滴的声音。上有个棚，雨后太阳蒸得每个山头出热气，四狗头上却阴凉。头上虽凉心却热热的，原来四狗的腰已被两只柔软的手围着了。

“四狗，——”女的想说什么不及说，便打一声唿哨。

因为对山有同伴，同伴这时正吹着口哨找人。

同伴是在落雨时各藏躲岩下树下，雨止以后又散在山头摘蕨菜的，这时陪四狗身边坐的也是摘蕨人。

在两人背后有一背笼，是女人的。四狗便回头扳那背笼看。

“今天怎么只得这一点？……喔，花倒得了不少。还有莓咧。我口正渴，让我吃莓吧。下了一阵雨，莓已洗淡了，这个可是雨前摘的。这个大的归我吃。我喂你这一颗。算我今天陪礼，不成吗？”

“要你陪礼？我才……”

她把围着四狗的腰的两只手放松了，去采取地上的枯草。

“四狗，我告诉你，我也总有一天要枯的——一切全要枯，到八月九月。我总比你们枯得更早。”她记起一册唱本书，自古红颜多命薄。一个女人没有着落，书本上可记起的故事太多了。

四狗莫名其妙。他说道：

“我的天，我听不懂你的话！”

“我也不一定要你懂，你总有一天懂的。”

“让我在这儿便懂，成不成？”

“你要懂，就懂了，待不得我说。”她又想，“聋子耳边响大雷，空事情，”就哧的笑了。

四狗不再吃莓了，用手扳定并排坐的人头，细细的赏鉴。黑色的皮肤，红红的薄嘴，大大的眼睛与长长的眉毛，四狗这时重新来估价。鼻子小，耳朵大，下巴是尖的，这些地方四狗却放过了。他捏她辫子。辫子是在先盘在头上，像一盘乌梢蛇，这时这条蛇已挂在背后了，四狗不怕蛇咬人，从头捏至尾。

“你少野点。”女的说了却并不回头。

四狗渐渐明白了自己的过错。通常便如此，非使人稍稍生气，不会明白的。于是他亲她的嘴，——把脸扭着不让这么办，所亲的只是耳下的颈子。四狗为这个情形倒又笑了。他算计得出，这是经验过的，像看戏一样，每戏全有“打加官”。打加官以后是……末了到唱杂戏，热闹之至。

女的稍停停，不让四狗看见，背了脸，也笑了。四狗不必看也完全清楚。

四狗说："好人，莫发我的气好了。"

"怎么还说人发你的气。女人敢惹男子吗？……嘘，七妹子，你莫颠！"

后面说的话声音提得极高，为的是应付对山一个女人的唱歌。对山七妹子，知道这一边山草棚下有阿姐和四狗在一起，就唱歌作弄人。

七妹子唱的是——

天上起云云重云，
地上埋坟坟重坟，
娇妹洗碗碗重碗，
娇妹床上人重人。

天上起云云起花，
包谷林里种豆荚，
豆荚缠坏包谷树，
娇妹缠坏后生家。

四狗是不常常唱歌的，除非是这时人隔一重山——然而如今隔一层什么？他的手，那只拈吃过特意为他摘来的三月莓的手，已大胆无畏从她胁下伸过去，抓定一件东西了。

但仍然得唱，唱的是："大姐走路笑笑底，一对奶子翘翘底，心想用手摸一摸，心子只是跳跳底。"

四狗的心跳，说大话而已。习惯事情已不能使这个男子心跳，除非是把桐木叶子作她的褥，四狗的身作她的被，那时的四狗只想学狗打滚。

对山的七妹子，像看清四狗唱这歌情形下的一切，便大声的喊：

"四狗！四狗！你又撒野了，我要告他们去！"

“七妹子，你再发疯你让我捶你！”

作妹的怕姐姐，经过一阵恐吓，便顾自规规矩矩扯蕨去了。这里的四狗不久两只手全没了空。

四狗不认字，所以当前一切全无诗意。然而听一切大小虫子的鸣叫，听晾干了翅膀的蚱蜢各处飞，听树叶上的雨点向地下跳跃，听在傍近身边一个人的心怦怦跳，全是诗。

“请你念一句诗给我听。”因为她读过书，而且如今还能看小说，四狗就这样请求。

明白她是读书人，也就容易明白先时同四狗说话的深意了。她从书上知道的事，全不是四狗从实际上所能了解的事。为的要枯了，女人只是一朵花。开的再好也要枯。好花开不长，知道枯的比其他快，便应当更深的爱。然而四狗不是深深的爱吗？虽然深深的爱，总还有什么不够，这应当是认字的过错。四狗不认字。然而若同样的认字识书，在这样天气下不更好些么？

说是请念一句诗，她就想。

念深了不能懂，浅了又赶不上山歌好，她只念：“落花人独立，微雨燕双飞。”景不洽，但情绪正好是这样情绪。总还有比这个更好的诗，她不能一一去从心中搜索了。

四狗说：“人，这诗真好。”——不是说诗好，他并不懂诗。他意思不过是说念诗的人与此时情景好罢了。他说不出他的快乐。他很快乐。他要撒野。

“这样天气是不准人放荡的天气，不知道么？”

四狗听到说天气，才像去注意天气一样，望望天。天上蓝分分，还有白的云，白的云若能说像绵羊，则这羊是在蓝海中走动的。四狗虽没见过海，但是那么大，那么深，那么一望无边，天也可以说是海了。

“我说天气太好了，又凉，又清，又……”

“你要成痨病才快活。”

“我成痨病时，你给我的要有好多！”四狗意思是个人身体强壮如豹子，纵听过人说青年人不注意身体随意胡闹就会害痨病，然而痨病不是一时能起的事。

“给你的，——给你的什么？呸！”

到底给什么，四狗也说不出口。于是就被呸了，也不争这一口气。把傻话说出来，难道算聪明么？

到后来他想起另外一个事情，要她把舌子让他咬。顽皮的章法，是四狗以外的别一个人想不出，不是四狗她也不会照办的。

她抿了一下嘴说道：

“四狗你真坏，跟谁学来这个下流行动？”

四狗不答。仍然那么坏。他心想，“什么叫作下流。”他不懂这两个字的意义。

“四狗，……你去好了。”

“我去，你一个人在这里呆着成？”

她却笑了。望四狗。身子只是那么找不到安置处，想同四狗变成一个人。有点迷乱，有点……

过了一会儿，她把眼闭着了，还是说：“四狗，你去了吧。”

四狗要走，可也得呆一会儿。

他眼看她着急。这是有经验的。他仍然不松不紧的在她面前歪缠。他有道理。一种神圣的游戏正刚要开始。她口上虽说，“四狗，你讨厌，你真讨厌，”结果她将承认四狗在她面前放肆是必要的一件事。四狗人坏，至少在这件事上有点坏，然而这是有个纵容四狗学坏的人，不应当由四狗一人负责。

“讨厌的人，我让你摆布，可是你让我……”

一切照办，四狗到后被问到究竟给了他多少，可胡涂得红脸了。头上是蓝分分海样的天，压下来，真像要压下来的样子，然而还有席棚挡驾，不怕被天压死。女人说：“四狗，你把我压死了吧。”四狗也像有这样存心，到后可同天一样，作被盖的东西总不是压得人死的。

四狗仿佛若有所得，又仿佛若有所失，预备挪开自己。

四狗得了些什么？不能说明。他得了她所给他的快活，然而快活是用升可以量，还是用秤可以称的东西呢？他又不知道了。她也得了些，她得的更不是通常四狗解释的“快乐”两字。四狗给她一些气力，一些强硬，一些温柔，她用这些东西把自己陶醉，醉到不知人事。到后她恢复了，有点微倦，全身还软软的，心境却很好。所读的书全忘掉了。

一个年青女人得到男人的好处，不是言语或文字可以解说的，所以她不做声。仰天望，望得见四狗的大鼻子同一口白牙齿。

“四狗，你真讨厌！”

“我不讨厌。”

“你是个坏人。”

“我不是坏人。”

“四狗，不许到井边吃那个冷水！”

在草棚躺着的她，望着向下山的四狗遥喊时，四狗已走过了小溪涧，转到竹子林中，被竹子拦了她的眼睛了。

天气还早，不到烧夜火时候。雨已不落了。她还是躺着，看天上的云，不去采蕨。对山七妹子又唱起来了。

娇家门前一重坡，
别人走少郎走多，
铁打草鞋穿烂了，
不是为你为哪个？

1928年作

1935年重改

阿　金

黄牛寨十五赶场，鸦拉营的地保，在场头上一个狗肉铺子里，吃过一斤肥狗肉，喝过半斤包谷烧，格外热心好事，向一个预备和寡妇结婚的好友阿金进言。这地保说话的本领，原同他吃狗肉的本领一样好，成天不会餍足。又好像是由于胃口好，话也格外多。

“阿金管事，我直得同一根葱一样，把话说尽了。听不听全在你。我告你的事是幺是六，清清楚楚。事情摆在你面前，要是不要，你自己决定。你已经不是小孩子。你懂得别人不懂的许多事情——譬如扒算盘，九九归一，就使人佩服。你头脑明白，不是醉酒。你要讨老婆，这是你的事情，不用别人出主意做军师。不过我说，女人脾气不容易捉摸。我们看过许多会管账的人，管不了一个老婆；家里有福不享福，脚板心痒痒的，闪不知，就跟唱花鼓戏的旦角溜了。我们又得承认，许多大人带兵管将有作为，有手段，独断独行，威风凛凛，一到女人面前就糟糕。为什么巡防军的游击大人，被官太太罚跪到榻凳上，笑话会遐迩尽知？为什么有人说我们县长怕老婆，还拿来扮戏？为什么在鸦拉营地方为人正直的阿金，也有一天吃妇人洗脚水？这事情你不怕人说，难道我还怕人说？”

地保一番好心好意告给阿金，反复引古证今，说有些人不宜讨媳妇，和个小铜锣一样，尽在耳边敲得当当响。所谓阿金者，这时节似乎有点听厌烦了，站起身来，正想拔脚走去，来个溜之大吉。

地保眼尖手快，隔桌子一手把阿金捞着，不即放手。走是不行的了。地保力气大，有武功，能敌得过两个阿金。

“兄弟你别着急！你得听完我的好话再走不迟！我不怕人说我有私心，愿意鸦拉营正派人阿金作地保的侄女婿。谣言从天上来，我也不怕。我不图财，不图名，劝你多想一天两天。你为什么这样忙？我的话你不能听完，耳边风，左边来右边出去，将来你能同那女人相处长久？”

阿金带着告饶神气：“我的哥，你放手，我听你说！”

地保笑了。他望阿金笑，自知以力服人非心服。笑阿金为女人着迷到这样子，全无考虑，就只想把女人接进门，真像吃了什么迷魂汤。又笑自己做老朋友的，也不很明白为什么今天特别有兴致，非把话说完不可。见阿金样子像求情告饶，倒觉得好笑起来了。不拘是这时，是先前，地保对阿金原本完完全全是一番好意，不存丝毫私心的。

除了口多，爱说点闲话，这地保在鸦拉营原被所有人称为正派的。就是口多，爱说说这样那样，在许多人面前，也仍然不算坏人啊！一个地保，他若不爱说话，成天到各处去吃酒坐席，仿佛一个哑子，地保的身分，还在什么地方可以找寻呢？一个知县的本分，照本地人说来，只是拿来坐轿子下乡，把个一百四十八斤重结结实实的身体，给那三个轿夫压一身臭汗。一个地保不长于语言，可真不成其为地保！

地保见阿金重复又坐定了后，他把拉阿金那一只右手，拿起桌上的刀来就割，割了就往口里送。(割的是狗肉！）他嚼着那油肥肥的狗肉，从口中发出咀嚼的声音，把眼睛略闭了一会，又复睁开，话又说到了阿金婚事的得失。

……

总而言之，他要阿金多想一天。就只一天，老朋友的建议总不能不稍加考虑！因为不能说不赞成这件事，这地保到后来方提出那么一个办法，凡事等“明天”再说。仿佛这一天有极大关系存在，一到明天就“革命”似的，使世界一切发生了变化，天下太平。这婚事阿金原是预备今晚上就定规的。抱兜里的钱票一束，就为的是预备下定钱作聘礼用的东西。这乡下人今年三十三岁，手摸钞票、洋钱摸厌了，如今存心想换换花样。算不得是怎样不合理的欲望！但是禁不住地保用他的老友资格一再劝告，且所说的只是一天的事，只想一天，想不想还是由自己，不让步真像对不起这好人。他到后只好答应下来了。

为了使地保相信——也似乎为了使地保相信方能脱身的原因，阿金管事举起酒杯，喝了一杯白酒，当天赌了个咒作担保，说今天不上媒人家走动，绝对要回家考虑，绝对要想想利害。赌过咒，地保方面得了保障，到后更满意的微笑着，近于开释似的把阿金管事放走了。

阿金在乡场上，各处走动了一阵。今天苗族女人格外多。各处是年轻的风仪，年轻的声音，年轻的气味。因此阿金更不能忘情粑粑寨那年轻寡妇。粑粑寨这个年轻女人是妖是神，比酒还使人沉醉，要不承认是不行的。这管事，打量讨进门的女人，就正是一寨中身体顶壮、肌肤顶白的一个女子！

在别的许多地方，一个人有了点积蓄时，照例可以作许多事情。或者花五百银子，买一匹名叫“拿破仑”的狼狗；或者花一千银子，买一部宋版书。这样那样，钱总有个花处，花的又开心又得体。还有作军官的杀了许多人，得了许多钱，又把钱嫖赌逍遥，哗喇哗喇花去，也像是悖入悖出都十分自然。阿金是苗人，生长在苗地，他不明白这些城里人事情。他只按照一个当地平常人的希望，要得到一种机会，将自己的精力和身边储蓄，用在一个妇人身上去。精致的物品只合那有钱的人享用，这句话凡是世界上所有用货币的地方都通行。这妇人的聘礼值五头黄牛，凡出得起这个价钱作聘礼的人，都有作她丈夫的资格。阿金管事既不缺少这份金钱，自然就想娶这个结实精致、体面妇人到家作老婆。

妇人新寡不多久，婆家照规矩可以让她走路，但是得收回一笔财礼。人在本地出名的美丽。大致因为美，引起了许多人的不平。许多无从和这个妇人亲近的汉子中，就传述了一种只有男子们才会有的谣言。地保既是阿金的老友，因此一来，自然就感到一分责任了。地保奉劝阿金，不是为自己有侄女看上了阿金，也不是自己看上了那妇人，这意思是得到了阿金管事谅解的。既然谅解了老友，阿金当真觉得不大方便在今天上媒人家了。

知道了阿金不久将为那美妇人的新夫的大有其人。这些人，今天同样的来到了黄牛寨场上会集，见到阿金就问："阿金管事，什么时候可吃喜酒？"这正直乡下人，在心上好笑，随口说是："快了吧，一个月以内吧。"答着这样话时，阿金管事显得非常快乐。因为照本地规矩，一面说吃酒，一面就有送礼物道贺意思。如今刚好进十月，十月小阳春，山桃也开了花，正是乡下各处吹唢呐接亲送女的一个好季节。

说起这妇人，阿金管事就仿佛挨到了妇人的白肉，或亲着了妇人的脸，有说不出的兴奋快活。他的身子虽在场坪里打转，他的心还是在媒人家那一边。人家那一边也正等待阿金一言为定。

虽然赌了小咒，说决定想一天再看，然而事情终归办不到。"驿马星"已动，不由自主又向做媒那家走去了。走到了街的一端狗肉摊前时，却迎面遇见了好心地保，把手一摊，拦住了去路。

"阿金管事，这是你的事情，我本来不必管。不过你答应了我想一天！"

原来地保鬼灵精，预先等候在那里。他知道阿金会翻悔的。阿金一望到那个大酒糟鼻子，连话也不多听，就回头拔脚走了。

地保一心为好，候在那去媒人家的街口，预备拦阻阿金，这关切真来得深厚。阿金明白这种关切意思，只有赶快回头走路。

他回头时就绕了这场坪，走过卖牛羊处去，看别人做牛羊买卖。认得到阿金管事的，都来问他要不要牛羊。他只要人。他预备的是用值得六只牯牛的银钱，换一个身体肥胖胖白蒙蒙的、年纪二十二岁的妇人。望到别人牛羊全成了交易，心中有点难过，不知不觉又往媒人家路上走去。老远就听得那地保和他人说话的声音，知道那好管闲事的人还坚守在阵地上，简直像狗守门，第二次又回了头。

第三次已悄悄走过了地保身边，却被另一人拉着讲话，所以终于又被地保发现，赶来一手拉住。又不能进媒人家里。

第四次他还只起了心，就有另一个熟人来奉告，说是地保还端坐在那狗肉摊边不动，和人谈天，谈到阿金赌咒的事情。阿金便不好意思再过去冒险了。

地保的好心肠的的确确全为的是替阿金打算。他并不想从中叨光，也不想拆散鸳鸯。究竟为什么不让阿金抱兜中洋钱送上媒人的门，是一件很不容易明白的事。但他总有他的道理。好管闲事的脾气，这地保平素虽有一点，也不很多，恰恰今天他却多喝了半斤“闷胡子”，吃了斤“汪汪叫”，显得特别关心到阿金的婚事。究竟为什么缘故？因为妇人太美，麻衣相书上写明“克夫”。老朋友意思，不大愿意阿金勤苦多年积下的一注财产、一份事业为一个相书上注明克夫的妇人毁去。

为了避开这麻烦，决计让地保到夜炊时回家，再上媒人家去下定钱。阿金管事无意中走到场坪端赌场里面去看看热闹。一个心里有事情的人，赌博自然不大留心。阿金一进了赌场，也同别的许多人一样，由小到大，很豪兴的玩了一阵。到得出来时，天当真已入夜了。这时节看来无论如何那个地保应当回家吃红燉猪脚去了。但是阿金抱兜已空，翻转来看，还是罄空尽光，所有钱财既然业已输光，好像已无须乎再上媒人家商量迎娶了。一切倒省事，什么忌讳倒是多余的担心！

过了几天，鸦拉营为人正直热情的地保，在路上遇到那为阿金做媒的人。问起阿金管事的婚事究竟如何。媒人说阿金管事出不起钱，妇人已归一个远方绸商带走了。亲眼见到阿金抱兜里一大束钞票的地保，还以为必是好友阿金已相信了他的忠告，觉得美妇人不能做媳妇，因此将做亲事的念头打消了，假装没钱，不再定约。地保还自以为自己做了一件很对得起朋友的事情，即刻就带了一大葫芦烧酒，走到黄牛寨去看阿金管事，为老朋友的有决断致贺。

1928年12月写成

1957年3月1日校正

贵 生

贵生在溪沟边磨他那把镰刀，锋口磨得亮堂堂的。手试一试刀锋后，又向水里随意砍了几下。秋天来溪水清个透亮，活活的流，许多小虾子脚攀着一根草，在浅水里游荡，有时又躬着个身子一弹，远远的弹去，好像很快乐。贵生看到这个也很快乐。天气极好，正是城市里风雅人所说“秋高气爽”的季节；贵生的镰刀如用得其法，也就可以过一个有鱼有肉的好冬天。秋天来，遍山土坎上芭茅草开着白花，在微风里轻轻的摇，都仿佛向人招手似的说：“来，割我，有力气的大哥，趁天气好磨快了你的刀，快来割我，挑进城里去，八百钱一担，换半斤盐好，换一斤肉也好，随你的意！”贵生知道这些好处。并且知道十担草就能够换个猪头，揉四两盐腌起来，十天半月后，那对猪耳朵，也够下酒两三次！一个月前打谷子时，各家田里放水，人人用鸡笼在田里罩肥鲤鱼，贵生却磨快了他的镰刀，点上火把，半夜里一个人在溪沟里砍了十来条大鲤鱼，全用盐揉了，挂在灶头用柴烟熏得干干的。现在磨刀，就准备割草，挑上城去换年货，正像俗话说的：两手一肩，快乐神仙。村子里住的人，因几年来城里东西样样贵，生活已大不如从前。可是一个单身汉子，年富力强，遇事肯动手，平时又不胡来乱为，过日子总还容易。

贵生住的地方离大城二十里，离张五老爷围子两三里。五老爷是当地财主员外，近边山坡田地大部分归五老爷管业，所以做田种地的人都和五老爷有点关系。五老爷要贵生做长工，贵生以为做长工不是住围子就得守山，行动受管束，不愿意。自己用镰刀砍竹子，剥树皮，搬石头，在一个小土坡下，去溪水不远处，借五老爷土地砌了一幢小房子，帮五老爷看守两个种桐子的山坡，作为借地住家的交换，住下来砍柴割草为生。春秋二季农事当忙时，有人要短工帮忙，他邻近五里无处不去帮忙（食量抵两个人，气力也抵两个人）。逢年过节村子里头行人捐钱扎龙灯上城去比赛，他必在龙头前斗宝，把个红布绣球舞得一团火似的，受人喝彩。春秋二季答谢土地，村中人合伙唱戏，他扮王大娘补缸匠，卖柴耙的程咬金。他欢喜喝一杯酒，可不同人酗酒打架。他会下盘棋，可不像许多人那样变成棋迷。间或也说句笑话，可从不用口角伤人。为人稍微有点子憨劲，可不至于出傻相。虽是个干穷人，可穷得极硬朗自重。有时到围子里去，五老爷送他一件衣服，一条裤子，或半斤盐，白受人财物他心中不安，必在另外一时带点东西去补偿。他常常进城去卖柴卖草，就把钱换点应用东西。城里住有个五十岁的老舅舅，给大户人家作厨子，不常往来，两人倒很要好。进城看望舅舅时，他照例带点礼物，不是一袋胡桃，一袋栗子，就是一只山上装套捕住的黄鼠狼，或是一只野鸡。到城里有时住在舅舅处，那舅舅晚上无事，必带他上河沿天后宫去看夜戏，消夜时还请他吃一碗牛肉面。

在乡下，远近几里村子上的人，都和他相熟，都欢喜他。他却乐意到离住处不远桥头一个小生意人铺子里去。那开杂货铺的老板是沅水中游浦市人，本来飘乡作生意，每月一次挑货物各个村子里去和乡下人作买卖，吃的用的全卖。到后来看中了那个桥头，知道官路上往来人多，与其从城里打了货四乡跑，还不如在桥头安个家，一面作各乡生意，一面搭个亭子给过路人歇脚，就近作过路人买卖。因此就在桥头安了家。住处一定，把老婆和一个十三岁的小女孩也接来了。浦市人本来为人和气，加之几年来与附近各村子各大围子都有往来，如今来在桥头开铺子，生意发达是很自然的。那老婆照浦市人中年妇女打扮，头上长年裹一块长长的黑色绉绸首帕，把眉毛拔得细细的。一张口甜甜的，见男的必称大哥，女的称嫂子，待人特别殷勤。因此不到半年，桥头铺子不特成为乡下人买东西地方，并且也成为乡下人谈天歇憩地方了。夏天桥头有三株大青树，特别凉爽，无事躺到树下睡睡，风吹得一身舒泰。冬天铺子里土地上烧的是大树根和油枯饼，火光熊熊——真可谓无往不宜。

贵生和铺子里人大小都合得来，手脚又勤快，几年来，那杂货铺老板娘待他很好，他对那个女儿也很好。山上多的是野生瓜果，栗子、榛子不出奇，三月里他给她摘大莓，六月里送她地枇杷，八九月里还有出名当地，样子像干海参，瓤白如玉如雪的八月瓜，尤其逗那女孩子欢喜。女孩子名叫金凤。那老板娘一年前因为回浦市去吃喜酒，害蛇钻心病死掉了，随后杂货铺补充了个毛伙，全身无毛病，只因为性情活跳，取名叫作“癞子”。

贵生不知为什么总不大欢喜那癞子，两人谈话常常顶板，癞子却老是对他嘻嘻笑。贵生说：“癞子，你若在城里，你是流氓；你若在书上，你是奸臣。”癞子还对他笑。贵生不欢喜癞子，那原因谁也不明白，杂货铺老板倒知道，因为贵生怕癞子招郎上门，从帮手改成驸马。

贵生其时正在溪水边想癞子会不会作“卖油郎”，围子里有人搭口信来，说五爷要贵生去看看南山坡的桐子熟了没有，看过后去围子里回话。

贵生听了信，即刻去山上看桐子。

贵生上了山，山上泥土松松的。树根蓬草间，到处有秋虫鸣叫。一下脚，大而黑的油蛐蛐，小头尖尾的金铃子各处乱蹦。几个山头看了一下，只见每株树枝都被饱满坚实的桐木油果压得弯弯的；好些已落了地，山脚草里到处都是。因为一个土塍上有一片长藤，上面结了许多颜色乌黑的东西，一群山喜鹊喳喳的叫着，知道八月瓜已成熟了，赶忙跑过去。山喜鹊见人来就飞散了。贵生把藤上八月瓜全摘下来，装了半斗笠，带回去打量捎给桥头金凤吃。

贵生看过桐子回到家里，晚半天天气还早，就往围子去禀告五爷。

到围子时，见院子里搁了一顶轿子，几个脚夫正闭着眼蹲在石碌礡上吸旱烟管。贵生一看知道城里来了人，转身往仓房去找鸭毛伯伯。鸭毛伯伯是五老爷围子里老长工，每天坐在仓房边打草鞋。仓房不见人，又转往厨房去，才见着鸭毛伯伯正在小桌边同几个城里来的年轻伙子坐席，用大提子从黑色瓮缸里舀取烧酒，煎干鱼下酒。见贵生来就邀他坐下，参加他们的吃喝。原来新到围子的是四爷，刚从河南任上回城，赶来看五爷，过几天又得往河南去。几个人正谈到五爷和四爷在任上的种种有趣故事。

一个从城里来的小秃头，老军务神气，一面笑一面说：

“人说我们四老爷实缺骑兵旅长是他自己玩掉的。一个人爱玩，衣禄上有一笔账目，不玩见阎王销不了账，死后下一生还是玩。上年军队扎在汝南，一个月他玩了八个，把那地方尖子货全用过了，还说：‘这是什么鬼地方，女人都是尿脬做成的，要不得。一身白得像灰面，松塌塌的，一点儿无意思，还装模作态，这样那样。’你猜猜他花多少钱？四十块一夜，除王八外快不算数。你说，年轻人出外胡闹不得，我问你，你我哥子们想胡闹，成不成？一个月七块六，伙食三块三除外还剩多少？不剃头，不缝衣，留下钱来一年还不够玩一次，我的伯伯，你就让我胡闹，我从哪里闹起！”

另一高个儿将爷说：

“五爷人倒好，这门路不像四爷乱花钱。玩也玩得有分寸，一百八十随手撒，总还定个数目。”

鸭毛伯伯说：

“牛肉炒韭菜，各人心里爱。我们五爷花姑娘弄不了他的钱，花骨头可迷住了他。往年同老太太在城里住，一夜输二万八，头家跟五爷上门来取话。老太太爱面子，怕五爷丢丑，以后见不得人，临时要我们从窖里挖银子，元宝一对一对刨出来，点数给头家。还清了债，笑着向五爷说：‘上当学乖，下不为例。手气不好，莫下注给人当活元宝啃，说张家出报应！’”

“别人说老太太是呕气病死的。”

“可不是！花三万块钱挣了一个大面子，再有涵养也不能不心疼！明明白白五爷上了人的当，哑子吃黄连，怎不生气？一包气闷在心中，病了四十天，完了，死了。”

“可是五爷为人有孝心，老太太死时，他办丧事做了七七四十九天道场，花了一万六千块钱，谁不知道这件事！都说老太太心好命好，活时享受不尽，死后还带了万千元宝锞子，四十个丫头老妈子照管箱笼，服侍她老人家一路往西天，热闹得比段老太太出丧还人多，执事挽联一里路长。有个孝子尽孝，死而无憾。”

鸭毛伯伯说：

“五爷怕人笑话，所以做面子给人看。因为老太太生前爱面子，五爷又是过房的；一过来就接收偌大一笔产业。老太太如今归天了，五爷花钱再多也应该。花了钱，不特老太太有面子，五爷也有面子。人都以为五爷傻，他才真不傻！若不是花骨头迷心，他有什么可愁的！”

“不多久，在城里听说又输了五千。后来想冲一冲晦气，要在潇湘馆给那南花湘妃挂衣，六百块钱包办一切，还是四爷帮他同那老婊子办好交涉的。不知为什么，五爷自己临时又变卦，去美孚洋行打那三抬一的字牌，一夜又输八百。六百给那‘花王’开苞他不干，倒花八百去熬一夜，坐一夜三顶拐轿子，完事时让人开玩笑说：‘谢谢五爷送礼。’真气坏了四爷。”

“花脚狗不是白面猫，这些人都各有各的脾气。银子到手哗喇哗喇花，你说莫花，这哪成！这些人一事不作偏偏就有钱，钱财像命里带来的。命里注定它要来，门板挡不住；命里注定它要去，索子链子缚不住。王皮匠捡了锭银子，睡时搂在怀里睡，醒来银子变泥巴。你说怪不怪？你我是穷人，和什么都无缘，就只和酒有点缘分。我们喝完了这碗酒，再喝一碗吧。贵生，同我们喝一碗，都是哥子弟兄，不要拘拘泥泥。”

贵生不想喝酒，捧了一大包板栗子，到灶边去，把栗子放在热灰里煨栗子吃。且告给鸭毛伯伯，五爷要他上山看桐子，今年桐子特别好，这三天就是白露，要打桐子也是时候了。哪一天打，定下日子，他好去帮忙。看五爷还有不有话吩咐，无话吩咐，他回家了。

鸭毛伯伯去见五爷禀白："溪口的贵生已经看过了桐子，山向阳，今年霜降又早，桐子全熟了，要捡桐子差不多了。贵生看五爷还有什么话吩咐。"

五爷正同城里来的四爷谈卜术相术，说到城里中街一个杨半痴，如何用哲学眼光推人流年吉凶和命根贵贱，信口开河，连福音堂洋人也佩服得了不得。五爷说的眉飞色舞，听说贵生来了，就要鸭毛叫贵生进来有话说。

贵生进院子里时，担心把五爷地板弄脏，赶忙脱了草鞋，赤着脚去见五爷。

五爷说："贵生，你看过了我们南山桐子吗？今年桐子好得很，城里油行涨了价，挂牌二十二两三钱，上海汉口洋行都大进。报上说欧洲整顿海军，预备世界大战，买桐油油大战舰，要的油多。洋毛子欢喜充面子，不管国家穷富，军备总不愿落人后。仗让他们打，我们中国可以大发洋财！"

贵生一点不懂五爷说话的意思，只是带着一点敬畏之忱站在堂屋角上。

鸭毛伯伯说："五爷，我们什么时候打桐子？"

五爷笑着："要发洋财得赶快，外国人既然等着我们中国桐油油船打仗，还不赶快一点？明天打后天打都好。我要自己去看看，就便和四爷打两只小毛兔玩。贵生，今年山上兔子多不多？趁天气好，明天去吧。"

贵生说："五爷，您老说明天就明天，我家里烧了茶水，等五爷、四爷累了歇个脚。没有事我就走了。"

五爷说："你回去吧。鸭毛，送他一斤盐、两斤片糖，让他回家。"

贵生谢了谢五爷，正转身想走出去，四爷忽插口说："贵生，你成了亲没有？"一句话把贵生问得不知如何回答，望着这退职军官私欲过度的瘦脸，把头摇着，只是好笑。他心中想起几句流行的话语："婆娘婆娘，磨人大王，磨到三年，嘴尖尾巴长。"

鸭毛接口说："我们劝他看一门亲事，他怕被人迷住了，不敢办这件事。"

四爷说："贵生，你怕什么？女人有什么可怕？你那样子也不是怕老婆的。我和你说，看中了什么人，尽管把她弄进屋里来。家里有个婆娘，对你有好处，你不明白？尽管试试看，不用怕。"

贵生因为记起刚才在厨房里几个人的谈话，所以轻轻的说："一个人有一个人的衣禄，勉强不来。"随即同鸭毛走了。

四爷向五爷笑着说："五爷，贵生相貌不错，你说是不是？"

五爷说："一个大憨子，讨老婆进屋，我恐怕他还不会和老婆做戏！"

贵生拿了糖和盐回家，绕了点路过桥头杂货铺去看看。到桥头才知道当家的已进城办货去了，只剩下金凤坐在酒坛边纳鞋底，见了贵生，很有情致的含着笑看了他一眼，表示欢迎。贵生有点不大自然，站在柜前摸出烟管打火镰吸烟，借此表示从容："当家的快回来了？"

金凤说："贵生，你也上城了吧，手里拿的是什么？"

"一斤盐，两斤糖，五老爷送我的。我到围子里去告他们打桐子。"

"你五老爷待人可好？"

"城里四老爷也来了，还说明天要来山上打兔子。"贵生想起四爷先前说的一番话，咕咕的笑将起来。

金凤不知什么好笑，问贵生："四爷是个什么样人物？"

"一个大军官，听说做过军长、司令官。一生就是欢喜玩，把官也玩掉了。"

"有钱的总是这样过日子，做官的和开铺子的都一样。我们浦市源昌老板，十个大木簰从洪江放到桃源县，一个夜里这些木簰就完了。"

贵生知道这是个老故事，所以说："都是女人。"

金凤脸绯红，向贵生瞅着，表示抗议："怎么，都是女人！你见过多少女人！女人也有好有坏，和你们男子一样，不可一概而论！"

"我不是说你！"

"你们男子才真坏！什么四老爷、五老爷，有钱都是大王，糟蹋人，不当数。"

其时，正有三个过路人，过了桥头到铺子前草棚下，把担子从肩上卸下来，取火吸烟，看有什么东西可吃。买了一碗酒，三人共同用包谷花下酒。贵生预备把话和金凤接下去，不知如何说好。三个人不即走路，他就到桥下去洗手洗脚。过一阵走上来时，见三人正预备动身，其中一个顶年轻的，打扮得像个玩家，很多情似的，向金凤瞟着个眼睛，只是笑。掏钱时故意露出衣下扣花抱肚上那条大银链子，并且自言自语说："银子千千万，难买一颗心。易求无价宝，难得有情郎。"话是有意说给金凤听的。三人走后，金凤低下头坐在酒坛上出神，一句话不说。贵生想把先前未完的话接续说下去，无从开口。

到后看天气很好，方说："金凤，你要栗子，这几天山上油板栗全爆了口。我前天装了个套机，早上去看，一只松鼠正拱起个身子，在那木板上嚼栗子吃，见我来了不慌不忙的一溜跑去，真好笑。你明天去捡栗子吧，地下多的是！"

金凤不答理他，依然为刚才过路客人几句轻薄话生气。贵生不大明白，于是又说："你记不记得，有一年在我沙地上偷栗子，不是跑得快，我会打断你的手！"

金凤说："我记得我不跑。我不怕你！"

贵生说："你不怕我，我也不怕你！"

金凤笑着："现在你怕我……"

贵生好像懂得金凤话中的意思，向金凤眯眯笑，心里回答说："我一定不怕。"

毛伙割了一大担草回来了，一见贵生就叫唤："贵生，你不说上山割草吗？"

贵生不理会，却告给金凤，在山上找得一大堆八月瓜，她想要，明天自己到家去拿；因为明天打桐子，他得上山去帮忙，五爷、四爷又说要来赶兔子，恐怕没空闲。

贵生走后，毛伙说："金凤，这憨子，人大空心小，实在。"

金凤说："你莫乱说，他生气时会打扁你。"

毛伙说："这种人不会生气。我不是锡酒壶，打不扁。"

第二天，天一亮，贵生带了他的镰刀上山去。山脚雾气平铺，犹如展开一片白毯子，越拉越宽，也越拉越薄。远远的看到张家大围子嘉树成荫，几株老白果树向空挺立，更显得围子里正是家道兴旺。一切都像浮在云雾上头，缥缈而不固定。他想围子里的五爷、四爷，说不定还在睡觉做梦，梦里也是五魁八马、白板红中！

可是一会儿田塍上就有马项铃晃啷晃啷响，且闻人话嘈杂，原来五爷、四爷居然赶早都来了，贵生慌忙跑下坡去牵马。来的一共是十二个男女长工、四个跟随，还有几个围子里捡荒的小孩子。大家一到地，即刻就动起手来，从山顶上打起，有的爬树，有的在树下用竹竿巴巴的打，草里泥里到处滚着那种紫红果子。

四爷五爷看了一会儿，也各捞着一根竹竿子打了几下，一会会就厌烦了，要贵生引他们到家里去。家中灶头锅里的水已沸腾，鸭毛给四爷、五爷冲茶喝。四爷见屋角斗笠里那一堆八月瓜，拿起来只是笑。

"五爷，你瞧这像个什么东西？"

"四爷，你真是孤陋寡闻，八月瓜也不认识。"

"我怎么不认识？我说它简直像……"

贵生因为预备送八月瓜给金凤，耳听到四爷口中说了那么一句粗话，心里不自在，顺口说道：

"四爷，五爷欢喜，带回去吃吧。"

五爷取了一枚，放在热灰里煨了一会儿，捡出来剥去那层黑色硬壳，挖心吃了。四爷说那东西腻口甜不吃，却对于贵生家里一枝钓鱼竿称赞不已。

四爷因此从钓鱼谈起，溪里、河里、江里、海里，以及北方芦田里钓鱼的方法如何不同，无不谈到。忽然一个年轻女人在篱笆边叫唤贵生，声音又清又脆。贵生赶忙跑出去，一会儿又进来，抱了那堆八月瓜走了。

四爷眼睛尖，从门边一眼瞥见了那女的白首帕，大而乌光的发辫，问鸭毛"女人是谁"。鸭毛说："是桥头上卖杂货浦市人的女儿。内老板去年热天回娘家吃喜酒，在席面上害蛇钻心病死掉了，就只剩下这个小毛头，今年满十六岁，名叫金凤。其实真名字倒应当是'观音'！卖杂货的早已看中了贵生，又憨又强一个好帮手，将来会承继他的家业。贵生倒还拿不定主意，等风向转。真是白等。"

四爷说："老五，你真是宣统皇帝，住在紫禁城里傻吃傻喝，围子外民间疾苦什么都不知道。山清水秀的地方一定地贵人贤，为什么不……"

鸭毛搭口说："算命的说女人八字重，克父母，压丈夫，所以人都不敢动她。贵生一定也怕克……"正说到这里，贵生回来了，脸庞红红的，想说一句话，可不知说什么好，只是搓手。

五爷说："贵生，你怕什么？"

贵生先不明白这句话意思所指，茫然答应说："我怕精怪。"

一句话引得大家笑将起来，贵生也不由的笑了。

几人带了两只瘦黄狗，去荒山上赶兔子，半天毫无所得。晌午时又回转贵生家过午。五爷问长工今年桐子收多少，知道比往年好，就告给鸭毛，分三担铜子给贵生酬劳，和四爷骑了马回围子去了。回去本不必从溪口过身，四爷却出主张，要五爷同他绕点路，到桥头去看看。在桥头杂货铺买了些吃食东西，和那生意人闲谈了好一阵。也好好的看了金凤几眼，才转回围子。

回到围子里，四爷又嘲笑五爷，以为"在围子里作皇帝，真正是不知民间疾苦"。话有所指，五爷明白意思。

五爷说："四爷你真是，说不得一个人还从狗嘴里抢肉吃！"

四爷在五爷肩头打了一掌说："老五，别说了。我若是你，我就不像你，把一块肥羊肉给狗吃。你不看见：眉毛长，眼睛光，一只画眉鸟，打雀儿！"

五爷只是笑，再不说话。一个人有一个人的分定：五爷欢喜玩牌，自己老以为输牌不输理，每次失败只是牌运差，并非功夫不高。五爷笑四爷见不得女人，城市里大鱼大肉吃厌了，注意野味。

这方面发生的事情贵生自然全不知道。

贵生只知道今年多得了三担桐子，捡荒还可得两三担。家里有几担桐子沤在床底下，一个冬天夜里够消磨了。

日月交替，屋前屋后狗尾巴草都白了头在风里摇。大路旁刺梨一球球黄得像金子，早退尽了涩味，由酸转甜。贵生上城卖了十多回草，且卖了几篮刺梨给官药铺。算算日子，已是小阳春的十月了。天气转暖了一点，溪边野桃树有开花的。杂货铺一到晚上，毛伙就地烧一个树根，火光熊熊，用意像在向邻近住户招手，欢迎到桥头来，大家向火谈天。在这时节畜生草料都上了垛，谷粮收了仓，红薯也落了窖，正好是大家休息休息的时候，所以日里晚上都有人在那里。天气好时晚上尤其热闹，因为间或还有告假回家的兵士，和猴子坪大桐岔贩朱砂的客人，到杂货铺来述说省里新闻，天上地下摆龙门阵，说来无不令众人神往意移。

贵生到那里，照例坐在火旁不大说话，一面听他们说话，一面间或瞟金凤一眼。眼光和金凤眼光相接时，血行就似乎快了许多。他也帮杜老板作点小事，也帮金凤作点小事。落了雨，铺子里他是惟一客人时，就默默的坐在火旁吸旱烟，听杜老板在美孚灯下打算盘滚账，点数余存的货物。贵生心中的算盘珠也扒来扒去，且数点自己的家私。他知道城里的油价好，二十五斤油可换六斤棉花，两斤板盐。他今年有好几担桐子，真是一注小财富！年底鱼呀肉呀全有了，就只差个人。有时候那老板把账结清后，无事可作，便从酒坛间找出一本红纸面的文明历书，来念那些附在历书下的"酬世大全""命相神数"。一排到金凤的八字，必说金凤八字怪，斤两重，不是“夫人”就是“犯人”，克了娘不算过关，后来事情多。金凤听来只是抿着嘴笑，完全不相信这些斯文胡说。

或者正说起这类事，那杂货铺老板会突然向客人发问：“贵生，你想不想成家？你要讨老婆，我帮你忙。”

贵生瞅着面前向上的火焰说：“老板，你说真话假话？谁肯嫁我！”

“你要就有人。”

“我不相信。”

“谁相信天狗咬月亮？你尽管不信，到时天狗还是把月亮咬了，不由人不信。我和你说，山上竹雀要母雀，还自己唱歌去找。你得留点心，学‘归桂红，归桂红！’‘婆婆酒醉，婆婆酒醉归！’”

话把贵生引到路上来了，贵生心痒痒的，不知如何接口说下去，于是也学杜鹃叫了几声。

毛伙间或多插一句嘴，金凤必接口说：“贵生，你莫听癞子的话，他乱说。他说会装套捉狸子，捉水獭，在屋后边装好套，反把我那只小花猫捉住了。”金凤说的虽是毛伙，事实却在用毛伙的话，岔开那杜掌柜提出的问题。

半夜后，贵生晃着个火把走回家去，一面走一面想：卖杂货的也在那里装套，捉女婿。不由得不咕咕笑将起来。一个存心装套，一个甘心上套，事情看来也就简单。困难不在人事在人心。贵生和一切乡下人差不多，心上多少也有那么一点儿迷信。女的脸儿红中带白，眉毛长，眼角向上飞，是个“克”相；不克别人得克自己，到十八岁才过关！金凤今年满十六岁。因这点迷信，他稍稍退后了一步，杂货商人装的套不灵，不成功了。可是一切风总不会老向南吹，终有个转向时。

有天落雨，贵生留在家里搓了几条草绳子，扒开床下沤的桐子看看，已发热变黑，就倒了半箩桐子剥，一面剥桐子，一面却想他的心事。不知哪一阵风吹换了方向，他忽然想起事情有点儿险。金凤长大了，心窍子开了，毛伙随时都可以变成金凤家的驸马。此外在官路上来往卖猪攀乡亲的浦市客人，上贵州省贩运黄牛收水银的辰州客人，都能言会说，又舍得花钱，在桥头过身，机会好，有个见花不采？闪不知把女人拐走了，那才真是一个“莫奈何”！人总是人，要有个靠背，事情办好，大的小的就都有了靠背了。他想的自然简单一点，粗俗一点，但结论却得到了，就是“热米打粑粑，一切得趁早”，再耽误不得。风向真是吹对了。

他预备第二天上城去同那舅舅商量商量。

贵生进城去找他的舅舅。恰好那大户人家正办席面请客，另外请得有大厨师掌锅，舅舅当了二把手，在砧板上切腰花。他见舅舅事忙，就留在厨房帮同理葱剥豆子。到了晚上，把席面撤下时，已经将近二更，吃了饭就睡了。第二天那家主人又要办什么公公婆婆粥，桂圆莲子、鱼呀肉呀煮了一大锅，又忙了一整天，还是不便谈他的事情。第三天舅舅可累病了。贵生到测字摊去测个字，为舅舅拈的是一个“爽”字，自己拈了一个“回”字。测字的杨半仙说：“人逢喜事精神爽，若问病，有喜事病就会好。又说回字喜字一半，吉字一半，可是言字也是一半。口舌多，要办的事赶早办好，迟了恐不成。”他觉得这个杨半仙话满有道理。

回到舅舅病床边时，就说他想成亲了，溪口那个卖杂货的女儿身家正派，为人贤惠，可以做他的媳妇。她帮他喂猪割草好，他帮她推磨打豆腐也好。只要好意思开口，可拿定七八成。掌柜的答应了，有一点钱就可以趁年底圆亲。多一个人吃饭，也多一个人补衣捏脚，有坏处，有好处，特意来和舅舅商量商量。

那舅舅听说有这种好事，岂有不快乐道理。他连年积下了二十块钱，正拿不定主意，不知道把它预先买副棺木好，还是买几只小猪托人喂好。一听外甥有意接媳妇，且将和卖杂货的女儿成对，当然一下就决定了主意，把钱“投资”到这件事上来了。

“你接亲要钱用，不必邀会，我帮你一点钱。”厨子起身把存款全部从床脚下砖土里掏出来后，就放在贵生手里，“你要用，你拿去用。将来养了儿子，有一个算我的小孙子，逢年过节烧三百钱纸，就成了。”

贵生吃吃的说："舅舅，我不要那么些钱，开铺子的不会收我财礼的！"

"怎么不要？他不要，你总得要。说不得一个穷光棍打虎吃风，没有吃时把裤带紧紧。你一个人草里泥里都过得去，两个人可不成！人都有个面子，讨老婆就得有本事养老婆，养孩子。不能靠桥头杜老板，让人说你吃裙带饭。钱拿去用，舅舅的就是你的！"

两人商量好了，贵生上街去办货物。买了两丈官青布、两丈白布、三斤粉条、一个猪头，又买了些香烛纸张，一共花了将近五块钱。东西办齐后，贵生高高兴兴带了东西回溪口。

出城时碰到两个围子里的长工，挑了箩筐进城，贵生问他们赶忙进城有什么要紧事。

一个长工说："五爷不知为什么心血来潮，派我们到城里'义胜和'去办货！好像接媳妇似的，开了好长一张单子，一来就是一大堆！"

贵生说："五爷也真是五爷，人好手松，做什么事都不想想。"

"真是的，好些事都不想想就做。"

"做好事就升天成佛，做坏事可教别人遭殃。"

长工见贵生办货不少，带笑说："贵生，你样子好像要还愿，莫非快要请我们吃喜酒了？"

另一个长工也说："贵生，你一定到城里发了洋财，买那么大一个猪头，会有十二斤吧？"

贵生知道两人是打趣他，半认真半说笑的回答道："不多不少，一个猪头三斤半，正预备焖好请哥们喝一杯！"

分手时一个长工又说："贵生，我看你脸上气色好，一定有喜事不说，瞒我们。这不成的！哥子兄弟在一起，不能瞒！"几句话把贵生说的心里轻轻松松的，只是笑嚷着："哪里，哪里，我才不会瞒人！"

贵生到晚上下了决心，去溪口桥头找杂货铺老板谈话。到那里才知道杜老板不在家，有事出门去了。问金凤父亲什么地方去了，什么时候回来，金凤却神气淡淡的说不知道。转问那毛伙，毛伙说老板到围子里去了，不知什么事情。贵生觉得情形有点怪，还以为也许两父女吵了嘴，老的斗气走了，所以金凤不大高兴。他依然坐在那条矮凳上，用脚去拨那地炕的热灰，取旱烟管吸烟。

毛伙忍不住忽然失口说："贵生，金凤快要坐花轿了！"

贵生以为是提到他的事情，眼瞅着金凤说："不是真事吧？"

金凤向毛伙盯了一眼："癞子，你胡言乱说，我缝你的嘴！"

毛伙萎了下来，向贵生憨笑着："当真缝了我的嘴，过几天要人吹唢呐可没人。"

贵生还以为金凤怕难为情，把话岔开说："金凤，我进城了，在我那舅舅处住了三天。"

金凤低着个头，神气索寞的说："城里可好玩！"

"我去城里有事情。我和我舅舅打商量……"他不知怎么把话说下去好，于是转口向毛伙，"围子里五爷又办货要请客人，什么大事！"

"不止请客……"

毛伙正想说下去，金凤却借故要毛伙去瞧瞧那鸭子栅门关好了没有。

坐下来，总像是冰锅冷灶似的。杜老板很久还不回来，金凤说话要理不理。贵生看风头不大对，话不接头。默默的吹了几筒烟，只好走了。

回到家里从屋后搬了一个树根，捞了一把草，堆地上烧起来，捡了半箩桐子，在火边用小剜刀剥桐子。剥到深夜，总好像有东西咬他的心，可说不清楚是什么。

第二天正想到桥头去找杂货商人谈话，一个从围子里来的人告他说，围子里有酒吃，五爷纳宠，是桥头浦市人的女儿。已看好了日子，今晚进门，要大家煞黑前去帮忙，抬轿子接人！听到这消息，贵生好像头上被一个人重重的打了一闷棍，呆了半天转不过气来。

那人走后，他还不大相信，一口气跑到桥头杂货铺去，只见杜老板正在柜台前低着头用红纸封赏号。

那杂货铺商人一眼见是贵生，笑眯眯的招呼他说："贵生，你到什么地方去了？好几天不见你，我们还以为你做薛仁贵当兵去了。"

贵生心想："我还要当土匪去！"

杂货铺商人又说："你进城好几天，看戏了吧？"

贵生站在外边大路上结结巴巴的说："大老板，大老板，我有句话和你说。听人说你家有喜事，是真的吧？"

杜老板举起那些小包封说："你看这个。"一面只是笑，事情不言而喻。

贵生听桥下有捶衣声，知道金凤在桥下洗衣，就走近桥栏杆边去，看见金凤头上孝已撤除，一条大而乌光辫子上簪了一朵小小红花，正低头捶衣。贵生说："金凤，你有大喜事，贺喜贺喜！"金凤头也不抬，停了捶衣，不声不响。贵生从神情上知道一切都是真的，自己的事情已完全吹了，完了。一切都完了。再说不出话。回到铺子里对那老板狠狠看了一眼，拔脚就走了。

晚半天，贵生依然到围子里去。

贵生到围子里时，见五老爷穿了件春绸薄棉袍子，外罩一件宝蓝缎子夹马褂，正在院子里督促工人扎喜轿，神气异常高兴。五爷一见贵生就说："贵生，你来了，很好。吃了没有？厨房里去喝酒吧。"又说，"你生庚属什么？属龙晚上帮我抬轿子，过溪口桥头上去接新人。属虎属猫就不用去，到时避一避，不要冲犯！"

贵生呆呆怯怯的说："我属虎，八月十五寅时生，犯双虎。"说后依然如平常无话可说时那么笑着，手脚无放处。看五爷分派人作事，扎轿杆的不当行，就走过去帮了一手忙。到后五爷又问他喝了没有，他不做声。鸭毛伯伯已换了一件新毛蓝布短衣，跑出来看轿子，见到贵生，就拉着他向厨房走。

厨房里有五六个长工坐在火旁矮板凳上喝酒，一面喝一面说笑。因为都是派定过溪口接亲的人，其中有个吹唢呐的，脸喝得红都都的，信口胡说："杜老板平时为人慷慨大方，到那里时一定请我们吃城里带来的嘉湖细点，还有包封。"

另一个长工说："我还欠他二百钱，记在水牌上，真怕见他。"

鸭毛伯伯接口打趣他："欠的账那当然免了，你抬轿子小心点就成了。"

一个毛胡子长工说："你们抬轿子，看她哭多远，过了大坳还像猫儿那么哭，要她莫哭了，就和她说：'大姐，你再哭，我就抬你回去！'她一定不敢再哭。"

"她还是哭你怎么样？"

"我们当真抬她回去。"

"将来怎么办？"

"再把她抬进围子里，可是不许她哭，要她哈哈大笑！"

"她不笑？"

"她不笑？我敢赌个手指头，她会笑的。"所有人都哄然大笑起来。

吹唢呐的会说笑话，随即说了一个新娘子三天回门的粗糙笑话，装成女子的声音向母亲诉苦："娘，娘，我以为嫁过去只是服侍公婆，承宗接祖，你哪想到小伙子人小心子坏，夜里不许我撒尿！"大家更大笑不止。

贵生不做声，咬着下唇，把手指骨捏了又捏，看定那红脸长鼻子，心想打那家伙一拳。不过手伸出去时，却端了土碗，咽嘟嘟喝了大半碗烧酒。

几个长工打赌，有的以为金凤今天不会哭。有的又说会哭，还说看那一双水汪汪的眼睛，就是个会哭的相。正乱着，院中另外那几个扎轿子的也来到厨房，人一多话更乱了。

贵生见人多话多，独自走到仓库边小屋子里去。见有只草鞋还未完工，就坐下来搓草编草鞋。心里实在有点儿乱，不知道怎么好。身边还有十六块钱，紧紧的压在腰板上。他无头无绪想起一些事情。三斤粉条、两丈官青布、一个猪头，有什么用？五斛桐子送到姚家油坊去打油，外国人大船大炮到海里打大仗，要的是桐油。卖纸客人做眉弄眼，"易求无价宝，难得有情郎"，有情郎就来了。四老爷一个月玩八个辫子货，还说妇人身上白得像灰面，无一点意思。你们做官的，总是糟蹋人！

看看天已快夜了。

院子里人声嘈杂，吹唢呐的大约已经喝个六分醉，把唢呐从厨房吹起，一直吹到外边大院子里去。且听人喊燃火把放炮动身，两面铜锣当当的响着，好像在说："我们走，我们走，我们快走！"不一会儿，一队人马果然就出了围子向南走去了。去了许久还可听到一点接亲队伍在傍着小山坡边走去时，那唢呐呜咽声音。贵生过厨房去看看，只见几个佃户家临时找来帮忙的女人正在预备汤果，鸭毛伯伯见贵生就说："贵生，我还以为你也去了。帮我个忙，挑几担水吧。等会儿还要水用。"

贵生担起水桶一声不响走出去。院子里烧了几堆油柴，正屋里还点了蜡烛，挂了块红。住在围子里的佃户人家妇女小孩都站在院子里，等新人来看热闹。贵生挑水走捷径必从大门出进，却宁愿绕路，从后门走。到井边挑了七担水，看看水平了缸，才歇手过灶边去烘草鞋。

阴阳生排八字，女的属鼠，宜天断黑后进门。为免得和家中人冲犯，凡家中命分上属大猫小猫，到轿子进门时都得躲开。鸭毛伯伯本来应当去打发轿子接人的，既得回避，因此估计新人快要进围子时，就邀贵生往后面竹园子去看白菜萝卜，一面走一面谈话。

"贵生，一切真有个定数，勉强不来。看相的说邓通是饿死的相，皇帝不服气，送他一座铜山，让他自己造钱，到后还是饿死。城里王财主，原来挑担子卖饺饵营生，气运来了，住身在那个小土地庙里，落了半个月长雨，墙脚淘空了，墙倒坍了，两夫妇差点儿压死。待到两人从泥灰里爬出来一看，原来墙里有两坛银子，从此就起了家。……不是命是什么！桥头上那杂货铺小丫头，谁料到会作我们围子里的人？五爷是读书人，懂科学，平时什么都不相信，除了洋鬼子看病，照什么'挨挨试试'光，此外都不相信。上次进城一输又是两千，被四爷把心说活了。四爷说：五爷，你玩不得了，手气痞，再玩还是输。找个'原汤货'来冲一冲运气看，保准好。城里那些毛母鸡，谁不知道用猪肠子灌鸡血，到时假充黄花女。横到长的眼睛只见钱，竖到长的眼睛中作伪，有什么用！乡下有的是人，你想想看。五爷认真了，凑巧就看上了那杂货铺女儿，一说就成，不是命是什么！”

贵生一脚踹到一个烂笋瓜上头，滑了一下，轻轻的骂自己：“鬼打岔，眼睛不认货！”

鸭毛伯伯以为话是骂杜老板女儿，就说：“这倒是认货不认人！”

鸭毛伯伯接着又说：“贵生，说真话，我看杂货铺杜老板和那丫头，先前对你倒很有心，旁观者清，当局者迷，你还不明白。其实只要你好意思亲口提一声，天大的事定了。天上野鸭子各处飞，捞到手的就是菜。二十八宿闹昆阳，阵势排好了，先下手为强，后下手遭殃。你不先下手，怪不得人！”

贵生说：“鸭毛伯伯，你说的是笑话。”

鸭毛伯伯说：“不是笑话！一切都是命，半点不由人。十天以前，我相信那小丫头还只打量你同她俩在桥头推磨打豆腐！你自己拿不定主意，这怪不得人！”说的当真不是笑话，不过说到这里，为了人事无常，鸭毛伯伯却不由的不笑起来了。

两人正向竹园坎上走去，上了坎，远远的已听到唢呐呜呜咽咽的声音，且听到爆竹声，就知道新人的轿子快来了。围子里也骤然显得热闹起来。火炬都点燃了，人声杂遝。一些应当避开的长工，都说说笑笑跑到后面竹园来，有的还毛猴一般爬到大南竹上去眺望，看人马进了围子没有。

唢呐越来越近，院子里人声杂乱起来了，大家知道花轿已进营盘大门，一些人先虽怕冲犯，这时也顾不得了，都赶过去看热闹。

三大炮放过后，唢呐吹“天地交泰”，拜天地祖宗，行见面礼，一会儿唢呐吹完了，火把陆续熄了，鸭毛伯伯知道人已进门，事已完毕，拉了贵生回厨房去，一面告那些拿火把的人小心火烛。厨房里许多人都在解包封，数红纸包封里的赏钱，争着倒热水到木盆里洗脚，一面说起先前一时过溪口接人，杜老板发亲时如何慌张的笑话。且说杜老板和癞子一定都醉倒了，免得想起女儿今晚上事情难受。鸭毛伯伯重新给年轻人倒酒，把桌面摆好，十几个年轻长工坐定时，才发现贵生早已溜了。

半夜里，五爷正在雕花板床上细麻布帐子里拥了新人做梦，忽然围子里所有的狗都狂叫起来。鸭毛伯伯起身一看，天角一片红，远处起了火。估计方向远近，当在溪口边上。一会儿有人急忙跑到围子里来报信，才知道桥头杂货铺烧了，同时贵生房子也走了水。一把火两处烧，十分蹊跷，详细情形一点不明白。

鸭毛伯伯匆匆忙忙跑去看火，先到桥头，火正壮旺，桥边大青树也着了火，人只能站在远处看。杜老板和癞子是在火里还是走开了，一时不能明白。于是又赶过贵生处去，到火场近边时，见有些人围着看火，谁也不见贵生。人是烧死了还是走开了，说不清楚。鸭毛伯伯用一根长竹子试向火里捣了一阵，鼻子尽嗅着，人在火里不在火里，还是弄不出所以然。他心中明白这件事。火究竟是怎么起的，一定有个原因。转围子时，半路上碰着五爷和新姨。五爷说："人烧坏了吗？"

鸭毛伯伯结结巴巴的说："这是命，五爷，这是命。"回头见金凤正哭着，心中却说："丫头，做小老婆不开心？回去一索子吊死了吧，哭什么！"

几人依然向起火处跑去。

1937年3月作，5月改作于北京

1940年3月22日校改。时大风发木，猛雨打窗

如 蕤

（秋天，仿佛春天的秋天）

协和医院里三楼甬道上，一个头戴白帽身穿白色长袍的年轻女看护，手托小小白磁盆子，匆匆忙忙从东边回廊走向西去。到楼梯边时，一个招呼声止住了她的脚步。

从二楼上来了一个女人，在宽阔之字形楼梯上盘旋，身穿绿色长袍，手中拿着一个最时新的朱红皮夹，使人一看有“绿肥红瘦”感觉。这女人有一双长长的腿子，上楼时便显得十分轻盈。年纪大约有了二十七八，由于装饰合式，又仿佛可以把她岁数减轻一些。但靥额之间，时间对于这个人所作的记号，却不能倚赖人为的方法加以遮饰。便是那写在口角眉目间的微笑，风度中也已经带有一种佳人迟暮的调子。

她不能说是十分美丽，但眉眼却秀气不俗，气派又大方又尊贵。身体长得修短合度，所穿的衣服又非常称身，且正因为那点“绿肥红瘦”的暮春风度，使人在第一面后，就留下一个不易忘掉的良好印象。

这个月以来她因为每天按时来院中看一病人，同那看护已十分熟习。如今在楼梯边见到了看护，故招呼着，随即快步跑上楼了。

她向那看护又亲切又温柔的说：

“夏小姐，好呀！”

那看护含笑望望喊她的人手中的朱红皮夹。

“如蕤小姐，您好！”

“夏小姐，医生说病人什么时候出院？”

“曾先生说过一礼拜好些，可是梅先生自己，上半天却说今天想走。”

“今天就走吗？”

“他那么说的。”

穿绿衣的不做声，把皮夹从右手递过左手。

穿白衣的看护仿佛明白那是什么意思，便接着说：

“曾先生说‘不行’。他不签字，梅先生就不能出院。”

甬道上西端某处病房里门开了，一个穿白衣剃光头的男子，露出半个身子，向甬道中的看护喊：

“密司夏？快一点来！”

那看护轻轻的说：“我偏不快来！”用眉目作了一个不高兴的表示，就匆匆的走去了。

如蕤小姐站在楼梯边一阵子，还不即走，看到一个年青圆脸女孩，手中执了一把浅蓝色的大花，搀扶了一个青年优美的男子，慢慢的走下楼去。男子显得久病新瘥的样子，脸色苍白，面作笑容，女孩则脸上光辉红润，极其愉快。

一双美丽灵活的眼睛，随着那两个下楼人在之字形宽阔楼梯上转着，到后那俪影不见了，为楼口屏风掩着消失了。这美丽的眼睛便停顿在楼梯边棕草毡上，那是一朵细小的蓝花。

“把我拾起来，我名字叫作‘毋忘我草’。”

她弯下腰把它拾起来。

一张猪肝色的扁脸，从肩膊边擦过去。一个毛子军人把一双碧眼似乎很情欲的望着这女人一会，她仿佛感到了侮辱，匆匆的就走了。

不到一会，三楼三百十七号病房外，就有只带着灰色丝织手套的纤手，轻轻的叩着门。里面并无声音，但她仍然轻轻的推开了那房门。门开后，她见到那个病人正披了白色睡衣，对窗外望，把背向着门边。似乎正在想到某样事情，或为某种景物堕入玄思，故来了客人，他却全不注意。

她轻轻的把门掩上，轻轻的走近那病人身边，且轻轻的说：

“我来了。”

病人把头掉回，便笑了。

“我正想到为什么秋天来得那么快。你看窗外那株杨柳。”

穿绿衣的听到这句话，似乎忽然中了一击，心中刺了一下。装作病人所说的话与彼全无关系的神气，温柔的笑着。

“少想些，秋来了，你认识它就得了，并不需要你想它。”

“不想它，能认识它吗？”

女人于是轻轻的略带解嘲的神气那么说：

“譬如人，有些人你认识她，就并不必去想她！”

“坐下来，不要这样说吧。这是如蕤小姐说话的风格，昨天不是早已说好不许这样吗？”

病人把如蕤小姐拉在一张有靠手的椅子旁坐下，便站在她面前，捏着那两只手不放：

“你为什么知道我不正在念你？”

女人嘴唇略张，绽出两排白色小贝，披着优美卷发的头略歪，作出的神气，正像一个小姑娘常作的神气。

病人说：

“你真像小孩子。”

“我像小孩子吗？”

“你是小孩子！”

“那么，你是个大人了。”

“可是我今年还只二十二岁。”

“但你有些方面，真是个二十二岁的大人。”

“你是不是说我世故？”

“我说我不如你那么……”

“得了。”病人走过窗边去，背过了女人，眉头轻微蹙了一下。回过头来时就说：“我想出院了，那医生不让我走。”

女人说：“忙什么？”随即又说，“我见到那看护，她也说曾医生以为你还不能出去。”

“我心里躁得很。我还有许多事……”

“你好些没有？睡得好不好？”

病人听到这种询问，似乎从询问上引起了些另一时另一事不愉快的印象，反问女人：

“你什么时候动身？”

女人不即回答，抬起头把一双水汪汪的眼睛望着病人，望了一会，柔弱无力的垂下去，轻轻的透了一口气，自言自语的说：“什么时候动身？我倒想问一问天，因为天知道什么风会吹到我心上来，我就走了！”

病人明白那是什么原因，就说：

“不走也好！北京的八月，无处景物不美。并且你不是说等我好了，出了医院，就陪我过西山去住半个月吗？那边山上树叶极美，我欢喜那些树木。你若走了，我一个人可不想到那边去。你为什么要走？”

女的把头低着，带着点伤感气氛说：“我为什么要走？我真不知道！”

病人说：

“我想起你一首诗来了。那首名为《季蕤之谜》的诗，我记得你那么……”若说下去，他不知道应当说的是“寂寞”还是“多情善感”，于是换了口气向女人说：“外边一定很冷了，你怎么不穿那件紫衣？”

女人装作不曾听到这句话，无力地扭着自己那两只手套。到后又问：“你出了院，预备上山不预备上山？”

病人似乎想起了这一个月来病中的一切，心中柔和了，悄然说道：“你不走，你同我上山，不很好吗？你又一定要走。”

“我一定要走，是的，我要走。”

“我要你陪我！”

“你并不要我陪你！”

“但你知道，……”

“但你……”

什么话也不必说了，两人皆为一件事喑哑了。

她爱他，他明白的，他不爱她，她也明白的。问题就在这里，三年来各人的地位还依然如故，并不改变多少。

他们年龄相差约七岁。一片时间隔着了这两个人的友谊，使他们不能不停顿到某一层薄幕前面。两人皆互相望着另外一个心上的脉络；却常常黯然无声的呆着，无从把那个人的臂膊张开，让另一个无力的任性的卧到那一个臂膊里去。

（夏天，热人闷人倦人的夏天）

三年前，南国××暑期海滨学术演讲会上，聚集五十个年青女人，七十个年青男子，用帐幕在海边经营暑期生活。这些年青男女皆从各大学而来，上午齐集在林荫里与临时搭盖的席棚里，听北平来的名教授讲学，下午过海边浴场作海水浴。到了晚上，则自由演剧，放映电影，以及小组谈话会，跳舞会，同时分头举行。海边沙上与小山头，且常燃有火炬，焚烧柴堆，作为海上荡舟人与入山迷失归途的人指示营幕所在地。

女子中有个杰出的人物。××总长庶出的女儿，岭南大学二年级学生。这女子既品学粹美，相貌尤其艳丽。游泳，骑马，划船，击球，无不精通超人一等。且为人既活泼异常，又无轻狂佻野习气。待人接物，温柔亲切，故为全个团体所倾心。其中尤以一个青年教授，一个中年教授，两人异常崇拜这个女子。但在当时，这女孩子对于一切殷勤，似乎皆不甚措意。俨然这人自觉应永远为众人所倾心，永远属于众人，不能尽一人所独占，故个人仍独来独往，不曾被任何爱情所软化。

当她发觉了男子中即或年纪到了四十五岁，还想在自己身边装作天真烂漫的神气，认为妨碍到她自己自由时，就抛开了男子们，常常带领了几个年纪较幼的女孩，驾了白色小船，向海中驶去。在一群女孩中间她处处像个母亲，照料得众人极其周到，但当几人在沙滩上胡闹时，则最顽皮最天真的也仍然推她。

她能独唱独舞。

她穿着任何颜色任何质料的衣服，都十分相称，坏的并不显出俗气，好的也不显出奢华。

她说话时声音引人注意，使人快乐。

她不独使男子倾倒，所有女子也无一不十分爱她。

但这就是一个谜，这为上帝特别关切的女孩子，将来应当属谁？

就因为这个谜，集会中便有很多男子发着痴，心中思索着，苦恼着。林荫里，沙滩上，帐幕旁，大清早有人默默的单独的踱着躺着，黄昏里也同样如此。大家明白“一切路皆可以走近罗马”那句格言，却不明白有什么方法，可以把这颗心傍近这漂亮女人的心。“一切美丽皆使人痴呆”，故这美丽女孩，本身所到处，自然便有这些事情发生，同时也将发生些旁的使男子们显得可怜可笑的事情。

她明白这些，她却不表示意见。

她仍然超越于人类痴妄以上，又快乐又健康的打发每个日子。

她欢喜散步，海滨潮落后，露出一块赭色砂滩，整齐妥帖如茵褥，比茵褥还更柔和。脚所践履处，皆起微凹，分分明明印出脚掌或脚跟美丽痕迹。这砂滩常常便印上了一行她的足迹。许多年青学生，在无数足迹中辨识得出这种特别足迹，一颗心便追数着留在那砂上那点东西，直至潮水来到，洗去了那东西时，方能离开。

每天潮水的来去，正似乎是特别为洗去那砂上其他纵横凌乱的践履记号，好让这女孩子脚迹最先印到这长砂上。

海边的潮水涨落因月而异。有时恰在中午夜半，有时又恰在天明黄昏。

有一天，日头尚未从海中升起，潮水已缩，淡白微青的天空，还嵌了疏疏的几颗白星，海边小山皆还包裹在银红色晓雾里，大有睡犹未醒的样子。沿海小小散步石道上，矗立在轻雾中的电灯白柱，尚有灯光如星子，苍白着一张张小脸儿。

她照常穿了那身轻便的衣服，披了一件薄绒背心，持了一条白竹鞭子，钻出了帐幕，走向海边去。晨光熹微中大海那么温柔，一切万物皆那么温柔，她饱饱的吸了几口海上的空气，便起始沿了尚有湿气与随处还留着绿色海藻的长滩，向日头出处的东方走去。

她轻轻的啸着，因为海也正在轻轻的啸着。她又轻轻的唱着，因为海边山脚豆田里，有初醒的雀鸟也正在轻轻的唱着。

有些银粉色的朝雾，流动在沿海山上与大海水面上。

这些美丽的东西会不会到人的心头上？

望到这些雾她便笑着。她记起蒙在她心头上一张薄薄的人事网子。昨天黄昏时，她曾同一个女伴坐到海边一个岩石上，听海涛呜咽，波浪一个接着一个撞碎在岩石下。那女孩子年纪不过十七岁，爱了一个圣公会牧师的儿子，那牧师儿子却以为她是小孩子，一切打算皆由于小孩子的胡涂天真，全不近于事实所许可。那牧师儿子伤了她的心。她便一一诉说着，且说他若再只把她当小孩，她就预备自杀给他看。她问那女孩子：“自杀了，他会明白么？除自杀难道就并无别的办法让他明白吗？而且，是不是当真爱他？爱他即或是真的，这人究竟有什么好处可爱？”那女孩沉默了许久，昂起头带着羞涩的眼光，却回答说：“我自己也不知道这是怎么回事。他所有好处在别个男孩子品性中似乎都可以发现，我爱他似乎就只是他不理我那分骄傲处。我爱那点骄傲。”当时她以为这女孩子真正是小孩子。

但现在给她有了一个反省的机会。她不了解这女孩子的感情，如今却极力来求索这感情的起点与终点。

爱她的人可太多了，她却不爱他们。她觉得一切爱皆平凡得很，许多人在她面前见得又可怜又好笑。许多人皆因为爱了她把他自己灵魂，感情，言语，行为，某种定型弄走了样子。譬如大风，百凡草木无不为这风而摇动，在暴风下无一草木能够坚凝静止。她的美丽也如大风。可是她希望的正是一株永远不动摇的大树，在她面前昂然的立定，不至于为她那点美丽所征服。她找寻这种树，却始终没有发现。

她想："海边不会有这种树。若需要这种树，还应当向深山中去找寻。"

的的确确，都市中人是全为一种都市教育与都市趣味所同化。一切女子的灵魂，俨然从一个模子里印就，一切男子的灵魂，又从另一模子中印出，个性与特性是不易存在，领袖标准是在共通所理解的榜样中产生的。一切皆显得又庸俗又平凡，一切皆转成为商品形式。便是人类的恋爱，没有恋爱时那分观念，有了恋爱时那分打算，也正在商人手中转着，千篇一律，毫不出奇。

海边没有一株稍稍倔强的树，也无一个稍稍倔强的人。为她倾倒的人虽多，却在同样情形下露出蠢像，做出同样的事情。世故一些的先是借些别的原因同在一处，其次就失去了人的样子，变成一只狗了。年纪轻些的，则只知写出那种又粗卤又笨拙的信，爱了就谦卑谄媚，装模作样，眼看到自己所作的胡涂样子，还不能够引动女人的注意，既不知道如何改善方法，便作出更可笑的表示，或要自杀，或说请你好好防备，如何如何。一切爱不是极其愚蠢，就是极其下流，故她把这些爱看得一钱不值。

真没有一个稍稍可爱的男子。

她厌倦了那些成为公式的男子，与成为公式的爱情。她忽然想起那个女孩口中的牧师儿子。她为自己倏然而来飘然而逝的某种好奇意识所吸引，吃了点惊。她望望天空，一颗流星正划空而逝，于是轻轻的轻轻的自言自语说道："逝去的，也就完事了。"

但记忆中那颗流星，还闪着悦目的光辉。"强一些，方有光辉！"她微笑了，因为她自觉是极强的。然而在意识之外，就潜伏了一种欲望，这欲望是隐秘的，方向是暧昧的。

左拉在他的某篇小说上，曾提及一个贞静的女人，拒绝了所有向她献媚输诚的一群青年绅士，逃到一个小乡村后，却坦然尽一个粗卤的农夫，在冒昧中吻了她的嘴唇同手足。骄傲的妇人厌倦轻视了一切柔情，却能在强暴中得到快感。

她记起了左拉那篇小说。那作品中从前所不能理解的，现在完全理解了。倘若有那么凑巧的遭遇，她也将如故事所说，“毫不拒绝的躺到那金黄色稻草积上去。”固执的热情，疯狂的爱，火焰燃烧了自己后还把另外一个也烧死，这爱情方是爱情！

但什么地方有这种农夫？所有的农夫皆大半饿死了。这里则面前只是一片砂，一片海。

民族衰老了，为本能推动而作成的野蛮事，也不会再发生了。都市中所流行的，只是为小小利益而出的造谣中伤，与为稍大利益而出的暗杀诱捕。恋爱则只是一群阉鸡似的男子，各处扮演着丑角喜剧。

她想起十个以上的丑角，温习这些自作多情的男子各种不得体的爱情，不愉快的印象。

她走着，重复又想着那个不识面的牧师儿子。这男子，十七岁的女子还只想为他自杀哩，骄傲的人！

流星，就是骑了这流星，也应当把这种男子找到，看他的骄傲，如何消失到温柔雅致体贴亲切的友谊应对里。她记着先前一时那颗流星。

日光出来了，烧红了半天。海面一片银色，为薄雾所包裹。

早日正在融解这种薄雾。清风吹人衣袂如新秋样子。

薄雾渐渐融解了，海面光波耀目，如平敷水银一片，不可逼视。

炫目的海需要日光，炫目的生活也需要类乎日光的一种东西。这东西在青年绅士中既不易发现，就应当注意另外一处！

当天那集会里应当有她主演的一个戏剧，时间将届时，各处找寻这个人，皆不能见到。有人疑心她或在海边出了事，海边却毫无征兆可得。于是有人又以可笑的测度，说她或者走了，离开这里了，因此赴她独自占据的小帐幕中去寻觅，一点简单行李虽依然在帐幕里，却有个小小字条贴在撑柱上，只说：“我不高兴再到这里，我走了，大家还是快乐的打发这个假期吧。”大家方明白这人当真走了。

也像一颗流星，流星虽然长逝了，在人人心中，却留下一个光辉夺目的记号。那件事在那个消夏会中成为一群人谈论的中心，但无一个人明白这标致出众的女人，为什么忽然独自走去。

日头出自东方，她便向东方注意，坐了法国邮船向中国东部海岸走去。她想找寻使她生活放光同时他本身也放光的一种东西。她到了属于北国的东方另一海滨。

那里有各地方来的各样人。有久住南洋带了椰子气味的美国水兵，有身穿宽博衣裳的三岛倭人，有流离异国的北俄，有庞然大腹由国内各处跑来的商人政客，有……

她并不需要明白这些。她住到一个滨海著名旅馆中后，每日皆默默的躺到海滩白沙大伞下眺望着大海太空的明蓝。她正在用北海风光，洗去留在心上的南海厌人印象。她在休息。她在等待。

有时赁了一匹白马，到山上各处跑去，或过无人海浴处，沿了潮汐退尽的砂滩上跑去。有时又一人独自坐在一只小艇内，慢慢的摇着小桨，把船划到离岸远到三里五里的海中，尽那只小艇在一汪盐水中漂流荡漾。

陌生地方陌生的人群，却并不使她感到孤寂。在清静无扰孤独生活中，她有了一个同伴，就是她自己的心。

当她躺在砂上时，她对自然与对本性，皆似乎多认识了一些。她看一切，听一切，分析一切，皆似乎比先前明澈一些。

尤其使她愉快的，便是到了这地方来，若干游客中，似乎并无一个人明白她是谁。虽仿佛有若干双陌生的眼睛，每日皆可在砂滩中无意相碰，她且料想到，这些眼睛或者还常常在很远处与隐避处注视到她，但却并无什么麻烦。一个女子即或如何厌烦男子，在意识中，也仍然常常有把这种由于自己美丽使男子现出种种蠢像的印象，作为一种秘密悦乐的时节。我们固然不能欢喜一个嗜酒的人，但一个文学者笔下的酒徒，却并不使我们看来皱眉。这世界上，也正有若干种为美所倾倒的人类可怜悯的姿态，玩味起来令人微笑！

划船是她所擅长的运动，青岛的海面早晚尤宜于轻舟浮泛。有一天她独自又驾了那白色小艇，打着两桨，沿海向东驶去。

东方为日头所出的地方，也应当有光明热烈如日头的东西，等待在那边。可是所等待的是什么？

在东方除了两个远在十哩[①]以外金字塔形的岛屿以外，就只一片为日光镀上银色的大海。这大海上午是银色，下午则成为蓝色，放出蓝宝石的光辉。一片空阔的海，使人幻想无边的海。

东边一点，还有两个海湾，也有砂滩，可以作海水浴，游人却异常稀少。

她把船慢慢的划去，想到了第三个海湾时为止。她欢喜从船上看海边景物。她欢喜如此寂寞的玩着，就因她早为热闹弄疲倦了。

当船摇到离开浴场约两哩左右，将近第三海湾，接近名为太平角的山岨时，海上云物奇幻无方，为了看云，忘了其他事情。

盛夏的东海，海上有两种希奇的境界，一是自海面升起的阵云，白雾似的成团成饼从海上涌起，包裹了大山与一切建筑；一是空中的云彩，五色相渲，尤以早晨的粉红细云与黄昏前绿色片云为美丽。至于中午则白云嵌镶于明蓝天空，特多变化，无可仿佛，又另外有一番惊人好处。

她看的是白云。

到后夏季的骤雨到了，夹以雷声电闪，向海面逼来，海面因之咆哮起来，各处是白色波帽，一切皆如正为一只人目难于瞧见的巨手所翻腾，所搅动。她匆忙中把船向近岸处尽力划去。她向一个临海岩壁下划去。她以为在那方面当容易寻觅一个安全地方。

那一带岩石的海岸，却正连续着有屋大的波浪，向岩石撞去，成为白沫。船若傍近，即不能不与一切同归于尽。

船离岩壁尚远，就倾覆了，她被波浪卷入水中后，便奋力泅着。

头上是骤雨与吓人的雷声，身边是黑色愤怒的海，她心想：“这不是一个坏经验！”她毫不畏怯，以为自己的能力足够支持下

---

① 英里旧也作哩。

去，不会有什么不幸。她仍然快乐的向前泅去。

她忽然记起岩壁下海面的情形，若有船只，尚可停泊，若属空手，恐怕无上岸处，故重复向海中泅去，再看看方向，观察从某一方泅去，可以省事一些，方便一些。

她发现了她应当向东泅去，则可在第二海湾背风的一面上岸。

她大约还应泅半哩左右。她估计她自己能力到岸有剩余，故她毫不忙乱。

但到后离岸只有二百米左右时，她的气力已不济事了，身体为大浪所摇撼，她感觉疲倦，以为不能拢岸，行将沉入海底了。

她被波浪推动着。

她把方向弄迷胡了，本应当再向东泅去，忽又转向南边一点泅去。再向南泅去，她便将为浪带走，摔碎到岩石上。

当她在海面挣扎中，被一只强而有力的手臂攫住头发，带她向海岸边泅去时，她知道她已得了救助，她手脚仍然能够拍水分水，口中却喑哑无言，到了岸时便昏迷了。那人把她抱上了岸，尽她俯伏着倒出了些咸水，后来便让她卧下，蹲在她身边抚摩着手心。

她慢慢的清楚了。张开两只眼睛，便看到一个黑脸长身青年俛伏在她身边。她记起了前一时在水中种种情形，便向那身边陌生男子孱弱的笑着，作的是感谢的微笑。她明白这就是救她出险的男子，她想起来，男子却把手摇着，制止了她。男子也微笑着，也感谢似的微笑着，因为他显然在这件事情上得到了最大的快乐。

她闭上眼睛时，就看到一颗流星，两颗流星。这是流星还是一个男孩子纯洁清明的眼睛呢？

她迷胡着。

重新把眼睛睁开时，那陌生青年男子因避嫌已站远了一些了。她伸出手去招呼他。且让他握着那只无力的手。于是两人皆微笑着。一句“感谢”的话语融解成为这种微笑，两人皆觉得感谢。

年青人似乎还刚满二十岁，健全宽阔的胸脯，发育完美的四肢，尖尖的脸，长长的眉毛，悬胆垂直的鼻头，带着羞怯似的美丽嘴唇，无一不见得青春的力与美丽。

行雨早过了，她望着那男子身后天空，正挂着一条长虹。女人说：

“先生，这一切真美丽！”

那男子笑了，也点头说：

“是的，太美丽了。”

“谢谢你，没有你来带我一手，我这时一定沉到这美丽海底，再不能看到这种好景致了。为什么我在海中你会见到？”

“我也划了一只小船来的，我看看云彩，知道快要落雨了，就把船泊近岸边去。但我见到你的白船，我从草帽上知道您是个小姐，我想告你一下，又不知道如何呼喊你。到后雨来了，我眼看着你把船尽力向岸边划来，大声告你不能向那边岩壁下划去，你却不能听到。我见你把船向岩边靠拢，知道小船非翻不可，果然一会儿就翻了，我才从那边跳下来找你。”

“你冒了险作这件事，是不是？”

男子笑着，承认了自己的行为。

“你因为看清楚我是个女人，因此那么勇敢从悬岩上跃下把我救起，是不是？”

那男子羞怯似的摇着头，表示承认也同时表示否认。

“现在我们已经成为朋友了，请告我些你自己的事情吧，我希望多知道些。譬如说，你住在什么地方？在什么学校念书？家里有些什么人？家中人谁对你最好？谁最有趣？你欢喜读的书是哪几本？”

“我姓梅，……”

“得了，好朋友是用不着明白这些的。这对我们友谊毫无用处。你且告我，你能够在这一江咸水里尽你那手足之力，泅得多远？”

“我就从不疲倦过。”

“你欢喜划船吗？”

“我有时也讨厌这些船。”

“你常常是那么一个人把船划到海中玩着吗？”

“我只是一个人。”

“我到过南方。你见不见到过南方的大棕榈树同凤尾草?”

“我在黑龙江黑壤中长大的。”

“那么你到过北京城了。”

“我在北京城受的中学教育。”

“你不讨厌北京吗?”

“我欢喜北京。”

“我也欢喜北京。”

“北京很好。”

“但我看得出你同别的人欢喜北京不同。别人以为北京一切是旧的，一切皆可爱。你必定以为北京罩在头上那块天，踏在脚下那片地，四面八方卷起黄尘的那阵风，一些无边无际那种雪，莫不带点儿野气。你是个有野性的人，因此欢喜它，是不是?”

这精巧的阿谀使年青男子十分愉快。他说：

“是的，我当真那么欢喜北京，我欢喜那种明朗粗豪风光。”

女子注意到面前男子的眉目口鼻，心中想说：“这是个小雏儿，不济事，一点点温柔就会把这男子灵魂高举起来！你并不欢喜粗野，对于你最合适的，恐怕还是柔情！”

但这小雏儿虽天真却不俗气。她不讨厌他。她向他说：

“你傍我这边坐下来，我们再来谈谈一点别的问题，会不会妨碍你?你怕我吗?”

青年人无话可说，只好微带腼腆站近了一点，又把手遮着额部，眺望海中远处，吃惊似的喊着：

“我们的船并不在海中，一定还在岩壁附近。”

他们所在的地方，已接近砂滩，为一个小阜上，却被树林隔着了视线，左边既不能见着岩壁，右边也看不到砂滩，只是前面一片海在脚下展开。年青男子走过左边去，不见什么，又走过右边去，女人那只白色小艇正斜斜的翻卧在砂滩上，赶忙跑回来告给女人。

女的口上说“船坏了并不碍事”，心中却想着：“应当有比这小船儿更坚固结实的‘小船’，容载这个心，向宽泛无边的人海中摇去！”她看看面前，却正泊着一只理想的小船。强健的胳膊，强健的灵魂，一切皆还不曾为人事所脏污。如若有所得的微笑着，她几乎是本能地感到了他们的未来一切。

她觉得自己是美丽的，且明白在面前一个人眼光中，她几乎是太美丽了。她明白他曾又怯又贪注意过她的身体每一部分。她有些羞恧，但她却不怕他也不厌烦他。

他毫无可疑，只是一个大学一年生，一切兴味同观念，就是对女人的一分知识，也不会离开那一年级生的限制。他读书并不多，对于人生的认识有限，他慢慢的在学习都市中人的生活，他也会成为庸碌而无个性的城市中人。她初初看他，好像全不俗气，多谈了几句话，就明白凡是高级中学所灌输给学生的那分坏处，这个人也完全得到他应得的一分。但不知怎么样的希奇原因，这带着乡下人气氛的男子，单是那点野处单纯处，使她总觉得比绅士有意思些。他并不十分聪明，但初生小犊似的，天下事什么都不怕的勇气，仿佛虽不使他聪明，却将令他伟大。真是的，这孩子可以伟大起来！

她问他：

“你每天洗海水浴吗？”

他点着头。她又问：

“你什么时候离开这海滨？”

“我自己也不知道。”

“自己应当知道自己。想怎么样就怎么样，你难道不想么？”

“我想也没有用处。”

“你这是小孩子说法，还是老头子说法？小孩子，相信爸爸，因为家中人管束着他，可以那么说。老头子相信上帝，因为一切事以为上帝早有安排，常常也不去过分折磨自己情感。你……”

女的说到这里时，她眼看着身边那一个有一分害羞的神气，她就不再说下去了。她估计得出他不是个“老头子”。她笑了。

那男子为了有人提说到小孩与老人，意思正像请他自行挑选，他便不得不说出下面的话语。

“我跟了我爸爸来的。我爸爸在××部里作参事，有人请我们上崂山去，我在山上住了两天厌倦了，独自跑回来了，爸爸还在山上作诗！”

“你爸爸会作诗吗？”

“他是诗人，他同梁任公夏××曾……”

“啊，你是××先生的少爷吗？”

“你认识我爸爸吗？”

“在××讲演时我见过一次，我认得他，他不认识我。”

“你愿不愿意告给我……”

女的想起了自己来此本不愿意另外还有人知道她的打算了，她实极不愿意人家知道她是××总长的小姐，她尤其不愿意想傍近她的男子，知道她是个百万遗产的承继人。现在被问到时，她一时不易回答，就把手摇着，且笑着，不许男的询问。且说：

“崂山好地方，你不欢喜吗？”

“我怕寂寞。”

“寂寞也有寂寞的好处，它使人明白许多平常所不明白的事情。但不是年青人需要的，人年纪轻轻的时节，只要的是热闹生活，不会在寂寞中发现什么的。”

“你样子像南方人，言语像北方人。”

“我的感情呢，什么都不像。”

“我似乎在什么地方见过你。”

“这是句绅士说的话，绅士看到什么女人，想同她要好一点时，就那么说，其实他们在过去任何一时都不曾见到。他那句话意思也不过是说‘我同你熟了’或‘看你使人舒服’罢了。你是不是这意思？”

男的有点羞怯了，把手去抓取身边小石子，奋力向海中掷去，要说什么又不好说，不敢说。其实他记忆若好一点，就能够说得出他在某种画报上看到过她的相片。但他如今一时却想不起。女的希望他活泼点，自由点，于是又说：

“我们应当成为很好的朋友，你说，我是怎么样一种人？”

男的说：

“我不知道你是怎么样身分的人，但你实在是个美人!”

听到这种不文雅的赞美，女的却并不感觉怎样难堪。其实他不必说出来，她就知道她的美丽早已把这孩子眼目迷乱了。这时她正躺着，四肢匀称柔和，她穿的原是一件浴衣，浴衣外面再罩了一件白色薄绸短褂。这短褂落水时已弄湿，紧紧的贴着身体，各处襞皱着。她这时便坐了起来，开始脱去那件短褂，拧去了水，晾到身边有太阳处去。短褂脱掉后，这女人发育合度的肩背与手臂，以及那个紧束在浴衣中典型的胸脯，皆收入了男子的眼底。

男子重新拾起了一粒石子，奋力向海中抛去，仿佛那么一来，把一点引起妄想的东西同时也就抛入了海中。他说：“得把它摔得极远极远，我会作这件事!”但石子多着，他能摔尽吗?

女的脱掉短褂后，站起来活动了一下四肢，也拾起了一粒石子向海中摔去，成绩似乎并不出色，女的便解嘲一般说道：

“这种事我不成，这是小孩子作的事!”

两人想起了那只搁在浅滩上的小船，便一同跑下去看船，从水中拉起搁到砂上，且坐在那船边玩。玩得正好，男的忽向先前两人所在的小阜上跑去，过一会，才又见他跑回来，原来他为的是去拿女人那件短褂！把短褂拿来时晾到船边，直到这时两人似乎才注意到这个男子身上所穿的衣服，不是入水的衣服。这男孩子把船从浴场方面绕过炮台摇来时，本不预备到水中去，故穿的是一件白色翻领衬衫，一件黄色短裤。当时因为匆忙援救女子，故从岩壁上直向海中跳下，后来虽离了险境，女子苏醒了，只顾同她谈话，把自己全身也忘记了。

若干时以来，湿衣在身上还裹着，这时女子才说：

“你衣全湿了，不好受吧。”

“不碍事。”

“你不脱下衣拧拧吗?”

“不碍事，晒晒就干了。”

男子一面用木枝画着砂土，一面同女子谈了很多的话。他告给她，关于他自己过去未来的事情，或者说得太多了些，把不必说到的也说到了，故后来女人就问他是不是还想下海中去游泳一阵。他说他可以把小船送她回到惠泉浴场去，她却告他不必那么费事，因为她的船是旅馆的，走到前面去告给巡警一声，就不再需要照料了。她自己正想坐车回去。

其实她只是因为同这男子太接近了，无从认清这男子。她想让他走后，再来细细玩味一下这件凑巧的奇遇。

她爬上小阜去，眼看到那男孩子上了船，把船摇着离开了海岸后，这方面摇着手，那方面也摇着手，到后船转过峭壁不见了，她方重新躺下，甜甜的睡了一阵。

他们第二天又在浴场中见了面。

他们第三天又把船沿海摇去，停泊在浴人稀少的长砂旁小湾里，在原来树林里玩了半天。分别时，那女孩子心想："这倒是很好的，他似乎还不知道说爱谁，但处处见得他爱我！"她用的是快乐与游戏心情，引导这个男孩子的感情到了一个最可信托的地位。她忘了这事情的危险。弄火的照例也就只因为火的美丽，忘了一切灼手的机会。

那男孩子呢？他欢喜她。他在她面前时，又活泼，又年青，离开她时，便诸事毫无意绪。他心乱了。他还不会向她说他爱了她，他并不清楚什么是爱。

她明白他是不会如何来说明那点心中烦乱的爱情的，她觉得这些方面美丽处，永远在心上构成一条五色的虹。

但两人在凑巧中成了朋友，却仍然在另一凑巧中发生了点误会，终于又离开了。

（一个极长的冬天）

那年秋天他转入了北京的工业大学理科。她也到了北京入了燕京大学的文科二年级。

他们仍然见了面。她成了往日在南海之滨所见到的一个十七岁女孩子，非得到那个男孩子不成了。

她爱了他。他却因为明白了她就是一个官僚的女儿，且从一些不可为据的传闻上，得到这个女人一些故事，他便尽避着她。

年龄同时形成两人间一重隔阂，女人却在意外情形中成为一个失恋者。在各样冷淡中她仍然保持到她那分真诚。至于他呢？还只是一个二十一岁的孩子，气概太强了点，太单纯了点，只想在化学中将来能有一分成就，对于国家有所贡献。这点单纯处使他对于恋爱看得与平常男子不同了。事实上他还是个小孩子，有了信仰，就不要恋爱了。

如此在一堆无多精彩的连续而来的日子中，打发了将近一千个日子。两人只在一分亲切友谊里自重的过下去。

到后却终于决裂了。女人既已毕了业，且在那个学校研究院过了一年，他也毕业了。她明白这件事应当有一个结束，她便结束了这件事，告给他，她已预备过法国去。那男的只是用三年来已成习惯的态度，对于她所说的话表示同意。他到后却告她，他只想到上海一家酸类工厂做助理技师，积了钱再出国读书。

她告他只要他想读书，她愿意他把她当个好朋友，让她借给他一笔钱。他就说他并不想这样读书，这种读书毫无意思。

他们另外还说了别的，这骄傲美丽的男子，差不多全照上面语气答复女子。

她到后便什么话也不说，只预备走了。

他恰好于这时节在实验室中了毒。

后来入了医院，成为协和医院病房中一位住院者，病房中病人床边那张小椅子上，便常常坐了那个女子。

人在病中性情总温柔了些。

他们每天温习三年前那海上一切，这一片在各人印象中的海，颜色鲜明，但两人相顾，却都不像从前那么天真了。这病对于女人给了许多机会，使女人的柔情，在各种小事上，让那个躺在白色被单里的病人，明白它，领会它。

（春天，有雪微融的春天。不，黄叶作证，这不是春天！）

一辆汽车停顿在西山饭店前门土地上，出来了一个男子，一个硕长俊美的男子，一个女人，一个穿了绿色丝质长袍的女人，两人看了三楼一间明亮的房间。一会儿，汽车上的行李，一个黄衣箱，一个黑色打字机小箱，从楼下搬来时，女人告给穿制服的仆役，嘱告汽车夫，等一点钟就要下山。

过了一点钟后，那辆汽车在八里庄坦平官道上向城中跑去时，却只是一辆空车。

…………

…………

将近黄昏时，男子拥了薄呢大衣，伴同女人立定在旅馆屋顶石栏杆边，望一抹轻雾流动于山下平田远村间，天上有赪霞如女人脸腼，天空东北方角隅里，现出一粒星星，一切皆如梦境。旅馆前面是上八大处的大道，山道上正有两个身穿中学生制服的女孩子，同一个穿翻领衬衣黄色短裤的男子，向旅馆看门人询问上山过某处的道路。一望而知这些年青人皆是从城中结伴上山来旅行的。

女人看看身旁久病新瘥的男子，轻轻的透了口气。

去旅馆大约半里远近，有一个小小山阜，阜上种的全是洋槐，那树林浴在夕阳中，黄色的叶子更觉得耀人眼目。男子似乎对于这小阜发生了兴味，向女人说：

“我们到那边去看看好不好？”

女人望了一望他的脸儿，便轻轻的说：

“你不是应当休息吗？”

“我欢喜那个小山。”男的说，“这山似乎是我们的……”

“你不能太累！”女的虽那么说，却侧过了身，让男的先走。

“我精神好极了，我们去玩玩，回来好吃饭。”

两人不久就到了那山阜树林。这里一切恰恰同数年前的海滨地方一样，两人走进树林时，皆有所惊讶，不约而同急促的举步穿过树林，仿佛树林尽处，即是那片变化无方的大海。但到了树林尽头处，方明白前面不是大海，却只是一个私人的坟地。女的一见坟地，为之一怔，站着发了痴。男的却不注意到这坟地，只愉快的笑着。因为更远处，夕阳把大地上一切皆镀了金色，奇景当前，有不可形容的瑰丽。

男子似乎走得太急促了一些，已微微作喘，把手递给女子后，便问女子这地方像不像一个两人十分熟习的地方。她听着这个询问时，轻微的透了一口气，勉强笑着，用这个微笑掩饰了自己的感情。

“回忆使人年轻了许多。”男的自语的说着。

但那女的却自心中回答着：“一个人用回忆来生活，显见得这人生活也只剩下些残余渣滓了。”

晚风轻轻的刷着槐树，黄色叶子一片一片落在两人身上与脚边，男子心中既极快乐，故意作成感慨似的说：

“夏天过了，春天在夏天的前面，继着夏天而来的是秋天。多美丽的秋天！”

他说着，同时又把眼睛望着有了秋意的女人的眼、眉、口、鼻。她的确是美丽的，但一望而知这种美丽不是繁花压枝的三月，却是黄叶藉地的八月。但他现在觉得她特别可爱，觉得那点妩媚处，却使她超越了时间的限制，变成永远天真可爱，永远动人吸人的好处了。他想起了几年来两人间的关系，如何交织了眼泪与微笑。他想起她因爱他而发生的种种事情。他想起自己，几年来如何被爱，却只是初初看来好像故意逃避，其实说来则只漫无理性的拒绝，便带了三分羞惭，把一只手向女人伸去，两人握着了手，眼睛对着眼睛时，他便抱歉似的轻轻的说：

“我快乐得很。我感谢你。”

女人笑了。瞳子湿湿的，放出晶莹的光。一面愉快的笑，一面似乎也正孤寂的有所思索，就在那两句话上，玩味了许久，也就正是把自己嵌入过去一切日子里去。

过了一会，女人说：

“我也快乐得很。”

“我觉得你年青了许多，比我在山东那个海边见你时还年青。”

“当真吗？”

“你看我的眼睛，你看看，你就明白你的美丽，如何反映在一个男子惊讶上！”

“但你过去并不为什么美丽所惊讶，也不为什么温柔所屈服。”

“我这样说过吗？”

“虽不这样说过，却有这样事实。”

他傍近了她，把另一只手轻轻的搭上她的肩部，且把头靠近她鬓边去。

“我想起我自己胡涂处，十分羞惭。”

她把脸掉过去，遮饰了自己的悲哀，却轻轻的说道：

“看，下面的村子多美！……”

男子同一个小孩子一样，走过她面前去，搜索她的脸，她便把头低下去，不再说话。他想拥抱她，她却向前跑了。前面便是那个不知姓氏的坟园短墙，她站在那里不动，他赶上前去把她两只手皆捏得紧紧的，脸对着脸，两人皆无话可说。两人皆似乎触着一样东西，喑哑了，不能用口再说什么了。

女的把一只白白的手摩着男的脸颊同胳膊：“冷不冷？夜了，我们回去。”男的不说什么，只把那只手拖过嘴边吻着。

两人默默的走回去。

到旅馆后，男的似乎还兴奋，躺在一张靠背椅上，女的则站在他的身边，带着亲切的神气，把手去抚男子的额部，且轻轻的问他：

“累不累？头昏不昏？”

男的便仰起头颅，看到女人的白脸，作将近第五十次带着又固执又孩气的模样说：

“我爱你。”

女的笑说：

“不爱既不必用口说我就明白，爱也可以无需乎用口说。”

男的说：

“还生我的气吗？”

女的说：

“生你什么气？生气有什么用处？”

两人后来在煤油灯下吃了晚饭。饭吃过后，女的便照医生所嘱咐的把两种药水混合到一个小瓶子里，轻轻的摇了一会，再倒出到白磁杯子里去。

服过了药，男的躺在床上，女的便坐在床边，同他来谈说一切过去事情。

两人谈到过去在海边分手那点误会时，男的向女的说：

“……你不是说过让我另外给你一个机会，证明你是个什么样的人吗？我问你，究竟是什么样的机会？”

女的不说什么，站起了一下，又重复坐下去，把脸贴到男的脸边去。男的只觉得香气醉人，似乎平时从不闻过这种香味。

第二天早上约莫八点钟，男的醒来时，房中不见女人，枕头边有个小小信封，一个外面并不署名，一拈到手中却知道有信件在里面的白色封套。撕去了那个信封的纸皮，里面果然有一张写了字的白纸，信上写着：

> 我不知为什么，总觉得走了较好，为了我的快乐，为了不委屈我自己的感情，我就走了。莫想起一切过去有所痛苦，过去既成为过去，也值不得把感情放在那上面去受折磨。你本来就不明白我的。我所希望的，几年来为这点心愿经验一切痛苦，也只是要你明白我。现在你既然已明白我，而且爱了我，为了把我们生命解释得更美一些，我走了，当然比我同你住下去较好的。
>
> 你的药已配好，到时照医生说的方法好好吃完，吃后仍然安静的睡觉。学做个男子，学做个你自己平时以为是男子的模样，不必大惊小怪，不必让旅馆中知道什么。

希望你能照往常一样，不必担心我的事情。我并不是为了增加你的想念而走的。我只觉得我们事情业已有了一个着落，我应当走，我就走了。

愿天保佑你

如蕤留

把信看完后，他赶忙揿床边电铃，听差来了，他手中还捏着那个信，躺在床上，本想询问那听差的，同房女人什么时候下的山，但一看到听差，却不做声，只把头示意，要他仍然出去。听差拉上了门出去后，他伸手去攫取那个药瓶，药瓶中的白汁，被振荡时便发着小小泡沫。

他望着这些泡沫在振荡静止以后就消灭了，便继续摇着。他爱她，且觉得真爱了她。

1933年6月在青岛写成

月下小景

初八的月亮圆了一半，很早就悬到天空中。傍了××省边境由南而北的横断山脉长岭脚下，有一些为人类所疏忽、历史所遗忘的残余种族聚集的山寨。他们用另一种言语，用另一种习惯，用另一种梦，生活到这个世界一隅，已经有了许多年。当这松杉挺茂嘉树四合的山寨，以及寨前大地平原，整个为黄昏占领了以后，从山头那个青石碉堡向下望去，月光淡淡的洒满了各处，如一首富于光色和谐雅丽的诗歌。山寨中，树林角上，平田的一隅，各处有新收的稻草积，以及白木做成的谷仓。各处有火光，飘扬着快乐的火焰，且隐隐的听得着人语声，望得着火光附近有人影走动。官道上有马项铃清亮细碎的声音，有牛项下铜铎沉静庄严的声音。从田中回去的种田人，从乡场上回家的小商人，家中莫不有一个温和的脸儿等候在大门外。厨房中莫不预备得有热腾腾的饭菜与用瓦罐炖热的家酿烧酒。

薄暮的空气极其温柔，微风摇荡的大气中，有稻草香味，有烂熟了山果香味，有甲虫类气味，有泥土气味。一切在成熟，在开始结束一个夏天阳光雨露所及长养生成的一切。一切光景具有一种节日的欢乐情调。

柔软的白白月光，给位置在山岨上石头碉堡画出一个明明朗朗的轮廓，碉堡影子横卧在斜坡间，如同一个巨人的影子。碉堡缺口处，迎月光的一面，倚着本乡寨主独生儿子傩佑，傩神所保佑的儿子，身体靠定石墙，眺望那半规新月，微笑着思索人生苦乐。

“……人实在值得活下去，因为一切那么有意思，人与人的战争，心与心的战争，到结果皆那么有意思。无怪乎本族人有英雄追赶日月的故事。因为日月若可以请求，要它停顿在哪儿时，它便停顿，那就更有意思了。”

这故事是这样的：第一个××人，用了他武力同智慧得到人世一切幸福时，他还觉得不足，贪婪的心同天赋的力，使他勇往直前去追赶日头，找寻月亮，想征服主管这些东西的神，勒迫它们在有爱情和幸福的人方面，把日子去得慢一点，在失去了爱，心子为忧愁失望所啮蚀的人方面，把日子又去得快一点。结果这贪婪的人虽追上了日头，却被日头的热所烤炙，在西方大泽中就渴死了。至于日月呢，虽知道了这是人类的欲望，却只是万物中之一的欲望，故不理会。因为神是正直的，不阿其所私的，人在世界上并不是唯一的主人，日月不单为人类而有。日头给一切生物热和力，月亮给一切虫类唱歌和休息，用这种歌声与银白光色安息劳碌的大地。日月虽仍然若无其事的照耀着整个世界，看着人类的忧乐，看着美丽的变成丑恶，又看着丑恶的称为美丽，人类太进步了一点，比一切生物智慧较高，也比一切生物更不道德。既不能用严寒酷热来困苦人类，又不能不将日月照及人类，故同另一主宰人类心的创造的神，想出了一个办法，就是使此后快乐的人越觉得日子太短，使此后忧愁的人越觉得日子过长，人类既然凭感觉来生活，就在感觉上加给人类一种处罚。

这故事有作为月神与恶魔商量结果的传说，就因为恶魔是在夜间出世的。人都相信这星月亮作成的事，与日头毫无关系。凡一切人讨论光阴去得太快或太慢时，却常常那么诅咒：“日子，滚你的去罢，”痛恨日头而不憎恶月亮。土人的解释，则为人类性格中，慢慢的已经神性渐少，恶性渐多。另外就是月光较温柔，和平，给人以智慧的冷静的光，却不给人以坦白直率的热，因此普遍生物都欢喜日光，人类中却常常诅咒日头。约会恋人的，走夜路的，做夜工的，皆觉得月光比日光较好。在人类中讨厌月光的只是盗贼，本地方土人中却无盗贼，也缺少这个名词。

这时节，这一个年纪还刚满二十一岁的寨主独生子，由于本身的健康，以及从另一方面所获得的幸福，对头上的月光正满意的会心微笑，似乎月光也正对了他微笑。傍近他身边，有一堆白色东西。这是一个女孩子，把她那长发散乱的美丽头颅，靠在这年青人的大腿上，把它当作枕头安静无声的睡着。女孩子一张小小的尖尖的白脸，似乎被月光漂过的大理石，又似乎月光本身。一头黑发，如同用冬天的黑夜作为材料，由盘据在山洞中的女妖亲手纺成的细纱。眼睛，鼻子，耳朵，同那一张产生幸福的泉源的小口，以及颊边微妙圆形的小涡；如本地人所说的藏吻之巢窝，无一处不见得是神所着意成就的工作。一微笑，一瞅眼，一转侧，都有一种神性存乎其间。神同魔鬼合作创造了这样一个女人，也得用侍候神同对付魔鬼的两种方法来侍候她，才不委屈这个生物。

女人正安安静静的躺在他的身边，一堆白色衣裙遮盖到那个修长丰满柔软温香的身体，这身体在年轻人记忆中，只仿佛是用白玉、奶酥、果子同香花调和削筑成就的东西。两人自日里来此，女孩子在日光下唱歌，在黄昏里与落日一同休息，现在又快要同新月一样苏醒了。

一派清光洒在两人身上，温柔的抚摩着睡眠者全身。山坡下是一部草虫清音繁复的合奏。天上那规新月，似乎在空中停顿着，长久还不移动。

幸福使这个孩子轻轻的叹息了。

他把头低下去，轻轻的吻了一下那用黑夜搓成的头发，接近那魔鬼手段所成就的东西。

远处有吹芦管的声音。有唱歌声音。身近旁有斑背萤，带了小小火把，沿了碉堡巡行，如同引导得有小仙人来参观这古堡的神气。

当地年青人中唱歌圣手的傩佑，唯恐惊了女人，惊了萤火，轻轻的轻轻的唱：

龙应当藏在云里，
你应当藏在心里。
…………

女孩子在迷胡梦里，把头略略转动了一下，在梦里回答着：

我灵魂如一面旗帜，
你好听歌声如温柔的风。

他以为女孩子已醒了，但听下去，女人把头偏向月光又睡去了。于是又接着轻轻的唱道：

人人说我歌声有毒，
一首歌也不过如一升酒使人沉醉一天，
你那敷了蜂蜜的言语，
一个字也可以在我心上甜香一年。

女孩子仍然闭了眼睛在梦中答着：

不要冬天的风，不要海上的风，
这旗帜受不住狂暴大风。
请轻轻的吹，轻轻的吹；
（吹春天的风，温柔的风，）
把花吹开，不要把花吹落。

小寨主明白了自己的歌声可作为女孩子灵魂安宁的摇篮，故又接着轻轻的唱道：

有翅膀鸟虽然可以飞上天空，
没有翅膀的我却可以飞入你的心里。
我不必问什么地方是天堂，
我业已坐在天堂门边。

女孩又唱：

身体要用极强健的臂膀搂抱，
灵魂要用极温柔的歌声搂抱。

寨主的独生子傩佑，想了一想，在脑中搜索话语，如同宝石商人在口袋中搜索宝石。口袋中充满了放光炫目的珠玉奇宝，却因为数量太多了一点，反而选不出那自以为极好的一粒，因此似乎受了一点儿窘。他觉得神祇创造美和爱，却由人来创造赞誉这神工的言语。向美说一句话，为爱下一个注解，要适当合宜，不走失感觉所及的式样，不是一个平常人的能力所能企及。

“这女孩子值得用龙朱的爱情装饰她的身体，用龙朱的诗歌装饰她的人格。”他想到这里时，觉得有点惭愧了，口吃了，不敢再唱下去了。

歌声作了女孩子睡眠的摇篮，所以这女孩子才在半醒后重复入梦。歌声停止后，她也就惊醒了。

他见到女孩子醒来时，就装作自己还在睡眠，闭了眼睛。女孩从日头落下时睡到现在，精神已完全恢复过来，看男子还依靠石墙睡着，担心石头太冷，把白羊毛披肩搭到男子身上去后，傍了男子靠着。记起睡时满天的红霞，望到头上的新月，便轻轻的唱着，如母亲唱给小宝宝听催眠歌。

睡时用明霞作被，
醒来用月儿点灯。

寨主独生子哧的笑了。

“…………”

“…………”

四只放光的眼睛互相瞅着，各安置一个微笑在嘴角上，微笑里却写着白日中两个人的一切行为，两人似乎皆略略为先前一时那点回忆所羞了，就各自向身旁那一个紧紧的挤了一下，重新交换了一个微笑。两人发现了对方脸上的月光那么苍白，于是齐向天上所悬的半规新月望去。

远远的有一派角声与锣鼓声，为田户巫师禳土酬神所在处。两人追寻这快乐声音的方向，于是向山下远处望去。远处有一条河。

“没有船舶不能过那条河，没有爱情如何过这一生？”

“我不会在那条小河里沉溺，我只会在你这小口上沉溺。”

两人意思仍然写在一种微笑里，用的是那么暧昧神秘的符号，却使对面一个从这微笑里明明白白，毫不含胡。远处那条长河，在月光下蜿蜒如一条带子，白白的水光，薄薄的雾，增加了两人心上的温暖。

女孩子说到她梦里所听的歌声，以及自己所唱的歌，还以为他们两人皆在梦里。经小寨主把刚才的情形说明白时，两人笑了许久。

女孩子天真如春风，快乐如小猫，长长的睡眠把白日的疲倦完全恢复过来，因此在月光下，显得如一尾鱼在急流清溪里，十分活泼。

只想说话，说的全是那些远无边际的、与梦无异的，年青情人在狂热中所能说的胡涂话、蠢话，皆完全说到了。

小寨主说：

“不要说话，让我好在所有的言语里，找寻赞美你眉毛头发美丽处的言语！”

“说话呢，是不是就妨碍了你的谄谀？一个有天分的人，就是谄谀也显得不缺少天分！”

“神是不说话的。你不说话时像……”

“还是做人好！你的歌中也提到做人的好处！我们来活活泼泼的做人，这才有意思！”

“我以为你不说话就像何仙姑的亲姊妹了。我希望你比你那两个姐姐还稍呆笨一点。因为呆笨一点，我的言语字汇里，才有可以形容你高贵处的文字。”

“可是，你曾同我说过，你也希望你那只猎狗敏捷一点。”

“我希望它灵活敏捷一点，为的是在山上找寻你比较方便，为我带信给你时也比较妥当一点。”

“希望我笨一点，是不是也如同你希望羚羊稍笨一样，好让你嗾使那只猎狗追我时，不至于使我逃脱？”

“好的音乐常常是复音，你不妨再说一句。”

“我记得到你也希望羚羊稍笨过。”

“羚羊稍笨一点，我的猎狗才可以赶上它，把它捉回来送你。你稍笨一点，我才有相当的话颂扬你！”

“你口中体面话够多了，你说说你那些感觉给我听听，说谎若比真实更美丽，我愿意听你那些美丽的谎话。”

“你占领我心上的空间，如同黑夜占领地面一样。”

“月亮起来时，黑暗不是就只占领地面空间很小很小一部分了吗？”

“月亮照不到人心上的。”

“那我给你的应当也是黑暗了。”

“你给我的是光明，但是一种炫目的光明，如日头似的逼人熠耀。你使我胡涂。你使我卑陋。”

“其实你是透明的，从你选择阿谀时，证明你的心现在还是透明的。”

“清水里不能养鱼，透明的心也一定不能积存辞藻。”

“江中的水永远流不完，人心中的话永远说不完。不要说了，一张口不完全是说话用的！”

两人为嘴唇找寻了另外一种用处，沉默了一会。两颗心同一的跳跃，望着做梦一般月下的长岭，大河，寨堡，田坪。芦笙声音似乎为月光所湿，音调更低郁沉重了一点。寨中的角楼，第二次擂了转更鼓。女孩子听到时，忽然记起了一件事。把小寨主那颗年青聪慧的头颅捧到手上，眼眉口鼻吻了好些次数，向小寨主摇摇头，无可奈何低低的叹了一声气。把两只手举起，跪在小寨主面前来梳理头上散乱了的发辫，意思想站起来，预备要走了。

小寨主明白那意思了，就抱了女孩子，不许她站起身来。

“多少萤火虫还知道打了小小火炬游玩，你忙些什么？走到什么地方去！”

“一颗流星自有它来去的方向，我有我的去处。”

“宝贝应当收藏在宝库里，你应当收藏在爱你的那个人家里。”

“美的都用不着家：流星，落花，萤火，最会鸣叫的蓝头红嘴绿翅膀的王母鸟，也都没有家的。谁见过人蓄养凤凰呢？谁能束缚月光？”

“狮子应当有它的配偶，把你安顿到我家中去，神也十分同意！”

“神同意的人常常不同意。”

“我爸爸会答应我这件事，因为他爱我。”

“因为我爸爸也爱我，若知道了这件事，会把我照××人规矩来处置。若我被绳子缚了沉到天坑里去时，那地方接连四十八根箩筐绳子还不能到底，死了，做鬼也找不出路来看你，活着做梦也不能辨别方向。”

女孩子是不会说谎的，××族人的习气，女人同第一个男子恋爱，却只许同第二个男子结婚。若违反了这种规矩，常常把女子用一扇小石磨捆到背上，或者沉入潭里，或者抛到天坑里。习俗的来源极古，过去一个时节，应当同别的种族一样，有认处女为一种有邪气的东西，地方族长既较开明，巫师又因为多在节欲生活中生活，故执行初夜权的义务，就转为第一个男子的恋爱。第一个男子因此可以得到女人的贞洁，就不能够永远得到她的爱情。若第一个男子娶了这女人，似乎对于男子也十分不幸。迷信在历史中渐次失去了它本来的意义，习俗却把古代规矩保持了下来。由于××守法的天性，故年青男女在第一个恋人身上，也从不作那长远的梦。“好花不能长在，明月不能长圆，星子也不能永远放光，”××人歌唱恋爱，因此也多忧郁感伤气分。常常有人在分手时感到“芝兰不易再开，欢乐不易再来”，两人悄悄逃走的。也有两人携了手沉默无语的一同跳到那些在地面张着大嘴、死去了万年的火山孔穴里去的。再不然，冒险的结了婚，到后被查出来时，就应当把女的向地狱里抛去那个办法了。

当地女孩子因为这方面的习俗无法除去，故一到成年，家庭即不大加以拘束，外乡人来到本地若喜悦了什么女子，使女子献身总十分容易。女孩子明理懂事一点的，一到了成年时，总把自己最初的贞操，稍加选择就付给了一个人，到后来再同自己钟情的男子结婚。男子中明理懂事的，业已爱上某个女子，若知道她还是处女，也将尽这女子先去找寻一个尽义务的爱人，再来同女子结婚。

但这些魔鬼习俗不是神所同意的。年青男女所作的事，常常与自然的神意合一，容易违反风俗习惯。女孩子总愿意把自己整个交付给一个所倾心的男孩子。男子到爱了某个女孩时，也总愿意把整个的自己换回整个的女子。风俗习惯下虽附加了一种严酷的法律，在这法律下牺牲的仍常常有人。

女孩子遇到了这寨主独生子，自从春天山坡上黄色棠棣花开放时，即被这男子温柔缠绵的歌声与超人壮丽华美的四肢所征服，一直延长到秋天，还极其纯洁的在一种节制的友谊中恋爱着。为了狂热的爱，且在这种有节制的爱情中，两人皆似乎不需要结婚，两人中谁也不想到照习惯先把贞操给一个人蹂躏后再来结婚。

但到了秋天，一切皆在成熟。悬在树上的果子落了地，谷米上了仓，秋鸡伏了卵，大自然为点缀了这大地一年来的忙碌，还在天空中涂抹了些无比华丽的色泽，使溪涧澄清，空气温暖而香甜，且装饰了遍地的黄花，以及在草木枝叶间敷上与云霞同样的炫目颜色。一切皆布置妥当以后，便应轮到人的事情了。

秋成熟了一切，也成熟了两个年青人的爱情。

两人同往常任何一天相似，在约定的中午以后，在这古碉堡上见面了。两人共同采了无数野花铺到所坐的大青石板上，并肩的坐在那里，山坡上开遍了各样草花，各处是小小蝴蝶，似乎对每一朵花皆悄悄嘱咐了一句话。向山坡下望去，入目远近皆异常恬静美丽。长岭上有割草人的歌声，村寨中有为新生小犊作栅栏的斧斤声，平田中有拾穗打禾人快乐的吵骂声。天空中白云缓缓的移，从从容容的流动，透蓝的天底，一阵候鸟在高空排成一线飞过去了，接着又是一阵。

两个年青人用山果山泉充了口腹的饥渴，用言语微笑喂着灵魂的饥渴。对日光所及的一切唱了上千首的歌，说了上万句的话。

日头向西掷去，两人对于生命感觉到一点点说不分明的缺处。黄昏将近以前，山坡下小牛的鸣声，使两人的心皆发了抖。

神的意思不能同习惯相合，在这时节已不许可人再为任何魔鬼作成的习俗加以行为的限制。理智即或是聪明的，理智也毫无用处。两人皆在忘我行为中，失去了一切节制约束行为的能力，各在新的形式下，得到了对方的力，得到了对方的爱，得到了把另一个灵魂互相交换移入自己心中深处的满足。到后来，两个人皆在战栗中昏迷了，喑哑了，沉默了。幸福把两个年青人在同一行为上皆弄得十分疲倦，终于两人皆睡去了。

男子醒来稍早一点，在回忆幸福里浮沉，却忘了打算未来。女孩子则因为自身是女子，本能的不会忘却××人对于女子违反这习惯的赏罚，故醒来时，也并未打算到这寨主的独生子会要她同回家去。两人的年龄都还只适宜于生活在夏娃亚当所住的乐园里，不应当到这“必需思索明天”的世界中安顿。

但两人业已到了向所生长的一个地方、一个种族的习惯负责时节了。

“爱难道是同世界离开的事吗？”新的思索使小寨主在月下沉默如石头。

女孩子见男子不说话了，知道这件事正在苦恼到他，就装成快乐的声音，轻轻的喊他，恳切的求他，在应当快乐时放快乐一点。

××人唱歌的圣手，

请你用歌声把天上那一片白云拨开。

月亮到应落时就让它落去，

现在还得悬在我们头上。

天上的确有一片薄云把月亮拦住了，一切皆朦胧了。两人的心皆比先前黯淡了一些。

寨主独生子说：

我不要日头，可不能没有你。

我不愿作帝称王，却愿为你作奴当差。

女孩子说：

“这世界只许结婚不许恋爱。”

“应当还有一个世界让我们去生存，我们远远的走，向日头出处远远的走。”

“你不要牛，不要马，不要果园，不要田土，不要狐皮褂子同虎皮坐褥吗？”

“有了你我什么也不要了。你是一切：是光，是热，是泉水，是果子，是宇宙的万有。为了同你接近，我应当同这个世界离开。”

两人就所知道的四方各处想了许久，想不出一个可以容纳两人的地方。南方有汉人的大国，汉人见了他们就当生番杀戮，他不敢向南方走。向西是通过长岭无尽的荒山，虎豹所据的地面，他不敢向西方走。向北是本族人的地面，每一个村落皆保持同一魔鬼所颁的法律，对逃亡人可以随意处置。只有东边是日月所出的地方，日头既那么公正无私，照理说来日头所在处也一定和平正直了。

但一个故事在小寨主的记忆中活起来了，日头曾炙死了第一个××人，自从有这故事以后，××人谁也不敢向东追求习惯以外的生活。××人有一首历史极久的歌，那首歌把求生的人所不可少的欲望、真的生存意义却结束在死亡里，都以为若贪婪这“生”只有“死”才能得到。战胜命运只有死亡，克服一切惟死亡可以办到。最公平的世界不在地面，却在空中与地底：天堂地位有限，地下宽阔无边。地下宽阔公平的理由，在××人看来是可靠的，就因为从不听说死人愿意重生，且从不闻死人充满了地下。××人永生的观念，在每一个人心中皆坚实的存在。孤单的死，或因为恐怖不容易找寻他的爱人，有所疑惑，同时去死皆是很平常的事情。

寨主的独生子想到另外一个世界，快乐的微笑了。

他问女孩子，是不是愿意向那个只能走去不再回来的地方旅行。

女孩子想了一下，把头仰望那个新从云里出现的月亮。

水是各处可流的，
火是各处可烧的，
月亮是各处可照的，
爱情是各处可到的。

说了，就躺到小寨主的怀里，闭了眼睛，等候男子决定了死的接吻。寨主的独生子，把身上所佩的小刀取出，在镶了宝石的空心刀把上，从那小穴里取出如梧桐子大小的毒药，含放到口里去，让药融化了，就度送了一半到女孩子嘴里去。两人快乐的咽下了那点同命的药，微笑着，睡在业已枯萎了的野花铺就的石床上，等候药力发作。

月儿隐在云里去了。

1932年9月作

1933年在青岛写成

柏　子

把船停顿到岸边，岸是辰州的河岸。

于是客人可以上岸了，从一块跳板走过去。跳板一端固定在码头石级上，一端搭在船舷，一个人从跳板走过时，摇摇荡荡不可免。凡要上岸的全是那么摇摇荡荡上岸了。

泊定的船太多了，沿岸泊，桅子数不清，大大小小随意矗到空中去。桅子上的绳索像纠纷到成一团，然而却并不。

每一个船头船尾全站得有人，穿青布蓝布短汗褂，口里噙了长长的旱烟杆，手脚露在外面让风吹，——毛茸茸的像一种小孩子想象中的妖洞里喽罗毛脚毛手。看到这些手脚，很容易记起“飞毛腿”一类英雄名称。可不是，这些人正是……桅子上的绳索挦定活车，拖拉全无从着手时，这些飞毛腿的本领，有的是机会显露！毛脚毛手所有的不单是毛，还有类乎钩子的东西，光溜溜的桅，只要一贴身，便飞快的上去了。为表示上下全是儿戏，这些年轻水手一面整理绳索，一面还将在上面唱歌，那一边桅上，也有这样人时，这种歌便来回唱下去。

昂了头看这把戏的，是各个船上的伙计。看着还在下面喊着。左边右边，不拘要谁一个试上去，全是容易之至的事，只是不得老舵手吩咐，则不敢放肆而已。看的人全已心中发痒，又不能随便爬上桅子顶尖去唱歌，逗其他船上媳妇发笑，便开口骂人。

“我的儿，摔死你！”

“我的孙，摔死了你看你还唱！”

“……”

全是无恶意而快乐的笑骂。

仍然唱，且更起劲了一点。但可以把歌唱给下面骂人的人听，当先若唱的是“一枝花”，这时唱的便是“众儿郎”了。“众儿郎”却依然笑嘻笑嘻的昂了头看这唱歌人，照例不能生气的。

可是在这情形中，有些船，却有无数黑汉子，用他的毛手毛脚，盘着大而圆的黑铁桶，从舱中滚出，也是那么摇摇荡荡跌到岸边泥滩上了。还有作成方形用铁皮束腰的洋布，有海带，有鱿鱼，有药材……这些东西同搭客一样，在船上舱中紧挤着卧了二十天或十二天，如今全应当登岸了。登岸的人各自还家，各自找客栈，各自吃喝，这些货物却各自为一些大脚婆子走来抱之负之送到各个堆栈里去。

在各样匆忙情形中，便正有闲之又闲的一类人在。这些人住到另一个地方，耳朵能超然于一切嘈杂声音以上，听出桅子上人的歌声，——可是心也正忙着，歌声一停止，唱歌地方代替了一盏红风灯以后，那唱歌的人便已到这听歌人的身边了。桅上用红灯，不消说是夜里了。河边夜里不是平常的世界。

落着雨，刮着风，各船上了篷，人在篷下听雨声风声，江波吼哮如癫子，船只纵互相牵连互相依靠，也簸动不止，这一种情景是常有的。坐船人对此决不奇怪，不欢喜，不厌恶，因为凡是在船上生活，这些平常人的爱憎便不及在心上滋生了。（有月亮又是一种趣味，同晚日与早露，各有不同。）然而他们全不会注意。船上人心情若必须勉强分成两种或三种，这分类方法得另作安排。吃牛肉与吃酸菜，是能左右一般水手心情的一件事。泊半途与湾口岸，这于水手们情形又稍稍不同。不必问，牛肉比酸菜合乎这类“飞毛腿”胃口，船在码头停泊他们也欢喜多了！

如今夜里既落小雨，泥滩头滑溜溜使人无从立足，还有人上岸到河街去。

这是其中之一个，名叫柏子，日里爬桅子唱歌，不知疲倦；到夜来，还依然不知道疲倦。所以如其他许多水手一样，在腰边板带中塞满了铜钱，小心小心的走过跳板到岸边了。先是在泥滩上走，没有月，没有星，细毛毛雨在头上落，两只脚在泥里慢慢翻——成泥腿，快也无从了——目的是河街小楼红红的灯光，灯光下有使柏子心开一朵花的东西存在。

灯光多无数，每一小点灯光便有一个或一群水手。灯光还不及塞满这个小房，快乐却将水手们胸中塞紧，欢喜在胸中涌着，各人眼睛皆眯了起来。沙喉咙的歌声笑声从楼中溢出，与灯光同样，溢进上岸无钱守在船中的水手耳中眼中时，便如其他世界一样，反应着欢喜的是诅咒。那些不能上岸的水手，他们诅咒着，然而一颗心也摇摇荡荡上了岸，且不必冒滑滚的危险，全各以经验为标准，把心飞到所熟习的楼上去了。

酒与烟与女人，一个浪漫派文人非此不能夸耀于世人的三样事，这些喽罗们却很平常的享受着。虽然酒是酽冽的酒，烟是平常的烟，女人更是……然而各个人的心是同样的跳，头脑是同样的发迷，口——我们全明白这些平常时节只是吃酸菜南瓜臭牛肉以及说点下流话的口，可是到这时也粘粘糍糍，也能找出所蓄于心、各样对女人的谄谀言语，献给面前的妇人，也能粗粗卤卤的把它放到妇人的脸上去，脚上去，以及别的位置上去。他们把自己沉浸在这欢乐空气中，忘了世界也忘了自己的过去与未来。女人则帮助这些可怜人，把一切穷苦一切期望从这些人心上挪去。放进的是类乎烟酒的兴奋与醉麻。在每一个妇人身上，一群水手同样作着那顶切实的顶勇敢的好梦，预备将这一月储蓄的金钱与精力，全倾之于妇人身上，他们却不曾预备要人怜悯，也不知道可怜自己。

他们的生活，若说还有使他们在另一时反省的机会，仍然是快乐的罢。这些人，虽然缺少眼泪，却并不缺少欢乐的承受！

其中之一的柏子，为了上岸去找寻他的幸福，终于到一个地方了。

先打门，用一个水手通常的章法，且吹着哨子。

门开后，一只泥腿在门里，一只泥腿在门外，身子便为两条胳膊缠紧了，在那新刮过的日炙雨淋粗糙的脸上，就贴紧了一个宽宽的温暖的脸子。

这种头香油是他所熟习的。这种抱人的章法，先虽说不出，这时一上身却也熟习之至。还有脸，那么软软的，混着脂粉的香，用口可以吮吸。到后是，他把嘴一歪，便找到了一个湿的舌子了，他咬着。

女人挣扎着，口中骂着：

“悖时的！我以为你到常德府，被婊子尿冲你到洞庭湖了！”

进到里面的柏子，在一盏“满堂红”灯下立定。妇人望他痴笑。这一对是并肩立着，他比她高一个头，他蹲下去，像整理橹绳那样扳了妇人的腰身时，妇人身便朝前倾。搜索柏子身上的东西。搜出的东西便往床上丢去，又数着东西的名字：“一瓶雪花膏，一卷纸，一条手巾，一个罐子——这罐子装什么？”

“猜呀！”

“猜你妈，忘了为我带的粉吗？”

“你看那罐子是什么招牌！打开看！”

妇人不认识字，看了看罐上封皮，一对美人儿画相。把罐子在灯前打开，放鼻子边闻闻，便打了一个嚏。柏子可乐了，不顾妇人如何，把罐子抢来放在一条白木桌上，便擒了妇人向床边倒下去。

灯光明亮，照着一堆泥脚迹在黄色楼板上。

外面雨大了。

张耳听，还是歌声与笑骂声音。房子相间多只一层薄薄白木板子，比吸烟声音还低一点的声音也可以听出，然而人全无闲心听隔壁。

柏子的纵横脚迹渐干了，在地板上也更其分明。灯光依然，对一对横搁在床上的人照得清清楚楚。

“柏子，我说你是一个牛。”

“我不这样，你就不信我在下头是怎么规矩！”

“你规矩！你赌咒你干净得可以进天王庙！”

“赌咒也只有你妈去信你，我不信。”

柏子只有如妇人所说，粗卤得同一只小公牛一样。到后于是喘息了，松弛了，像一堆带泥的吊船棕绳，散漫的搁在床边上。

柏子紧紧搂住妇人，且用口去咬。咬她的下唇，咬她的膀子，……一点不差，这柏子就是日里爬桅子唱歌的柏子。

妇人望着他这些行为发笑。

过一阵，两人用一个烟盘作长城，各据长城一边烧烟吃。

妇人一旁烧烟，一旁唱《孟姜女》给柏子听，在这样情形下的柏子，喝一口茶且吸一泡烟，像是作皇帝。

“婊子我告给你听，近来下头媳妇才标得要命！”

“你命怎么不要去，又跟船到这地方来？”

“我这命送她们，她们也不要。”

“不要的命才轮到我。”

“轮到你，你这……好久才轮到我！我问你，到底有多少日子才轮到我？”

妇人嘴一扁，举起烟枪把一个烧好的烟泡装上，就将烟枪送过去塞了柏子的嘴，省得再说混话。

柏子吸了一口烟，又说：“我问你，昨天有人来？”

“来你妈！别人早就等你，我算到日子，我还算到你这尸……”

“老子若是真在青浪滩上泡坏了，你才乐！”

“是，我才乐！”妇人说着便稍稍生了气。

柏子是正要妇人生气才欢喜的。他见妇人把脸放下，便把烟盘移到床头去。长城一去情形全变了，一分钟内局面成了新样子。

一种丑的努力，一种神圣的愤怒，是继续，是开始。

柏子冒了大雨在河岸的泥滩上慢慢的走着，手中拿的是一段燃着火头的废缆子，光旺旺的照到周围三尺远近。光照前面的雨成无数反光的线，柏子全无所遮蔽的从这些线林穿过，一双脚浸在泥水里面，——把事情作完了，他回船上去。

雨虽大，也不忙。一面怕滑倒，一面有能防雨——或者不如说忘雨的东西吧。

他想起眼前的事心是热的。想起眼前的一切，则头上的雨与脚下的泥，全成为毋须置意的事了。

这时妇人是睡眠了，还是陪别一个水手又来在那大白木床上作某种事情，谁知道。柏子也不去想这个。他把妇人的身体，记得极其熟习。恰如离开妇人身边一千里，也像可以用手摸，说得出尺寸。妇人的笑，妇人的动，也死死的像蚂蝗一样钉在心上。这就够了。他的所得抵得过一个月的一切劳苦，抵得过船只来去路上的风雨太阳，抵得过打牌输钱的损失，抵得过……他还把以后下行日子的快乐预支了。这一去又是半月或一月，他很明白的。以后也将高高兴兴的作工，高高兴兴的吃饭睡觉，因为今夜已得了前前后后的希望，今夜所"吃"的足够两个月咀嚼，不到两月他可又回来了。

他的背带钱已光了，这种花费是很好的一种花费。并且他也并不是全无计算，他已预先留下了一小部分钱，作为在船上玩牌用的。花了钱，得到些什么，他是不去追究的。钱是在什么情形下得来，又在什么情形下失去，柏子不能拿这个来比较。比较有时也比较过了，但结果不消说还是"合算"。

轻轻的唱着《孟姜女》，唱着《打牙牌》，到得跳板边时，柏子小心小心的走过去，预定的《十八摸》便不敢唱了——因为老板娘还在喂小船老板的奶，听到哄孩子声音，听到吮奶声音。

辰州河岸的商船各归各帮，泊船原有一定地方，各不相混。可是每一只船，把货一起就得到另一处去装货，因此柏子从跳板上摇摇荡荡上过两次岸，船就开了。

1928年5月作

1935年改写

丈 夫

落了春雨，一共有七天，河水涨大了。

河中涨了水，平常时节泊在河滩的烟船、妓船，离岸极近，全系在吊脚楼下的支柱上。

在楼上四海春茶馆喝茶的闲汉子，俯身临河一面窗口，可以望到对河宝塔边“烟雨红桃”好景致，也可以知道船上妇人陪客烧烟的情形。因为那么近，上下都方便，有喊熟人的声音，从上面或从下面喊叫。到后是互相见面了，谈话了，取了亲昵样子，骂着野话粗话，于是楼上人会了茶钱，从湿而发臭的甬道走去，从那些肮脏地方走到船上了。

上了船，花钱半块到五块，随心所欲吃烟睡觉，同妇人毫无拘束的放肆取乐。这些在船上生活的大臀肥身的年轻乡下女人，就用一个妇人的好处，热忱而切实的服侍男子过夜。

船上人，把这件事也像其余地方一样，叫这做“生意”。她们都是做生意而来的。在名分上，那名称与别的工作同样，既不和道德相冲突，也并不违反健康。她们从乡下来，从那些种田挖园的人家，离了乡村，离了石磨同小牛，离了那年轻而强健的丈夫，跟随了一个同乡熟人，就来到这船上做生意了。做了生意，慢慢的变成为城市里人，慢慢的与乡村离远，慢慢的学会了一些只有城市里才需要的恶德，于是妇人就毁了。但那毁是慢慢的，因为很需要一些日子，所以谁也不去注意。而且也仍然不缺少在任何情形下还依旧好好的保留着那乡村纯朴气质的妇人。所以在本市大河妓船上，决不会缺少年轻女子的来路。

事情非常简单，一个不亟亟于生养孩子的妇人，到了城市，能够每月把从城市里两个晚上所得的钱，送给那留在乡下诚实耐劳、种田为生的丈夫，在那方面就过了好日子，名分不失，利益存在。所以许多年轻的丈夫，在娶媳妇以后，把她送出来，自己留在家中耕田种地，安分过日子，也竟是极其平常的事情。

这种丈夫，到什么时候，想到那在船上做生意的年轻的媳妇，或逢年过节，照规矩要见见媳妇的面了，媳妇不能回来，自己便换了一身浆洗干净的衣服，腰带上挂了那个工作时常不离口的短烟袋，背了整箩整篓的红薯糍粑之类，赶到市上来，像访远亲一样，从码头第一号船上问起，一直到认出自己女人所在的船上为止。问明白后，到了船上，小心小心的把一双布鞋放到舱外护板上，把带来的东西交给了女人，一面便用着吃惊的眼睛，搜索女人的全身。这时节，女人在丈夫眼下自然已完全不同了。

大而油光的发髻，用小镊子扯成的细细眉毛，脸上的白粉同绯红胭脂，以及那城市里人神气派头，城市里人的衣服，都一定使从乡下来的丈夫感到极大的惊讶，有点手足无措。那呆相是女人很容易清楚的。女人到后开了口，或者问："那次五块钱得了么？"或者问："我们那对猪养儿子了没有？"女人说话时口音自然也完全不同了，变成像城市里做太太的大方自由，完全不是在乡下做媳妇的羞涩畏缩神气了。

听女人问起钱，问起家乡豢养的猪，这作丈夫的看出自己做丈夫的身分，并不在这船上失去，看出这城里奶奶还不完全忘记乡下，胆子大了一点，慢慢的摸出烟管同火镰。第二次惊讶，是烟管忽然被女人夺去，即刻在那粗而厚大的手掌里，塞了一枝"哈德门"香烟的缘故。吃惊也仍然是暂时的事，于是这做丈夫的，一面吸烟一面谈话……

到了晚上，吃过晚饭，仍然在吸那有新鲜趣味的香烟。来了客，一个船主或一个商人，穿生牛皮长统靴子，抱兜一角露出粗而发亮的银链，喝过一肚子烧酒，摇摇荡荡的上了船。一上船就大声的嚷要亲嘴要睡觉。那洪大而含胡的声音，那势派，都使这做丈夫的想起了村长同乡绅那些大人物的威风。于是这丈夫不必指点，也就知道往后舱钻去，躲到那后梢舱上去低低的喘气，一面把含在口上那枝卷烟摘下来，毫无目的的眺望河中暮景。夜把河上改变了，岸上河上已经全是灯火。这丈夫到这时节一定要想起家里的鸡同小猪，仿佛那些小小东西才是自己的朋友，仿佛那些才是亲人；如今和妻接近，与家庭却离得很远，淡淡的寂寞袭上了身，他愿意转去了。

当真转去没有？不。三十里路，路上有豺狗，有野猫，有查夜放哨的团丁，全是不好惹的东西，转去实在做不到。船上的大娘自然还得留他上"三元宫"看夜戏，到"四海春"去喝清茶。并且既然到了市上，大街上的灯同城市中人更不可不去看看。于是留下了，坐在后舱看河中景致，等候大娘的空暇。到后要上岸时，就由船边小阳桥攀援篷架到船头；玩过后，仍然由那旧地方转到船上，小心小心使声音放轻，省得留在舱里躺到床上烧烟的客人发怒。

到要睡觉的时候，城里起了更，西梁山上的更鼓咚咚响了一会，悄悄的从板缝里看看客人还不走，丈夫没有什么话可说，就在梢舱上新棉絮里一个人睡了。半夜里，或者已睡着，或者还在胡思乱想，那媳妇抽空爬过了后舱，问是不是想吃一点糖。本来非常欢喜口含片糖的脾气，做媳妇的记得清楚明白，所以即或说已经睡觉，已经吃过，也仍然还是塞了一小片糖在口里。媳妇用着略略抱怨自己那种神气走去了。丈夫把糖含在口里，正像仅仅为了这一点理由，就得原谅媳妇的行为，尽她在前舱陪客，自己仍然很和平的睡觉了。

这样丈夫在黄庄多着！那里出强健女子同忠厚男人。地方实在太穷了，一点点收成照例要被上面的人拿去一大半，手足贴地的乡下人，任你如何勤省耐劳的干做，一年中四分之一时间，即或用红薯叶和糠灰拌和充饥，总还是不容易对付下去。地方虽在山中，离大河码头只三十里，由于习惯，女子出乡讨生活，男人通明白这做生意的一切利益。他懂事，女人名分仍然归他，养得儿子归他，有了钱，也总有一部分归他。

那些船只排列在河下，一个陌生人，数来数去是永远无法数清的。明白这数目，而且明白那秩序，记忆得出每一个船和摇船人样子，是五区一个老“水保”。

水保是个独眼睛的人。这独眼据说在年轻时节因殴斗杀过一个水上恶人，因为杀人，同时也就被人把眼睛抠瞎了。但两只眼睛不能分明的，他一只眼睛却办到了。一个河里都由他管事。他的权力在这些小船上，比一个中国的皇帝、总统在地面上的权力还统一集中。

涨了河水，水保比平时似乎忙多了。由于责任，他得各处去看看，是不是有些船上做父母的上了岸，小孩子在哭奶了。是不是有些船上在吵架，需要排难解纷。是不是有些船因照料无人，有溜去的危险。在今天，这位大爷，并且要到各处去调查一些从岸上发生影响到了水面的事情。岸上这几天来出过三次小抢案，据公安局那方面人说，凡地上小缝小罅都找寻到了，还是毫无线索。地上小缝小罅都亏那些体面的在职从公人员找过，于是水保的责任便到了。他得了通知，就是那些说谎话的公安局办事处通知，要他到半夜会同水面武装警察上船去搜索“歹人”。

水保得到这消息时是上半天。一个整白天他要做许多事情。他要先尽一些从平日受人款待好酒好肉而来的义务了。于是沿了河岸，从第一号船起始，每个船上去谈谈话。他得先调查一下，问问这船上是不是留容得有不端正的外乡人。

做水保的人照例是水上一霸，凡是属于水面上的事情他无有不知。这人本来就是一个吃水上饭的人，是立于法律同官府对面，按照习惯被官吏来利用，处治这水上一切的。但人一上了年纪，世界成天变，变去变来这人有了钱，成过家，喝点酒，生儿育女，生活安舒，慢慢的转成一个和平正直的人了。在职务上帮助官府，在感情上却亲近了船家。在这些情形上面他建设了一个道德的模范。他受人尊敬不下于官，却不让人害怕厌恶。他做了河船上许多妓女的干爹。由于这些社会习惯的联系，他的行为处事是靠在水上人一边的。

他这时节正从一个跳板上跃到一只新油漆过的“花船”头，那船位置在较清静的一家莲子铺吊脚楼下，他认得这只船归谁管业，一上船就喊“七丫头”。

没有声音。年轻的女人不见出来，年老的掌班也不见出来。老年人很懂事情，以为或者是大白天有年轻男子上船做呆事，就站在船头眺望，等了一会。

过一阵，他又喊了两声，又喊伯妈，喊五多；五多是船上的小毛头，年纪十二岁，人很瘦，声音尖锐，平时大人上了岸就守船，买东西煮饭，常常挨打，爱哭，过了一会儿又唱起小调来。但是喊过五多后，也仍然得不到结果。因为听到舱里又似乎实在有声音，像人出气，不像全上了岸，也不像全在做梦。水保就偻身窥觑舱口，向暗处询问“是谁在里面”。

里面还是不敢作答。

水保有点生气了，大声的问：“你是哪一个？”

里面一个很生疏的男子声音，又虚又怯回答说：“是我。”接着又说：“都上岸去了。”

“都上岸了么？”

“上岸了。她们……”

好像单单是这样答应，还深恐开罪了来人，这时觉得有一点义务要尽了，这男子于是从暗处爬出来，在舱口，小心小心扳着篷架，非常拘束的望着来人。

先是望到那一对峨然巍然似乎是用柿油涂过的猪皮靴子，上去一点是一个赭色柔软麂皮抱兜，再上去是一双回环抱着的毛手，满是青筋黄毛，手上有颗其大无比的黄金戒指，再上去才是一块正四方形像是无数橘子皮拼合而成的脸膛。这男子，明白这是有身分的主顾了，就学着城市里人说话："大爷，您请里面坐坐，她们就回来。"

从那说话的声音，以及干浆衣服的风味上，这水保一望就明白这个人是才从乡下来的种田人。本来女人不在船就想走，但年轻人忽然使他发生了兴味，他留着了。

"你从什么地方来的？"他问他。为了不使人拘束，水保取得是做父亲的和平样子，望到这年轻人，"我认不得你。"

他想了一下，好像也并不认得客人，就回答："我是昨天来的。"

"乡下麦子抽穗了没有？"

"麦子吗？水碾子前我们那麦子，嘿，我们那猪，嘿，我们那……"

这个人，像是忽然明白了答非所问，记起了自己是同一个有身分的城里人说话，不应当说"我们"，不应当说"我们水碾子"同"猪"。把字眼儿用错，所以再也接不下去了。

因为不说话，他就怯怯的望到水保微笑，他要人了解他，原谅他——他是一个正派人，并不敢有意张三拿四。

水保懂得这个意思的。且在这对话中，明白这是船上人的亲戚了，他问年轻人："老七到什么地方去了？什么时候可以回来？"

这时节，这年轻人答语小心了。他仍然说："是昨天来的。"他又告水保，他"昨天晚上来的"；末了才说，老七同掌班同五多上岸烧香去了，要他守船。因为守船必得把守船身分说出，他还告给了水保，他是老七的"汉子"。

因为老七平常喊水保都喊"干爹"，这干爹第一次认识了女婿，不必挽留，再说了几句，不到一会儿，两人皆爬进舱中了。

舱中有个小小床铺，床上有锦绸同红色印花洋布铺盖，折叠得整整齐齐。来客照规矩应当坐在床沿。光线从舱口来，所以在外面以为舱中极黑，到里面却一切分明。

年轻人为客找烟卷，找自来火，毛脚毛手打翻了身边那个贮栗子的小坛子，圆而发乌金光泽的板栗便在薄明的船舱里各处滚去，年轻人各处用手去捕捉，仍然放到小坛中去，也不知道应当请客人吃点东西。但客人却毫不客气，从舱板上把栗拾起咬破了吃，且说这风干的栗子真好。

“这个很好，你不欢喜么？”因为水保见到主人并不剥栗子吃。

“我欢喜。这是我屋后栗树上长的。去年生了好多，乖乖的从刺球里爆出来，我欢喜。”他笑了，近于提到自己儿子模样，很高兴说这个话。

“这样大栗子不容易得到。”

“我一个一个选出来的。”

“你选的？”

“是的，因为老七欢喜吃这个，我才留下来。”

“你们那里可有猴栗？”

“什么猴栗？”

水保就把故事所说的：“猴子在大山上住，被人辱骂时，抛下拳大栗子打人。人想得到这栗子，就故意去山下骂丑话，预备捡栗子。”一一说给乡下人听。

因为栗子，正苦无话可说的年轻人，得到同情他的人了。他知道的乡下问题可多咧。于是他说到地名“栗坳”的新闻。又说到一种栗木作成的犁柄如何结实合用。这个人太需要说些家常了。昨天来一晚上都有客人吃酒烧烟，把自己关闭在小船后梢，同五多说话，五多却睡得成死猪。今天一早上，本来应当有机会同媳妇谈到乡下事情了，女人又说要上岸过七里桥烧香，派他一个人守船。坐船上等了半天，还不见人回，到后梢去看河上景致，一切新奇不同，只给自己发闷。先一时，正睡在舱里，就想这满江大水若到乡下去涨，鱼梁上不知道应当有多少鲤鱼上梁！把鱼捉来时，用柳条穿腮到太阳下去晒，正计算那数目，总算不清楚。忽然客人来到船上，似乎一切鱼都争着跳进水中去了。

来了客人，且在神气上看出来人是并不拒绝这些谈话的，所以这年轻人，凡是预备到同自己媳妇在枕边诉说的各样事情，这时得到了一个好机会，都拿来同水保谈着。

他告给水保许多乡下情形，说到小猪捣乱的脾气，叫小猪做“乖乖”。又说到新由石匠整治过的那副石磨，顺便告给了一个石匠的笑话。又提起一把失去了多久的小镰刀，一把水保梦想不到的小镰刀，他说：

“你瞧，奇怪不奇怪？我赌咒我各处都找到了。我们的床下、门枋上、仓角里，什么地方不找到？它简直躲了。躲猫猫一样，不见了。我为这件事骂老七。老七哭过。可还是不见。鬼打岩，蒙蒙眼，原来它躲在屋梁上饭箩里！半年躲在饭箩里！它吃饭！一身锈得像生疮。这东西多坏多狡猾！我说这个你明白我没有？怎么会到饭箩里半年？那是一只做样子的东西，挂到斗窗上。我记起那事了，是我削楔子，手上刮了皮，流了血，生了大气，赌气把刀那么一丢……到水上磨了半天，还不错，仍然能吃肉，你一不小心，就得流血。我还不曾同老七说起这个，她不会忘记那哭得伤心的一回事。找到了，哈哈，真找到了。”

“找到它就好了。”水保随便那么说着。

“是的，得到了它那是好的。因为我总疑心这东西是老七掉到溪里，不好意思说明。我知道她不骗我了。我明白了。我知道她受了冤屈，因为我说过：‘找不出么？那我就要打人！’我并不曾动过手。可是生气时也真吓人。她哭了半夜！”

“你是用它割草么？”

“嗨，哪里，用处多咧。是小镰刀，那么精巧，你怎么说割草？那是削一点薯皮，刮刮箫，这些这些用的。小得很，值三百钱，钢火妙极了。我们都应当有这样一把刀，放到身边，不明白么？”

水保说：“明白明白。都应当有一把，我懂你这个话。”

他以为水保当真懂的，因此再说下去，什么也说到了。甚至于希望明年来一个小宝宝，这样只合宜于同自己的媳妇睡到一个枕头上商量的话也说到了。年轻人毫无拘束的还加上许多粗话蠢话。说了半天，水保起身要走了，他记起问客人贵姓。

“大爷，您贵姓？留一个片子到这里，我好回话。”

“不用不用。你只告他有这么一个大个儿到过船上，穿这样大靴子，告她晚上不要接客，我要来。”

“不要接客，您要来？”

“就是这样说。我一定要来的。我还要请你喝酒。我们是朋友。”

“是朋友，是朋友。”

水保用他那大而厚的手掌，拍了一下年轻人的肩膊，从船头跃上岸，走到别一个船上去了。

水保走去后，年轻人就一面等候，一面猜想这个大汉子是谁。他还是第一次和这样尊贵的人物谈话，他不会忘记这很好的印象的。人家今天不仅是和他谈话，还喊他做朋友，答应请他喝酒！他猜想这人一定是老七的熟客。他猜想老七一定得了这人许多钱。他忽然觉得愉快，感到要唱一个歌了，就轻轻的唱了一首山歌，用四溪人体裁，他唱的是“水涨了，鲤鱼上梁，大的有大草鞋那么大，小的有小草鞋那么小”。

但是等了一会，还不见老七回来，一个鬼也不回来，他又想起那大汉子的丰采言谈了。他记起那一双靴子，闪闪发光，以为不是极好的山柿油涂到上面，是不会如此体面好看的。他记起那黄而发沉的戒指，说不分明那将值多少钱，一点不明白那宝贝为什么如此可爱。他记起那伟人点头同发言，一个督抚的派头，一个省长的身分——这是老七的财神！他于是又唱了一首歌，用杨村人不庄重口吻，唱的是“山坳里团总烧炭，山脚里地保爬灰；爬灰红薯才肥，烧炭脸庞发黑”。

到午时，各处船上都已经有人在烧饭了。湿柴烧不燃，烟子各处窜，使人流泪打嚏。柴烟平铺到水面时如薄绸。听到河街馆子里大师傅用铲子敲打锅边的声音，听到邻船上白菜落锅的声音，老七还不见回来。可是船上烧湿柴的本领年轻人还没有学会，小钢灶总是冷冷的不发吼。做了半天还是无结果，只有拿它放下了。

应当吃饭时候不得吃饭，人饿了，坐到小凳上敲打舱板，他仍然得想一点事情。一个不安分的估计在心上滋长了。正似乎为装满了钱钞便极其骄傲模样的抱兜，在他眼下再现时，把原有和平失去了。一个用酒糟同红血所捏成的橘皮红色四方脸，也是极其讨厌的神气，保留在印象上。并且，要记忆有什么用？他记忆得到那嘱咐，是当到一个丈夫面前说的！“今晚上不要接客，我要来。”该死的话，是那么不客气的从那吃红薯的大口里说出！为什么要说这个？有什么理由要说这个？……

胡想使他心上增加了愤怒，饥饿重复揪着了这愤怒的心，便有一些原始人不缺少的情绪，在这个年轻简单的人情绪中滋长不已。

他不能再唱一首歌了。喉咙为妒嫉所扼，唱不出什么歌。他不能再有什么快乐。按照一个种田人的脾气，他想到明天就要回家。

有了脾气，再来烧火，自然更不行了，于是把所有的柴全丢到河里去了。

“雷打你这柴！要你到洋里海里去！”

但那柴是在两三丈以外，便被别个船上的人捞起了的。那船上人似乎一切都准备好了，正等待一点从河面漂流而来的湿柴，把柴捞上，即刻就见到用废缆一段引火，且即刻满船发烟，火就带着小小爆裂声音燃好了。眼看这一切，新的愤怒使年轻人感到羞辱，他想不必等待人回船就走路。

在街尾却遇到女人同小毛头五多两个人，正牵了手说着笑着走来。五多手上拿得有一把胡琴，崭新的样子，这是做梦也不曾遇到的一个好家伙。

“你走哪里去？”

“我——要回去。”

“教你看船船也不看，要回去，什么人得罪了你，这样小气？”

“我要回去，你让我回去。”

“回到船上去！”

看看媳妇，样子比说话还硬劲。并且看到那一张胡琴，明知道这是特别买来给他的，所以再不能坚持。摸了摸自己发烧的额角，幽幽的说："回去也好，回去也好。"就跟了媳妇的身后跑转船上。

掌班大娘也赶来了。原来提了一副猪肺，好像东西只是乘便偷来的，深恐被人追上带到衙门里去，所以跑得颧骨发了红，喘气不止。大娘一上船，女人在舱中就喊：

"大娘，你瞧，我家汉子想走！"

"谁说的，戏也不看就走！"

"我们到街口碰到他，他生气样子，一定是怪我们不早回来。"

"那是我的错；是菩萨的错；是屠户的错。我不该同屠户为一个钱吵闹半天，屠户不该肺里灌了这样多水。"

"是我的错。"陪男子在舱里的女人，这样说了一句话，坐下了。对面是男子汉。她于是有意的在把衣服解换时，露出极风情的红绫胸褡。胸褡上绣了"鸳鸯戏荷"，是上月自己亲手新作的。

男子觑着不说话。有说不出的什么东西，在血里窜着涌着。在后梢，听到大娘同五多谈着柴米。

"怎么，我们的柴都被谁偷去了？"

"米是谁淘好的？"

"一定是火烧不燃。……姐夫是乡下人，只会烧松香。"

"我们不是昨天才解散一捆柴么？"

"都完了。"

"去前面搬一捆，不要说了。"

"姐夫只知道淘米！"小五多一面说一面笑。

听到这些话的年轻汉子，一句话不说，静静的坐在舱里，望着那一把新买来的胡琴。

女人说："弦早配好了，试拉拉看。"

先是不做声，到后把琴搁在膝上，查看琴筒上的松香。调弦时，生疏的音响从指间流出，拉琴人便快乐的微笑了。

不到一会满舱是烟，男子被女人喊出，依旧把琴拿到外面去，站在船头调弦。

到吃中饭时，五多说：

"姐夫你回头拉《孟姜女哭长城》，我唱。"

“我不会拉！”

“我听说你拉得很好，你骗我，谎我。”

“我不骗你。我只会拉《娘送女》流水板。”

大娘说：“我听老七说你拉得好，所以到庙里，一见这琴，我想起你，才说就为姐夫买回去吧。真是运气，烂贱就买来了。这到乡里一块钱还恐怕买不到，不是么？”

“是的，多少钱？”

“一吊六。他们都说值得！”

五多笑着搭嘴说：“谁那么说值得？”

大娘很生气的说：“毛丫头，谁说不值得？你知道什么？撕你的嘴！”

五多把舌伸伸，表示口不关风说错了话。

原来这琴是从个卖琴熟人手上拿来，一个钱不花。听到大娘的谎话，五多分辩，大娘就骂五多。老七却笑了。男子以为这是笑大娘不懂事，所以也在一旁干笑着。

男子先把饭一骨碌吃完，就动手拉琴，新琴声音又清又亮。五多高兴到得意忘形，放下碗筷唱将起来，被大娘结结实实打了一筷子头，才忙着吃饭，收碗，洗锅子。

到了晚上，前舱盖了篷，男子拉琴，五多唱歌，老七也唱歌。美孚灯罩子有红纸剪成的遮光帽，全舱灯光红红的如过年办喜事。年轻人在热闹中心上开了花。可是不多久，有兵士从河街过身，喝得烂醉，听到这声音了。

两个醉鬼踉踉跄跄到了船边，两手全是污泥，手扳船沿，像含胡桃那么混混胡胡的嚷叫：

“什么人唱，报上名来！唱得好，赏一个五百。不听到么？老子赏你五百！”

里面琴声戛然而止，沉静了。

醉鬼用脚不住踢船，篷篷篷发出钝而沉闷的声音。且想推篷，搜索不到篷盖接榫处。于是又叫嚷：“不要赏么，婊子狗造的！装聋，装哑？什么人敢在这里作乐？我怕谁？皇帝我也不怕。大爷，我怕皇帝我不是人！我们军长师长，都是混账王八蛋，是皮蛋鸡蛋，寡了的臭蛋，我才不怕！”

另一个喉咙发沙的说道：

“骚婊子，出来拖老子上船！”

并且即刻听到用石头打船篷，大声的辱宗骂祖，一船人都吓慌了。大娘忙把灯扭小一点，走出去推篷。男子听到那汹汹声气，夹了胡琴就往后舱钻去。不一会，醉人已经进到前舱了，两个人一面说着野话，一面还要争夺同老七亲嘴，同大娘、五多亲嘴。且听到有个哑嗓子问：“是什么人在此唱歌作乐？把拉琴的抓来，再为老子唱一个歌。”

大娘不敢做声，老七也无了主意，两个酒疯子就大声的骂人：

“臭货，喊龟子出来，跟老子拉琴，赏一千！英雄盖世的曹孟德也不会这样大方！我赏一千，一千个红薯。快来，不出来我烧掉你们这只船！听着没有，老东西！赶快，莫让老子们生了气，灯笼子认不得人！”

“大爷，这是我们自己家几个人玩玩，不是外人……”

“不！不！不！老婊子，你不中吃。你老了，皱皮柑！快叫拉琴的来！杂种！我要拉琴，我要自己唱！”一面说一面便站起身来，想向后舱去搜寻。大娘弄慌了，把口张大合不拢去。老七人急智生，拖着那醉鬼的手，安置到自己的大奶上。醉鬼懂到这个意思，又坐下了。“好的，妙的，老子出得起钱。老子今天晚上要到这里睡觉！……孤王酒醉桃花宫，韩素梅生来好貌容……”

这一个在老七左边躺下去后，另一个不说什么，也在右边躺了下去。

年轻人听到前舱仿佛安静了一会，在隔壁轻轻的喊大娘。正感到一种侮辱的大娘，悄悄爬过去，男子还不大分明是什么事情，问大娘：“什么事情？”

“营上的副爷，醉了，像猫。等一会儿就得走。”

“要走才行。我忘记告你们了，今天有一个大方脸人来，好像大官，吩咐过我，他晚上要来，不许留客。”

“是脚上穿大皮靴子，说话像打锣么？”

“是的，是的。他手上还有一个大金戒子。”

“那是老七干爹。他今早上来过了么？”

“来过的。他说了半天话才走，吃过些风干栗子。”

“他说些什么？”

“他说一定要来，一定莫留客……还说一定要请我喝酒。”

大娘想想，来做什么？难道是水保自己要来歇夜？难道是老对老，水保注意到……想不通，一个老鸨虽说一切丑事做成习惯，什么也不至于红脸，但被人说到“不中吃”时，是多少感到一种羞辱的。她悄悄的回到前舱，看前舱新事情不成样子，扁了扁瘪嘴，骂了一声“猪狗”，终归又转到后舱来了。

“怎么？”

“不怎么。”

“怎么，他们走了？”

“不怎么，他们睡了。”

“睡了——？”

大娘虽看不清楚这时男子的脸色，但她很懂得这语气，就说：“姐夫，你难得上城来，我们可以上岸玩玩去，今夜三元宫夜戏，我请你坐高台子，戏是《秋胡三戏结发妻》。”

男子摇头不语。

兵士胡闹了一阵走去后，五多、大娘、老七都在前舱灯光下说笑，说那兵士的醉态。男子留在后舱不出来。大娘到门边喊过了二次，不答应，不明白这脾气从什么地方发生。大娘回头就来检查那四张票子的花纹，因为她已经认得出票子的真假了。票子倒是真的，她在灯光下指点给老七看那些记号，那些花，且放近鼻子上嗅嗅，说这个一定是清真牛肉馆子里找出来的，因为有牛油味道。

五多第二次又走过去：“姐夫，姐夫，他们走了，我们来把那个唱完，我们还得……”

女人老七像是想到了什么心事，拉着了五多，不许她说话。

一切沉默了。男子在后舱先还是正用手指扣琴弦，作小小声音，这时手也离开那弦索了。

船上四个人都听到从河街上飘来的锣鼓、唢呐声音。河街上一个做生意人办喜事，客来贺喜，大唱堂戏，一定有一整夜的热闹。

过了一会，老七一个人轻脚轻手爬到后舱去，但即刻又回来了。显然是要讲和，交涉办不好。

大娘问："怎么了？"

老七摇摇头，叹了一口气："牛脾气，让他去。"

先以为水保恐怕不会来的，所以大家仍然睡了觉，大娘、老七、五多三个人在前舱，只把男子放到后面。

查船的在半夜时，由水保领来了。水面鸦雀无声，四个全副武装警察守在船头，水保同巡官晃着手电筒进到前舱。这时大娘已把灯捻明了，她经验多，懂得这不是大事情。老七披了衣坐在床上，喊"干爹"，喊"巡官老爷"，要五多倒茶。五多还睡意迷蒙，只想到梦里在乡下摘三月莓！

男子被大娘摇醒揪出来，看到水保，看到一个穿黑制服的大人物，吓得不能说话，不晓得有什么严重事情发生。那巡官于是装成很有威风的神气开了口："这是什么人？"

水保代为答应："老七的汉子，才从乡下来走亲戚。"

老七补说道："巡官，他昨天才来。"

巡官看了一会儿男子，又看了一会儿女人，仿佛看出水保的话不是谎话，就不再说话了。随意在前舱各处翻翻，待注意到那个贮风干栗子的小坛子时，水保便抓了大把栗子，塞进巡官那件体面制服的大口袋里去。巡官只是笑，也不说什么。

一伙人一会儿就走到另一船上去了。大娘刚要盖篷，一个警察回来传话：

"大娘，大娘，你告老七，巡官要回来过细考察她一下，你懂不懂？"

大娘说："就来么？"

"查完夜就来。"

“当真吗?”

“我什么时候同你这老婊子说过谎?”

大娘很欢喜的样子,使男子奇怪。因为他不明白为什么巡官还要回来考察老七。但这时节望到老七睡起的样子,上半晚的气已经没有了,他愿意讲和,愿意同她在床上说点家常私话,商量件事情,就傍床沿坐定不动。

大娘像是明白男子的心事,明白男子的欲望,也明白他不懂事,故只同老七打知会:“巡官就要来的!”

老七咬着嘴唇不做声,半天发痴。

男子一早起身就要走路,沉沉默默的一句话不说,端整了自己的草鞋,找到了自己的烟袋。一切归一了,就坐到那矮床边沿,像是有话说又说不出口。

老七问他:“你不是答应过干爹,到他家喝酒吗?”

“……”摇摇头不作答。

“人家特意为你办了酒席!四盘四碗一火锅,大面子事情,难道好意思不领情?”

“……”

“戏也不看看么?”

“……”

“‘满天红’的荤油包子,到半日才上笼,那是你欢喜的包子!”

“……”

一定要走了,老七很为难,走出船头呆了一会,回身从荷包里掏出昨晚上那兵士给的票子来,点了一下数目,一共四张,捏成一把塞到男子左手心里去。男子无话说。老七似乎懂到那意思了:“大娘,你拿那三张也把我。”大娘将钱取出,老七又将这钱点数一下,塞到男子右手心里去。

男子摇摇头,把票子撒到地下去,两只大而粗的手掌捂着脸孔,像小孩子那样莫名其妙的哭了起来。

五多同大娘看情形不好，一齐逃到后舱去了。五多心想这真是怪事，那么大的人会哭，好笑！可是她并不笑。她站在船后梢看见挂在梢舱顶梁上的胡琴，很愿意唱一个歌，可是不知为什么也总唱不出声音来。

水保来船上请远客吃酒时，只有大娘同五多在船上，问及时，才明白两夫妇一早都回转乡下去了。

1930年4月13日作于吴淞

1934年7月21日改于北京

1957年3月重校

或人的太太

天气很冷。北京的深秋正类乎南方的腊月。然而除了家中安置有暖气管的阔人外，一般人家房子中是纵冷也还不能烧炉子。煤贵还只是一个不重要理由。不烧炉子的原故，是倘若这时便有火烤，到冬天，漠北的风雪来时，就不好办了。

因为天气冷，不拘是公园中目下景致如何美，人也少。到公园的不一定是为了到公园来看花木，全是为看人，如今又还不到溜冰期节，可以供一般多暇的为看人而来的公子少爷欣赏的女人很少，女人少，公园生意坏下来，自然而然的了。公园中人少，在另一种地方人就渐渐多起来了——这地方是人人都知道的“市场”与“电影院”。

这个时候是下午三点时候，大街上，一些用电催着轮子转动的，用汽催着轮子转动的，用人的力量催着轮子转动的，用马的力量催着轮子转动的，车上载着的男男女女，有一半是因为无所事事很无聊的想消磨这个下午而坐车的。坐在车上，实际上也就是消磨时间的一种法子。然而到一个地方，一些人，必定会为一些非意思的约定下来的事情下了车子。当从西四牌楼到东四牌楼的电车停顿在中央公园前面，穿黑衣的大个儿卖票人喝着“公园”时，有两个人下了车子，这情形如出于无可奈何。然刚下车子的他们，走不到五步，卖票人嘘的一声哨子，黄木匣子似的电车又沿着地面钢轨慢慢走去运载另一些人到另一个地方去了。

下车的是一对年轻夫妇，并排的走进了公园大门，女的赶到卖票处买票。

同是卖票人，在电车上的，就急急忙忙跳上跳下像连搔痒也找不出空闲时间，公园中的卖票人，却伏在柜上打盹：倘若说，那一个生活是猴子生活，则这个人真可说是猫儿生活了。猫儿的悠闲是也正如此，除了打盹以外无事可做的。

女人像是不忍惊醒这卖票人模样，虽把钱包中角子票取出，倒迟迟的不遽喊他。

“怎么?”男的说。

“睡着了。”

于是两个人就对着这打盹的隐士模样的事务员笑。一个收票的巡警，先是正寂寞着从大衣的袋子里掏出一面小小镜子，如同时下女人模样倚在廊柱面对镜自得，见到有人来，又见到来人虽把钱取出却不买票，知道是卖票人还未醒，就忙把镜子塞到衣袋里去，走到卖票门处来：“嗨，怎么啦!”给这么一喝，睡着正作着那吃汤圆的好梦的卖票人，忽然把汤圆碗掉在地上，气醒了。巡警见了所作事情已毕，就对这一对年轻人表示一个北方仆人对上司极有礼貌的微笑，走过收票处去了。

“一碗——两碗?”他还不忘到汤圆是应论碗数，把入门票也应用到“碗”的上面。这人算是一个很可爱的人。

“是两张。”女人对于“碗”字却听不真，说是要两张。

“二六一十二，三十二枚。”一面用手按到那黄色票券，一面说着，在头脑中已成习的钱数的卖票人，用着令人见了以为是有过三天不睡觉的神气，望买票的一男一女。在卖票人心上，是在这样时节来到这地方的，总不是一对正式夫妇，就用一个惯用的姿势，在脸上漾着“我全知道”意思的微笑。这微笑，且在巡警脸上也有着，当女人在取票以及送票给那长脸巡警时，就全见到了。女人也就作另一种意义的笑。

把票交了后，一进去是三条路，脚步为了在三者之间不知选哪一路最后意于他，本来走在先一点的她就慢下来了。两人并排走，女的问：

“芝，欢喜打哪一条路?”

“随你便。”

“随你便。”她似乎为这话生了点小气，却就照样又说转去。

“那就走左边。”

“好。”

他们走左边，从一个寂寞无人的卐字廊上走到平时养金鱼地方，见到几个工人模样汉子正在那里用铁丝兜子捞缸里的鱼，鱼从这缸到那另一可以收藏到温室的小缸里去，免得冬天冻坏，就停下来看。

“鱼全萎悴了，一到秋来就是这样子，真难看。”女的说，说了又去看男的，却见男的正在用手影去吓那鱼。但又似乎听到女人所说的话，就说“那我们走吧”。

于是他们俩走到有紫牡丹花外的水榭。牡丹花开时的水榭附近，人是不知数。这时除了他们俩，便是一些用稻草裹着的枯枝。人事变幻在这一对人心中生了凄凉，他们坐在这花坛边一处长凳上，互相觉得在他们的生活上，也是已经把那春天在一种红绿热闹中糟塌干净，剩下的，到了目下一般的秋天了。虽然两人同时感到此种情形时，两人都不期而然把身靠拢了一点，然而这无法。身上接近心更分开了。分开了，离远了，所有的爱已全部用尽，若把生活比着条丝瓜，则这时他们所剩下来维系这瓜的形式的只是一些络了。这感觉在女人心中则较之男人更清楚。也因为更清楚这情形，一面恋着另一个人，一面又因为这眼前的人苦恼的样子，引出良心的惶恐，情欲与理智搅在一处，不知道所应走的究竟是哪一种道路。她能从他近日的行为中看出他对自己的事多少有些了然的意思。他的忽然的常常在外面朋友处过夜，这事在她眼中便证出他所有的苦恼全是她所给。他在一种沉默的忧郁中常常发自己的气，她就明白全是作太太的不好所致。然而她将怎么样？她将从一种肉体生活上去找那陪礼的机会？她将在他面前去认罪？在肉体方面，作太太的是正因为有着那罪恶憧憬的知觉在他心上，每一次的接近，作太太的越觉热爱的情形，也只能使他越敢于断定是她已背了他在第二个男子身上作了那同样的事。因为抱惭，才来在丈夫面前敷衍的心也更显。流着眼泪去承认这过错吧，则纵能因此可以把两人的感情恢复过来，但是那一边却全完了。若在这一边是认了过错，在那一边又复每一个礼拜背了丈夫去同那面的人作那私秘的聚会，则这礼是空陪，更坏了。

男子这面呢？想到的却是非常伤心的一切。然而生就不忍太太过于难过的脾气，使他关于这类话竟一句不提。隐隐约约从一些亲友中，他知道了自己所处的地位，为这痛苦是痛苦过两个多月了。可是除了不得已从脸貌上给了太太以一点苦恼以外，索性对并不必客气的太太十分客气起来了。在这客气中，他使她更痛苦的情形也便如她因这心中隐情对他客气使他难过一样。

她知道他是在为自己受着大的苦恼，他也知道她是为一种良心苦恼着：两人在这一种情形下更客气起来，但在一种客气下两人全是明白是在那里容让敷衍，也越多痛苦。

是这样，就分了手吧，又不能。凡事是可以“分手”了之的事，则纵不分手，所有的苦恼，也就是有限得很了。何况这又不是便能分手的事。分手的事在各人心中全不曾想到，他们结婚已有了六年七年。且这结合的当初，虽说是也正如那类足以借词于离婚的“老式家庭包办”法子，但以同样的年龄，同样的美丽身体，互相粘恋的合住了七年，在七年中全是在一种健康生活中过了，全没有可以说分手的原因！倘若说这各人容在心中的一点事为分手最好的原由，然而她能信得过另外的一个他，爱她会比这旧伴为好？且作老爷的，虽然知道她是如所闻的把另外一人当了情人，极热的在恋，然而他仍然就相信太太爱那情人未必能如爱自己的深。明知她爱别人未必如爱自己的深，却又免不了难堪，这就正是人生难解处，也就是佛说人这东西的蠢处。

一个人，自己每每不知道自己性格因为一种烦恼变化到怎样，然而他能在自己发昏中看出别人的一切来，一个在愁苦中人非常能同情别的愁苦的人，这事实要一个曾经苦过愁过的人就能举出证据来了。他便是这样。他见到她为种种事烦恼着，虽也能明白这烦恼一半是为自己作老爷的嫉妒样子以及另一个男子所给她的，但他因她另一半为一种良心引出的烦恼，就使他非常可怜她。

为怕对方的难堪，给一种幽渺的情绪所支配，全都不敢提到这事。全不提，则互相在心中怜着对方，又像这是两人的心本极接近了。

今天是太太在一个没有可以到另一个人处去的日子，寂寞在家里，老爷从一些言语上知道别的地方决没有人等候她去，又觉得她是有了病，才把太太劝到公园来。到了公园，两人都愿意找一点话来谈，又觉得除了要说便应说那在心上保留到快要涨破血管的话以外，再无其他的话。

柳树叶子在前一个礼拜还黄黄的挂在细枝条上，几天的风已全刮尽了。水榭前的池子水清得成了黑色，怕一交冬就要结冰了。他们在那里当路凳上坐着，经过二十分钟却还无一个人从这儿过身。

作太太的心想着，假使是认错，在这时候一倒到他身上去，轻轻的哭诉过去的不对地方，马上会把一天云雾散尽。然而她同时想在她身边这人若是那另外的他，她将有说有笑的，所有对老爷的忧愁也全可以放到脑背后去了。

听到一只喜鹊从头叫飞过去，她抬起头看。抬起头才察觉他像在想什么事情，连刚才喜鹊的声音也不曾听到。

“芝，病了吗？”

“不。”

“冷吗？”

“也不。”

“那是为什么事不愉快？”

“为什么事——我觉得我到近来常常是这样，真非常对不起你。”接着是勉强的作苦笑，且又笑笑的说，“原是恐怕你坐在家中生病，故同你到这儿来玩。”

笑是勉强又勉强，看得出，话也是无头无尾，忽而停止下来的。

“我看我们——”她再也不能说下去，想说的话全给一种不可挡的悲痛压下，变成了一种呜咽，随即伏在他的肩上了。

“不要这样吧，我受不住了。人来了。这是为熟人看着要笑的。回去再哭吧！唉，我是也要……”把泪噙在眼中的他，一面幽幽的说，一面把太太的头扶起，红着眼的太太就把满是眼泪的眼睛望定了他，大的泪是一直向下流，像泻着的泉。

他不能这样看她的哭，也不愿把同样的情形给她看，就掉过头去，叹着气。

“你总能够相信我，我还不至如你以为我能作的事！”

听太太的话，也仍然不掉回头来。只答应说：“是。我信你。”又继续说，“我难道是愿意你因了我的阻止失去别的愉快吗？我只愿意你知道我性情。我不想用什么计策来妨害过你自由。你作你欢喜作的事，我不但并不反对，还存心在你背后来设法帮你的忙。不过我并不是什么顶伟大的人，我的好处也许是我的病。一个平凡的人所能感到的嫉妒，我也会感到。你若有时能为我设想，你就想想我这难堪的地位吧。……”

他哭了。然而他还有话说。他旋即便解释他在这两月来的苦楚，是怎样沉闷的度着每一日，又是怎样自恼着不能全然容忍致影响到她。总之，他为了使她安心，使她知道他是还在怎样的爱她，又怎样的要她爱，找了两个多月还不能得的机会，这时是已经得到了。他的每一个字都如带得有一种毒使她要忍不来只想大声哭。

“我知道是我的错。”在男的把话说到结束时，女人说，“如今我全承认了。”

“我并不是说你错，你作的事正是一个聪明女子作的事。听人说是你同他来往，我就知道结果你非爱他不可。他有可爱的地方，这不是我说醋话。一个女子同他除非是陌生，只要一熟就免不了要感觉到这人吸引的力量大。我也知道你并不是完全忘了我。不过我说过了，我不伟大，我是平常人，要我不感到痛苦，要我在知道你每一次收拾得很好时便是去赴那约定下来的聚会，仍然不伤心，怎么办得到？”

仍然做苦笑的他，其实心中已经爽然泰然了。他说：“你说你的吧，我们这样一谈，一切便算一个梦，全醒了。”但他眼睛却仍然红着。他听她的话。她用一个已转成了喜悦调子的话为他说。

“我明白全是我不对。认一千次错也不能赎回这过去行为。我看到你为我受苦，然而我又复为你苦着的样而受更大的苦，我身在这类乎生病的情形下，我想到死的。我一死是万事干休了。我不明白我有什么权利和希望可以仍然活在这世界上，我不敢恨别一人，只恨我自己。我恨我是女人，又偏偏不能够见了可爱的男子时竟不去爱他。我又并不是爱了他就不爱你，就在他顶热顶乐的拥抱中，亲嘴中，我哪一回会忘了你呢。他吻我，我就在心上自己划算：唉，多可怜的芝呀！倘若是知道了这事，不是令他伤心么？他要我到床上去，我就想到要离开那个地方。但是我不能不为那谄媚的言语同那牙色的精致身体诱惑！我如他所求的作了使他满意的事以后，我就哭。我念记了一个人：在办公桌上低头办公的你，我哭了。我就悔。我适间用了五分的爱，便在后来用一倍的恨。但这又没有用处。我不能在三天以后再来抵抗第二个诱惑。他是正像五年前的你一样全个身心放在我这边。他也并不是就对你全不置意。正因了我们作的事是不大合情理的事，他是怕见你到十二分。你们的友谊是因了这件事完全毁了。他可怜你着，然而这消极的可怜不能使他放了我，因为不单他爱我，我也是爱他。我知道这样下去不是事，就劝他结婚，没效用。你要我怎么办？他要我一个礼拜去他那里一次，我是照办了。他要我少同你为一些小事争执，我是不在他说也就如此办了。他还要我爱他不必比爱你深切，这里我不能作伪。我爱他，用我的真心去爱他，我在此时是不用再讳的。但一个情人的爱决不会影响到丈夫身上。爱不是一件东西，因为给了另一个人便得把这东西从第一个人手上取得。同时爱这个也爱那个，这事是说不完只有天知道。我在你面前为你抱着时，我当真有多回是想到他，不过在他的亲嘴下，我也想到你。我先一个时节还是只觉得，正因了有他，我对你成了故事的新婚热情也恢复了。我感觉到有一个好丈夫以外还应有一个如意情人，故我就让他恋着我了。”

…………

一切都说了。一切的事在一种顶了解的情绪下，他听完了太太的诉说。他觉得他先所知道的还不及事实一半，她呢，也自己料不到会如此一五一十的敢在他面前说完。两人在这样情形下都又来为自己的忍耐与大胆惊诧。他们随即是在这无人行走的冷道上成排走着，转到假山上去了。

“芝，你恕了我吧。”

“你并不作了别的不应作的事，我怎么说恕你？”

“这事算一个顶坏的梦，我知道他不久就走，以后我想我们两人便不会为别的——”

“他放你？我恐怕他不恕你。”

女的听到这话就昵着男的肩说，这不是那么说。她又问他：

“那你恨不恨他？”

“你要我恨他，我就照你的方法恨他。”

太太羞羞的说她要他爱他。是的，一个太太爱上另一个男人，也有要丈夫还跟到去爱这男人的理由，这理由基于推己及人。然而他却答应照办了。

他们回家去吃饭时，像结婚第一年一个样子。但是她却偷偷悄悄的把一天情形，写信给那个另外的他知道，还说以后再不必羞于见她的夫了。

1927年12月在北京

八骏图

“先生，您第一次来青岛看海吗？”

“先生，您要到海边去玩，从草坪走去，穿过那片树林子，就是海。”

“先生，您想远远的看海，瞧，草坪西边，走过那个树林子——那是加拿大杨树，那是银杏树，从那个银杏树夹道上山，山头可以看海。”

“先生，他们说，青岛海比一切海都不同，比中国各地方海美丽。比北戴河呢，强过一百倍；您没到过北戴河吗？那里海水是清的，浑的？”

“先生，今天七月五号，还有五天学校才上课。上了课，你们就忙了，应当先看看海。”

青岛住宅区××山上，一座白色小楼房，楼下一个光线充足的房间里，到地不过五十分钟的达士先生，正靠近窗前眺望窗外的景致。看房子的听差，一面为来客收拾房子，整理被褥，一面就同来客攀谈。这种谈话很显然的是这个听差希望客人对他得到一个好印象的。第一回开口，见达士先生笑笑不理会。顺眼一看，瞅着房中那口小皮箱上面贴的那个黄色大轮船商标，觉悟达士先生是出过洋的人物了，因此就换口气，要来客注意青岛的海。达士先生还是笑笑的不说什么。那听差于是解嘲似的说，青岛的海与其他地方的海如何不同，它很神秘，很不易懂。

分内事情作完后，这听差搓着两只手，站在房门边说：“先生，您叫我，您就按那个铃。我名王大福，他们都叫我老王。先生，我的话您懂不懂?”

达士先生直到这个时候方开口说话：“谢谢你，老王。你说话我全听得懂。”

“先生，我看过一本书，学校朱先生写的，名叫《投海》，有意思。”这听差老王那么很得意的说着，笑眯眯的走了。天知道，这是一本什么书。

听差出门后，达士先生便坐在窗前书桌边，开始给他那个远在两千里外的美丽未婚妻写信。

> 瑗瑗：我到青岛了。来到了这里，一切真同家中一样。请放心，这里吃的住的全预备好好的！这里有个照料房子的听差，样子还不十分讨人厌，很欢喜说话，且欢喜在说话时使用一些新名词，一些与他生活不大相称的新名词。这听差真可以说是个“准知识阶级”，他刚刚离开我的房间。在房间帮我料理行李时，就为青岛的海，说了许多好话。照我的猜想，这个人也许从前是个海滨旅馆的茶房。他那派头很像一个大旅馆的茶房。他一定知道许多故事，记着许多故事。我想当他作一册活字典，在这里两个月把他翻个透熟。
>
> 我窗口正望着海，那东西，真有点迷惑人！可是你放心，我不会跳到海里去的。假若到这里久一点，认识了它，了解了它，我可不敢说了。不过我若一不小心失足掉到海里去了，我一定还将努力向岸边泅来，因为那时我必想起你，我不会让海把我攫住，却尽你一个人孤孤单单。

达士先生打量捕捉一点窗外景物到信纸上，寄给远地那个人看看，停住了笔，抬起头来时，窗外野景便朗然入目。草坪树林与远海，衬托得如一幅动人的画。达士先生于是又继续写道：

我房子的小窗口正对着一片草坪，那是经过一种精密的设计，用人工料理得如一块美丽毯子的草坪。上面点缀了一些不知名的黄色花草，远远望去，那些花简直是绣在上面。我想起家中客厅里你作的那个小垫子。草坪尽头有个白杨林，据听差说那是加拿大种白杨林。林尽头便是一片大海，颜色仿佛时时刻刻皆在那里变化；先前看看是条深蓝色缎带，这个时节却正如一块银子。

达士先生还想引用两句诗，说明这远海与天地的光色。一抬头，便见着草坪里有个黄色点子，恰恰镶嵌在全草坪最需要一点黄色的地方。那是一个穿着浅黄颜色袍子女人的身影。那女人正预备通过草坪向海边走去，随即消失在白杨树林里不见了。人俨然走入海里去了。

没有一句诗能说明阳光下那种一刹而逝的微妙感印。

达士先生于是把寄给未婚妻的第一个信，用下面几句话作了结束。

学校离我住处不算远，估计只有一里路。上课时，还得上一个小小山头，通过一个长长的槐树夹道。山路上正开着野花，颜色黄澄澄如金子。我欢喜那种不知名的黄花。

达士先生下火车时是上午七点二十分。到地把住处安排好了，写完信，就过学校教务处去接洽，同教务长商量暑期学校十二个钟头讲演的分配方法。很简便的办完了，就独自一人跑到海滨一个小餐馆吃了一顿很好的午饭。回到住处时，已是下午两点了。便又起始给那个未婚妻写信，报告半天中经过的事情。

瑗瑗：我已经过教务处把我那十二个讲演时间排定了。所有时间皆在上午十点前。有八个讲演，讨论的问题，全是我在北京学校教过的那些东西。我不用预备就可以把它讲得很好。另外我还担任四点钟现代中国文学，两点钟讨论几个现代中国小说作家所代表的倾向。你想象得出，这些问题我上堂同他们讨论时，一定能够引起他们的兴味。今天五号，过五天方能够开学。

我应当照我们约好的办法，白天除了上课堂上图书馆，或到海边去散步以外，就来把所见所闻一一告给你。我要努力这样作。我一定使你每天可以接到我一封信，这信上有个我，与我在此所见社会的种种。小米大的事也不会瞒你。

我现在住处是一座外表很可观的楼房。这原是学校特别为几个远地聘来的教授布置的。住在这个房子里一共有八个人，其余七个人我皆不相熟。这里住的有物理学家教授甲，生物学家教授乙，哲学家教授丙，史汉专家教授丁，以及西洋文学史专家教授戊等等。这些名流我还不曾见面，过几天我会把他们的神气一一告诉你。

我预备明天到校长家去，我明天将到他那儿吃午饭。我猜想得到，这人一见我就会说："怎么样，还可……？应当邀你那个来海边看看！我要你来这里不是害相思病，原就只是让你休息休息，看看海。一个人看海，也许会跌到海里去给大鱼咬掉的！"瑷瑷，你说，我应如何回答这个人。下车时我在车站外边站了一会儿，无意中就见到一种贴在阅报牌上面的报纸。那报纸登载着关于我们的消息，说我们两人快要到青岛来结婚。还有许多事是我们自己不知道的，也居然一行一行的上了版，印出给大家看了。那个作编辑的转述关于我的流行传说时，居然还附加着一个动人的标题："欢迎周达士先生。"我真害怕这种欢迎。我担心一会儿就会有人来找我。我应当有个什么方法，同一切麻烦离远些，才有时间给你写信。你试想想看，假若我这时正坐在桌边写信，一个不速之客居然进了我的屋子猝然发问："达士先生，你又在写什么恋爱小说！你一共写了多少？是不是每个故事都是真的？都有意义？”这询问真使人受窘！我自然没有什么可回答。然而一到第二天，他们仍然会写出许多我料想不到的事情！他们会说：达士先生亲口对记者说的。事实呢，他也许就从没见过我。

达士先生离开××时，与他的未婚妻瑷瑷说定，每天写一封信回××。但初到青岛第一天，他就写了三封信。第三封信写成，预备叫听差老王丢进学校邮筒里去时，天已经快夜了。

达士先生在住处窗边享受来到青岛地方以后第一个黄昏。一面眺望窗外的草坪，——那草坪正被海上夕照烘成一片浅紫色。那种古怪色泽引起他一点回忆。

想起另外某一时，仿佛也有那么一片紫色在眼底炫耀。那是几张紫色的信笺，不会记错。

他打开了箱子，从衣箱底取出一个厚厚的杂记本子，就窗前余光向那个书本寻觅一件东西。这上面保留了这个人一部分过去的生命。翻了一阵，果然的，一个“七月五日”标题的记事被他找出来了。

七月五日

一切都近于多余。因为我走到任何一处皆将为回忆所围困。新的有什么可以把我从泥淖里拉出？这世界没有“新”，连烦恼也是很旧了的东西。

读完这个，有一点茫然自失。大致身体为长途折磨疲倦了，需要一会儿休息。

可是达士先生一颗心却正准备到一个旧的环境里散散步。他重新去念着那个两年前七月五日寄给南京的×请他代他过××去看看瑷瑷的一个信稿。那个原信用的暗紫色纸张写的，那个信发出时，也正是那么一个悦人眼目的黄昏。

这几个人的关系是×欢喜他，他却爱瑷瑷，瑷瑷呢，不讨厌×。

当瑷瑷听人说到×极爱达士先生时，瑷瑷便说："这真是好事情。"然而人类事情常常有其相左的地方，上帝同意的人不同意，人同意的命运又不同意。×终于怀着一点儿悲痛，嫁给一个会计师了。×作了另外个人的太太后，知道达士先生尚在无望无助中遣送岁月。便来信问达士先生，是不是要她作点什么事。她很想为他效点劳。因为她觉得他虽不爱她，派她作点事，尚可借此证明他还信任她。来信说得多婉委，多可怜！当时他被她一点点隐伏着的酸辛把心弄软了，便写了个信给×托她去看看瑷瑷。这个信不单是信任×，同时也就在告给×，莫用过去那点幻想折磨她自己。

×，你信我已见到了，一切我都懂。一切不是人力所能安排的，我们总莫过分去勉强。我希望我们皆多有一分理知，能够解去爱与憎的缠缚。

听说你是很柔顺贞静作了一个人的太太，这消息使熟人极快乐。……死去了的人，死去了的日子，死去了的事，假若还能折磨人，都不应当留在人心上来受折磨。所以，一个不善忘的人，如果企想"幸福"，最先应当学习就是善忘。我近来正在一种逃遁中生活，希望从一切记忆围困中逃遁。与其尽回忆把自己弄得十分软弱，还不如保留一个未来的希望较好。

谢谢你在来信上提到我那些故事，恰恰正是我讨厌一切写下的故事的时节。一个人应当去生活，不应当尽去想象生活！若故事真如你称赞的那么好，也不过只证明这个拿笔的人，很愿意去一切生活里生活，因为无用无能，才转而来虐待那一只手罢了。

你可以写小说，因为很明显的事，你是个能够把文章写得比许多人还要好的女子。若没有这点自信力，就应当听一个朋友忠厚老实的意见。家庭生活一切过得极有条理，拿笔本不是必需的事。为你自己设想可不必拿笔；为了读者，你不能不拿笔了。中国还需要这种人，忘了自己的得失成败，来做一点事情。我听人说到你预备去当伤兵看护，实际上你的长处可以当许多男子受伤灵魂的看护，后者职务实在比你去侍候伤兵还精细在行。你不觉得你写点文章比掉换绷带方便些？你需要一点自觉，一点自信。

我不久或过××来，我想看看，那个“我极爱她她可毫不理我”的瑗瑗。三年来我一切完了。我看看她，若一切还依然那么沉闷，预备回乡下去过日子，再不想麻烦人了。我应当保持一种沉默，到乡下生活十年，把最重要的一段日子费去。×，你若是个既不缺少那种好心也不缺少那种空闲的人，我请你去为我看看她。我等候你一个信。你随便给我一点见她以后的报告，对于我都应当说是今年来最难得的消息。

再过两年我会不会那么活着？

一切人事皆在时间下不断的发生变化。第一，这个×去年病死了。第二，这个瑗瑗如今已成达士先生的未婚妻。第三，达士先生现在已不大看得懂那点日记与那个旧信上面所有的情绪。

他心想：人这种东西够古怪了，谁能相信过去？谁能知道未来？旧的，我们忘掉它。一定的，有人把一切旧的皆已忘掉了，却剩下某时某地一个人微笑的影子还不能够忘去。新的，我们以为是对的，我们想保有它，但谁能在这个人间保有什么？

在时间对照下，达士先生有点茫然自失的样子。先是在窗边痴着，到后来笑了。目前各事仿佛已安排对了。一个人应知足，应安分。天慢慢的黑下来，一切那么静。

瑗瑗：

暑期学校按期开了学。在校长欢迎宴席上，他似庄似谐把远道来此讲学的称为“千里马”；一则是人人皆赫赫大名，二则是不怕路远。假若我们全是千里马，我们现在的住处，便应当称为“马房”了！我意思同校长稍稍不同。我以为几个人所住的房子，应当称为“天然疗养院”，才能名实相副。你信不信，这里的人，从医学观点看来，皆好像有一点病。（在这里我真有个医生资格！）我不是说过我应当极力逃避那些麻烦我的人吗？可是，结果相反，三天以来同住的七个人，有六个人已同我很熟习了。我有时与他们中一个两个出去散步，有时他们又到我屋子里来谈天，在短短时期中我们便发生了很好的友谊。教授丁，丙，乙，戊，尤其同我要好。便因为这种友谊，我诊断他们都是病人。我说的一点不错，这不是笑话。这些教授中至少有两个人还有点儿疯狂，便是教授乙同教授丙。我很觉得高兴，到这里认识了这些人，从这些专家方面，学了许多应学的东西。这些专家年龄有的已经五十四岁，有的还只三十左右。正仿佛他们一生所有的只是专门知识，这些知识有的同“历史”或“公式”不能分开，因此为人显得很庄严，很老成。但这就同人性有点冲突，有点不大自然。一个不到三十岁的小说作家，年龄同事业，从这些专家看来，大约应当属于“浪漫派”。正因为他们是“古典派”，所以对我这个“浪漫派”发生了兴味，发生了友谊。我相信我同他们的谈话，一面在检察他们的健康，一面也就解除了他们的“意结”。这些专家有的儿女已到大学三年级，早在学校里给同学写情书谈恋爱了，然而本人的心，真还是天真烂漫。这些人虽富于学识，却不曾享受过什么人生。便是一种心灵上的欲望，也被抑制着，堵塞着。我从这儿得到一点珍贵知识，原来十多年来大家叫喊着“恋爱自由”这个名词，这些过渡人物所受的刺激，以及在这种刺激之下，藏了多少悲剧，这悲剧又如何普遍存在。

瑗瑗，你以为我说的太过分了是不是？我将把这些可尊敬的朋友神气，一个一个慢慢的写出来给你看。

达士

教授甲把达士先生请到他房里去喝茶谈天，房中布置在达士先生脑中留下那么一些印象：房中小桌上放了张全家福的照片，六个胖孩子围绕了夫妇两人。太太似乎很肥胖。

白麻布蚊帐里，有个白布枕头，上面绣着一点蓝花，枕旁放了一个旧式扣花抱兜。一部《疑雨集》，一部《五百家香艳诗》。大白麻布蚊帐里挂一幅半裸体的香烟广告美女画。

窗台上放了个红色保肾丸小瓶子，一个鱼肝油瓶子，一帖头痛膏。

教授乙同达士先生到海边去散步。一队穿着新式浴衣的青年女子迎面而来。切身走过，教授乙回身看了一下几个女子的后身，便开口说：

“真希奇，这些女子，好像天生就什么事都不必做，就只那么玩下去，你说是不是？”

“……”

“上海女子全像不怕冷。”

“……”

“宝隆医院的看护，十六元一月。新新公司的售货员，四十块钱一月。假若她们并不存心抱独身主义，在货台边相攸的机会，你觉不觉得比病房中机会要多一些？”

“……”

“我不了解刘半农的意思。女子文理学院的学生全笑他。”

走到沙滩尽头时，两人便越马路到了跑马场。场中正有人调马。达士先生想同教授乙穿过跑马场，由公园到山上去。教授乙发表他的意见，认为那条路太远，海滩边潮水尽退，倒不如湿砂上走走有意思些。于是两人仍回到海滩边。

达士先生说：

“你怎不同夫人一块来？家里在河南，在北京？”

“……”

“小孩子读书实在也麻烦，三个都在南开吗？”

“……”

“家乡无土匪倒好。从不回家，其实把太太接出来也不怎么费事；怎不接出来？”

“……”

“那也很好，一个人过独身生活，实在可以说是洒脱，方便。但是，有时不寂寞吗？”

“……”

“你觉得上海比北平好？奇怪。一个二十来岁的人，若想胡闹，应当称赞上海。若想念书，除了北平往哪里走？你觉得上海可以——？”

那一队青年女子，恰好又从浴场南端走回来。其中一个穿着件红色浴衣，身材丰满高长，风度异常动人。赤着两脚，经过处，湿砂上便留下一列美丽的脚印。教授乙低下头去，从女人一个脚印上拾起一枚闪放珍珠光泽的小小蚌螺壳，用手指轻轻的很情欲的拂拭着壳上粘附的砂子。

“达士先生，你瞧，海边这个东西真美丽。”

达士先生不说什么，只是微笑着，把头掉向海天一方，眺望着天际白帆与烟雾。

哲学教授丙，从住处附近山中散步回到宿舍，差役老王在门前交给他一个红喜帖：“先生，有酒喝！”教授丙看看喜帖是上海×先生寄来的。过达士先生房中谈闲天时，就说起×先生。

“达士先生，你写小说我有个故事给你写。民国十二年，我在杭州××大学教书，与×先生同事。这个人您一定闻名已久。这是个从五四运动以来过了好一阵戏剧性热闹日子的人物！这×先生当时住在西湖边上，租了两间小房子，与一个姓×的爱人同住。各自占据一个房间，各自有一铺床。两人日里共同吃饭，共同散步，共同作事读书，只是晚上不共同睡觉。据说这个叫作‘精神恋爱’。×先生为了阐发这种精神恋爱的好处，同时还著了一本书，解释它，提倡它。性行为在社会引起纠纷既然特别多，性道德又是许多学者极热烈高兴讨论的问题。当时倘若有只公鸡，在母鸡身边，还能作出一种无动于中的阉鸡样子，也会为青年学者注意。至于一个男人，能够如此，自然更引人注意，成为了不起的一件大事了。社会本是那么一个凡事皆浮在表面上的社会，因此×先生在他那份生活上，便自然有一种伟大的感觉，日子过得仿佛很充实。分析一下，也不过是佛教不净观，与儒家贞操说两种鬼在那里作祟罢了。

“有朋友问×先生，你们过日子怪清闲，家里若有个小孩，不热闹些吗？×先生把那朋友看得很不在眼似的说，嗨，先生，你真不了解我。我们恋爱哪里像一般人那种兽性；你真是——有眼不识泰山。你没看过我那本书吗？他随即送了那朋友一本书。

“到后丈母娘从四川远远的跑来了，两夫妇不得不让出一间屋子给丈母娘住。两人把两铺床移到一个房中去并排放下。另一朋友知道了这件事，就问他，×先生如今主张变了吧？×先生听到这种话，非常生气的说，哼，你把我当成畜生！从此不再同那个朋友来往。

“过了一年，那丈母娘感觉生活太清闲，那么过日子下去实在有些寂寞，希望作外祖母了。同两夫妇一面吃饭，一面便用说笑话口气发表意见，以为家中有个小孩子，麻烦些同时也一定可以热闹些。两夫妇不待老母亲把话说完，同声齐嚷起来：‘娘，你真是无办法。怎不看看我们那本书？’两夫妇皆把丈母娘当成老顽固，看来很可怜。以为没受过高等教育的人，除了想儿女为她养孩子含饴弄孙以外，真再也没有什么高尚理想可言！

“再过一阵，女的害了病；害了一种因贫血而起的病。×先生陪她到医生处去诊病。医生原认识两人，在病状报告单上称女的为×太太，两夫妇皆不高兴，勒令医生另换一纸片，改为×小姐。医生一看病人，已知道了病因所在，是在一对理想主义者，为了那点违反人性的理想把身体弄糟了。要它好，简便得很。医生有作医生的义务，就老老实实把意见告给×先生。×先生听完，一句话不说，拉了女的就走。女的还不明白是怎么回事。×先生说，这家伙简直是一个流氓，一个疯子，哪里配作医生。后来且同别人说，这医生太不正经，一定靠卖春药替人堕胎讨生活。我要上衙门去告他。公家应当用法律取缔这种坏蛋，不许他公然在社会上存在，方是道理。

“于是女人另换医生服中药，贝母当归煎剂吃了无数，延缠半年，终于死去了。×先生在女的坟头立了一个纪念碑，石上刻着字：我们的恋爱，是神圣纯洁的恋爱！当时的社会是不大吝惜同情的，自然承认了这件事。凡朋友们不同意这件事的，×先生就觉得这朋友很卑鄙龌龊，不了解人间恋爱可以作到如何神圣纯洁与美丽，永远不再同那个朋友往来。

“今天我却接到这个喜帖，才知道原来×先生八月里在上海又要同上海交际花结婚了，有意思。潮流不同了，现在一定不再坚持那个了。”

达士先生听完了这个故事，微笑着问教授丙：

“丙先生，我问你，你的恋爱观怎么样?”

教授丙把那个红喜帖折叠成一个老猪头。

“我没有恋爱观。我是个老人了，这些事应当是儿女们的玩意儿了。”

达士先生房中墙壁上挂了个希腊爱神照片，教授丙负手看了又看，好像想从那大理石胴体上凹下处凸出处寻觅些什么，发现些什么。到把目光离开相片时，忽然发问：

“达士先生，你班上有个杨秀青，是不是?”

“有这样一个人。你认识她?这个女孩子真是班上顶美的……”

“她是我的内侄女。”

“哦，你们是亲戚!”

“这孩子还聪敏，书读得不坏。”说着，教授丙把视线再度移到墙头那个照片上去，心不在焉的问道，“达士先生，这照片是从希腊人的雕刻照下的吗?”这种询问似乎不必回答，达士先生很明白。

达士先生心想：“丙先生倒有眼睛，认识美。”不由得不来一个会心微笑。

两人于是同时皆有一个苗条圆熟的女孩子影子，在印象中晃着。

教授丁邀约达士先生到海边去坐船。乳白色的小游艇，支持了白色三角形小帆，顺着微风，向作宝石蓝颜色镜平放光的海面滑去。天气明朗而温柔。海浪轻轻的拍着船头和船舷，船身略侧，向前滑去时轻盈得如同一只掠水的小燕儿。海天尽头有一点淡紫色烟子。天空正有白鸟三五，从容向远海飞去。这点光景恰恰像达士先生另外一个记载里的情形。便是那只船，也如当前的这只船。有一点儿稍稍不同，就是坐在达士先生对面的一个人，不是医生，却换了一个史汉专家教授丁。

两人把船绕着小青岛驶去。讨论着当年若墨医生与达士先生尚未得出讨论结果的那个问题，——女人，一个永远不能结束定论的议题!

教授丁说：

“大概每个人皆应当有一种辖治，方能像一个人。不管受神的，受鬼的，受法律的，受医生的，受金钱的，受名誉的，受牙痛的，受脚气的，必需有一点从外而来或由内而发的限制，人才能够像一个人。一个不受任何拘束的人，表面看来极其自由，其实他做什么也不成功。因为他不是个人。他无拘束同时也就不会有多少气力。

“我现在若一点儿不受拘束，一切欲望皆苦不了我，一切人事我不管，这决不是个好现象。我有时想着就害怕。我明白，我自己居然能够活下去，还得感激社会给我那一点拘束。若果没有它，我就自杀了。

“若墨医生同我在这只小船上的座位虽相差不多，我们又同样还没结婚。可是，他讨厌女人，他说：一个女人在你身边时折磨你的身体，离开你身边时又折磨你的灵魂。女子是一个诗人想象的上帝，是一个浪子官能的上帝。他口上尽管讨厌女人，不久却把一个双料上帝弄到家中作了太太，在裙子下讨生活了。我一切恰恰同他相反。我对女人，许多女人皆发生兴味。那些肥的，瘦的，有点儿装模作样或是势利浅浮的，似乎只因为她们是女子，有女子的好处，也有女子的弱点，我就永远不讨厌她们。我不能说出若墨医生那种警句，却比他更了解女子。许多讨厌女子的人，皆在很随便情形下同一个女子结了婚。我呢，我欢喜许多女人，对女人永远倾心，我却再也不会同一个女人结婚。

“若依我自己的意见来说，我早就应当自杀了。然而到今天还不自杀，就亏得这个世界上还有一些女人。这些女人我皆很爱她们。我在那种想象荒唐中疯人似的爱着她们。其中有一个我尤其倾心，但我却极力制止我自己的行为，始终不让她知道我爱她。我若让她知道了，她也许就会嫁给我。我不预备这一着。我逃避这一着。我只想等到她有了四十岁，把那点女人极重要的光彩大部分已失去时，我再去告她，她失去了的，在我心上还好好的存在。我为的是爱她，总觉得单是得到了她还不成，我便尽她去嫁给一个明明白白一切皆不如我的人，使她同那男子在一处消磨尽这个美丽生命。到了她本身已衰老时，我的爱一定还新鲜而活泼。

“你觉得怎么样，达士先生?”

达士先生有他的意见：

“您的打算还仍然同若墨医生差不多。您并不是在那里创造哲学，不过是在那里被哲学创造罢了。你同许多人一样，放远期账，表示远见与大胆，且以为将来必可对本翻利。但是您的账放得太远了，我为您担心。这种投资我并无反对理由，因为各人有各人耗费生命的权利和自由，这正同我打量投海，觉得投海是一种幸福时，您不便干涉一样。不过我若是个女人，对于您的计划，可并无多少兴味。您虽有哲学，却缺少常识。您以为您到了那个年龄，脑子还能像如今这样充满幻想，且以为女子到了四十岁，也还会如十八岁时那么多情善感，这真是胡涂。我敢说您必输到这上面。您若有兴味去看一本关于××的书籍，您会觉得您那意见必需加以小小修改了。您爱她，得给她。这是自然的道理。您看她，使她归您，这还不够，因为时间威胁到您的爱，便想违反人类生命的秩序，而且说这一切是在为女人着想。我看看，这同束身缠脚一样，不大自然，有点残忍。”

“您以为这个事太不近情，是不是？我们每一个人都可以听凭自己意志建筑一座礼拜堂，供奉自己所信仰的那个上帝。我所造的神龛，我认为是世界上最美丽的神龛。这事由您看来，这么办耗费也许大一点。可是恋爱原本就是一种奢侈的行为。这世界正因为吝啬的人太多了，所以凡事总做不好。我觉得吝啬原邻于愚蠢。一个人想把自己人格放光，照耀蓝空，炫人眼目如金星，愚蠢人决做不出。”

“您想这么做是中了戏剧的毒。您能这么做可以说是很有演剧的天才。我承认您的聪明。”

“您说对了，我是在演剧。很大胆的把角色安排下来，我期待的就正是在全剧进行中很出众。然而近人情，到重要时忽然一转，尤其惊人。”

达士先生说：

“说得对。一个人若真想把自己全生活放在热闹紧张场面上发展，放在一种变态的不自然的方法中去发展，从一个艺术家眼里看来，没有反对的道理。一切艺术原皆不容许平凡。不过仍然用演戏取譬，您想没想到时间太久了一点，您那个女角，能不能支持得下去？世界上尽有许多女人在某一时具有为诗人与浪子拜倒那个上帝的完美，但决不能持久。您承认她们到某一时会把生命光彩失去，却不想想一个表面失去了光彩的女人，还剩下一些什么东西。”

“那您意思怎么样？”

“爱她，得到她。爱她，一切给她。”

“爱她，如何能长久得到她？一切给她，什么是我？若没有我，怎么爱她？”

达士先生知道教授戊是个结了婚后一年又离婚的人，想明白他对于这件事的意见同感想。下面是教授戊的答案：

女人，多古怪的一种生物！你若说“我的神，我的王后，你瞧，我如何崇拜你！让莎士比亚的胸襟为一个女人而碎吧，同我来接一个吻！”好辞令。可是那地方若不是戏台，却只是一个客厅呢？你将听到一种不大自然的声音，（她们照例演戏时还比较自然，她们会回答你说：“不成，我并不爱你。”）好，这事也就那么完结了。许多男子就那么离开了她的爱人，男的当然便算作失恋。过后这男子事业若不大如意，名誉若不大好，这些女人将那么想："我幸好不曾上当。"但是，另外某种男子，也不想作莎士比亚，说不出那么雅致动人的话语，他要的只是机会。机会许可他傍近那个女子身边时，他什么空话都不必说，就默默的吻了女人一下。这女子在惊惶失措中，也许一伸手就打了他一个耳光。然而男子不做声，却索性抱了女子，在那小小嘴唇上吻个一分钟。他始终没有说话，不为行为加以解释。他知道这时节本人不在议会，也不在课堂。他只在作一件事！结果，沉默了。女人想："他已吻过我了。"同时她还知道了接吻对于她毫无什么损失。到后，她成了他的妻子。这男人同她过日子过得好，她十年内就为他养了一大群孩子，自己变成一个中年胖妇人；男子不好，她会解说：这是命。

是的，女人也有女人的好处。我明白她们那些好处。上帝创造她们时并不十分马虎，既给她们一个精致柔软的身体，又给她们一种知足知趣的性情，而且更有意思，就是同时还给她们创造一大群自作多情又痴又笨的男子，因此有恋爱小说，有诗歌，有失恋自杀，有结果便是女人在社会上居然占据一种特殊地位，仿佛凡事皆少不了女人。

"我以为这种安排有一点错误。从我本身起始，想把女人的影响，女人的牵制，——尤其是同过家庭生活那种无趣味的牵制，在摆脱得开时乘早摆脱开。我就这样离了婚。"

达士先生向草坪望着："老王，草坪中那黄花叫什么名？"

老王不曾听到这句话，不做声，低头作事。

达士先生又说："老王，那个从草坪里走来看庚先生的女人是什么人？"

听差老王一面收拾书桌一面也举目从窗口望去："××女子中学教书先生。长得很好，是不是？"说着，又把手向楼上指指，轻声的说，"快了，快了。"那意思似乎在说两人快要订婚，快要结婚。

达士先生微笑着："快什么了？"

达士先生书桌上有本老舍作的小说，老王随手翻了那么一下："先生，这是老舍作的，你借我这本书看看好不好？怎么这本书名叫《离婚》？"

达士先生好像很生气的说：

"怎么不叫《离婚》？我问你，老王。"

楼上电铃忽响，大约住楼上的教授庚，也在窗口望见了经草坪里通过向寄宿舍走来的女人了，呼唤听差预备一点茶。

一个从××寄过青岛的信——

达士先生：

你给我为历史学者教授辛画的那个小影，我已见到了。你一定把它放大了点。你说到他向你说的话，真不大像他平时为人。可是我相信你画他时一定很忠实。你那枝笔可以担保你的观察正确。这个速写同你给其他先生们的速写一样，各自有一种风格，有一种跃然纸上的动人风格，我读它时非常高兴。不过我希望你——，因为你应当记得着，你把那些速写寄给什么人。教授辛简直是个疯子。你不是说宿舍里一共有八个人吗？怎么始终不告给我第七个人是谁？你难道半个月以来还不同他相熟？照我想来这一点也有点原因。好好的告给我。

天保佑你。

瑗瑗

达士先生每当关着房门，记录这些专家的风度与性格到一个本子上去时，便发生一种感想："没有我这个医生，这些人会不会发疯？"其实这些人永远不会发疯，那是很明白的。并且发不发疯也并非他注意的事情，他还有许多必须注意的事。

他同情他们，可怜他们。因为他自以为是个身心健康的人。他预备好好的来把这些人物安排在一个剧本里，这自以为医治人类灵魂的医生，还将为他们指示出一条道路，就是凡不能安身立命的中年人，应勇敢走去的那条道路。他把这件事，描写得极有趣味的寄给那个未婚妻去看。

但这个医生既感觉在为人类尽一种神圣的义务，发现了七个同事中有六个心灵皆不健全，便自然引起了注意另外那一个健康人的兴味。事情说来希奇，另外那个人竟似乎与他“无缘”。那人的住处，恰好正在达士先生所住房间的楼上，从××大学欢迎宴会的机会中，那人因同达士先生座位相近，×校长短短的介绍，他知道那是经济学者教授庚。除此以外，就不能再找机会使两人成为朋友了。两人不能相熟，自然有个原因。

达士先生早已发现了，原来这个人精神方面极健康，七个人中只有他当真不害什么病。这件事得从另外一个人来证明，就是有一个美丽女子常常来到寄宿舍，拜访经济学者庚。

有时两人在房子里盘桓，有时两人就在窗外那个银杏树夹道上散步。那来客看样子约有二十五六岁，同时看来也可以说只有二十来岁。身材面貌皆在中人以上，最使人不容易忘记的，就是那一双诗人常说“能说话能听话”的那种眼睛。也便是这一双眼睛，因此使人估计她的年龄，容易发生错误。

这女人既常常来到宿舍，且到来以后，从不闻一点声息，仿佛两人只是默默的对坐着。看情形，两个人感情很好。达士先生既注意到这两个人，又无从与他们相熟，因此在某一时节，便稍稍滥用一个作家的特权，于一瞥之间从女人所得的印象里，想象这个女子的出身与性格，以及目前同教授庚的关系。

这女子或毕业于北平故都的国立大学，所学的是历史，对诗词具有兴味，因此词章知识不下于历史知识。

这女子在家庭中或为长女。家中一定是个绅士门阀，家庭教育良好，中学教育也极好。从×大学历史系毕业后，就来到××女子中学教书，每星期约教十八点钟课，收入约八十元左右。在学校中很受同事与学生敬爱，初来时，且间或还会有一个富冒险心而不大知趣的山东籍国文教员，给她一种不甚得体的殷勤。然而那一种端静自重的外表，却制止了这男子野心的扩张。还有个更重要的原因，便是北平方面每天有一封信给她，这件事从学校同事看来，便是“有了主子”的证明，或是一个情人，或是一个好友，便因为这通信，把许多人的幻想消灭了。这种信从上礼拜起始不再寄来，原来那个写信人教授庚已到了青岛，不必再写什么信了。

这女人从不放声大笑，不高声说话，有时与教授庚一同出门，也静静的走去，除了脚步声音便毫无声响。教授庚与女人的沉默，证明两人正爱着，而且贴骨贴肉如火如荼的爱着。唯有在这种证候中，两个人才能够如此沉静。

女人的特点是一双眼睛，它仿佛总时时刻刻警告人，提醒人。你看她，它似乎就在说：“您小心一点，不要那么看我。”一个熟人在她面前说了点放肆话，有了点不庄重行动，它也不过那么看看。这种眼光能制止你行为的过分，同时又俨然在奖励你手足的撒野。它可以使俏皮角色诚实稳重，不敢胡来乱为，也能使老实人发生幻想，贪图进取。它仿佛永远有一种羞怯之光；这个光既代表贞洁，同时也就充满了情欲。

由于好奇，或由于与好奇差不多的原因，达士先生愿意有那么一个机会，多知道一点点两人的关系。因为照他的观察来说，这两人关系一定不大平常，其中有问题，有故事。再则女的那一分静实在吸引着他，使他觉得非要知道她一点不可。而且仿佛那女人的眼光，在达士先生脑子里，已经起了那么一种感觉：“先生，我知道你是谁。我不讨厌你。到我身边来，认识我，崇拜我，你不是个胡涂人，你明白，这种情形是命定的，非人力所能抗拒的。”这是一种挑战，一种沉默的挑战。然而达士先生却无所谓。他不过有点儿好奇罢了。

那时节，正是国内许多刊物把达士先生恋爱故事加以种种渲染，引起许多人发生兴味的时节。这个女人必知道达士先生是个什么人，知道达士先生行将同谁结婚，还知道许多达士先生也不知道的事，就是那种失去真实性的某一类铺排的极其动人的谣言。

达士先生来到青岛的一切见闻，皆告诉给那个未婚妻，上面事情同一点感想，却保留在一个日记本子上。

达士先生有时独自在大草坪散步，或从银杏夹道上山去看海，有三四次皆与那个经济学者一对碰头，这种不期而遇也可以说是什么人有意安排的。相互之间虽只随随便便那么点一点头各自走开，然而在无形中却增加了一种好印象。当达士先生从那个女人眼睛里再看出一点点东西时，他逃避了那一双稍稍有点危险的眼睛，散步时走得更远了一点。

他心想："这真有点好笑。若在一年前，一定的，目前的事会使我害一种很厉害的病。可是现在不碍事了。生活有了免疫性，那种令人见寒作热的病不至于上身了。"他觉得他的逃避，却只是在那里想方设法使别人不至于害那种病。因为那个女人原不宜于害病，那个教授庚，能够不害那一种病，自然更好。

可是每种人事原来皆俨然被一只看不见的手所安排。一切事皆在凑巧中发生，一切事都在意外情形下变动。××学校的暑假学校演讲行将结束时，某一天，达士先生忽然得到一个不具名的简短信件，上面只写着这样两句话：

学校快结束了，舍得离开海吗？（一个人）

一个什么人？真有点离奇可笑。

这个怪信送到达士先生手边时，凭经验，可以看出写这个信的人是谁。这是一颗发抖的心同一只发抖的手，一面很羞怯，又一面在狡猾的微笑，把信写好亲自付邮的。不管这个人是谁，不管这信写得如何简单，不管写这封信的人如何措辞，达士先生皆明白那种来信表示的意义。达士先生照例不声不响，把这种来信搁在一个大封套里。一切如常，不觉得幸福也不觉得骄傲。间或也不免感到一点轻微惆怅。且因为自己那分冷静，到了明知是谁以后，表面上还不注意，仿佛多少总辜负了面前那年轻女孩子一分热情，一分友谊。可是这仍然不能给他如何影响。假若沉静是他分内的行为，他始终还保持那分沉静。达士先生的态度，应当由人类那个习惯负一点责。应当由那个拘束人类行为，不许向高尚纯洁发展，制止人类幻想，不许超越实际世界，一个极有势力的名辞负点责。达士先生是个订过婚的人。在“道德”名分下，把爱情的门锁闭，把另外女子的一切友谊拒绝了。

得到那个短信时，达士先生看了看，以为这一定又是一个什么自作多情的女孩子写来的。手中拈着这个信，一面想起宿舍中六个可怜的同事，心中不由得不侵入一点忧郁。“要它的，它不来；不要的，它偏来。”这便是人生？他于是轻轻的自言自语说：“不走，又怎么样？一个真正古典派，难道还会成一个病人？便不走，也不至于害病！”的确，就因事留下来，纵不走，他也不至于害病的。他有经验，有把握，是个不怕什么魔鬼诱惑的人。另外一时他就站过地狱边沿，也不眩目，不发晕。当时那个女子，却是个使人值得向地狱深阱跃下的女子。他有时自然也把这种近于挑战的来信，当成青年女孩子大胆妄为感情的游戏，为了训练这些大胆妄为的女孩子，他以为不作理会是一种极好的处置。

瑗瑗：

我今天晚车回××。达。

达士先生把一个简短电报亲自送到电报局拍发后，看看时间还只五点钟。行期既已定妥，在青岛勾留算是最后一天了。记起教授乙那个神色，记起海边那种蚌壳。当达士先生把教授乙在海边拾蚌壳的这件事告给瑗瑗时，回信就说：不要忘记，回来时也为我带一点点蚌壳来。我想看看那个东西！

达士先生出了电报局，便向海边走去。

到了海水浴场，潮水方退，除了几个骑马会的外国人骑着黑马在岸边奔跑外，就只有两个看守浴场工人在那里收拾游船，打扫砂地。达士先生沿着海滩走去，低着头寻觅这种在白砂中闪放珍珠光的美丽蚌壳。想起教授乙拾蚌壳那副神气，觉得好笑。快要走到东端时，忽然发现湿砂上有谁用手杖斜斜的划着两行字迹。走过去看看，只见砂上那么写着：

这个世界也有人不了解海，不知爱海。也有人了解海，不敢爱海。

达士先生想想那个意思，笑了。他是个辨别笔迹的专家，认识那个字迹。懂得那个意义。看看潮水的印痕，便知道留下这种玩意儿的人，还刚刚离此不久。这倒有点古怪。难道这人就知道达士先生今天一早上会来海边，恰好先来这里留下这两行字迹？还是这人每天来到海边，写那么两行字，期望有一天会给达士先生见到？不管如何，这方式显然的是在大胆妄为以外还很机伶狡猾的。达士先生皱眉头看了一会，就走开了。一面仍然低头走去，一面便保护自己似的想道："鬼聪明，你还是要失败的。你太年轻了，不知道一个人害过了某种病，就永远不至于再传染了！你真聪明，你这点聪明将来会使你在另外一件事情上成就一件大事业，但在如今这件事情上，应当承认自己赌输了！这事不是你的错误，是命运。你迟了一年。……"然而不知不觉，却面着大海一方，轻轻的舒了一口气。

不了解海，不爱海。是的。了解海不敢爱海，是不是？

他一面走一面口中便轻轻数着："是——不是？不是——是？"

忽然间，砂地上一件新东西使他愣住了。那是一对眼睛，在湿砂上画好的一对美丽眼睛。旁边还那么写着："瞧我，你认识我！"是的。那是谁，达士先生认识得很清楚的。

一个扒砂工人扛一把平头铲沿着海岸走来，走过达士先生身边时，达士先生赶着问："慢点走，我问你，你知不知道这是谁画的？”说完他把手指着那些骑马的人。那工人却纠正他的错误，手指着山边一堵浅黄色建筑物：“哪，女先生画的！”

“你亲眼看见是个女先生画的？”

工人看看达士先生，不大高兴似的说：“我怎不眼见？”

那工人说完，扬扬长长的走了。

达士先生在那砂地上一对眼睛前站立了一分钟，仍然把眉头略微皱了那么一下，沉默的沿海走去了。海面有微风皱着细浪。达士先生弯腰拾起了一把海砂向海中抛去。“狡猾东西，去了吧。”

十点二十分钟达士先生回到了宿舍。

听差老王从学校把车票取来，告给达士先生，晚上十一点二十五分开车，十点半上车站不迟。

到了晚上十点钟，那听差来问达士先生，是不是要他把行李先送上车站去，就便还给达士先生借的那本《离婚》。达士先生会心微笑的拿起那本书来翻阅，却给听差一个电报稿，要他到电报局去拍发。那电报说：

> 瑗瑗：我害了点小病，今天不能回来了。我想在海边多住三天，病会好的。达士。

一件真实事情，这个自命为医治人类灵魂的医生，的确已害了一点儿很蹊跷的病。这病离开海，不易痊愈的，应当用海来治疗。

（原载1935年8月1日《文学》5卷2号）

炉 边

四个人，围着火盆烤手。

妈，同我，同九妹，同六弟，就是那么四个人。八点了吧，街上那个卖春卷的嘶了个嗓子，大声大气嚷着，已过了两次了。关于睡，我们总以九妹为中心，自己属于被人支配一类。见到她低下头去，伏在妈膝上时，我们就不待命令，也不要再有希望，叫春秀丫头做伴，送到对面大房去睡了。所谓我们，当然就是说我同六弟两人。

平常八点至九点，九妹是任怎样高兴，也必支持不来了。但先时预备了消夜的东西时，却又当别论。把燕窝尖子放到粥里去，我们就吃燕窝粥，把莲子放进去，我们于是又吃莲子稀饭了。虽然是所下的燕窝并不怎样多，我们总是那样说。我同六弟不拘谁一个人的量，都敌得过九妹同妈两人，但妈的说法，总是九妹饿了，为九妹煮一点消夜的东西吧。名义上，我们是托九妹的福的，因此我们都愿九妹每天于晚饭时都吃不饱，好到夜来嚷饿，我们一同沾光。我们又异常聪明，若对消夜先有了把握，则晚饭那一顿就老早留下肚子来预备了，这事大概从不为妈注意及，但九妹却瞒不过。

“娘，为老九煮一点稀饭吧。”

倘若六弟的提议不见妈否决，于是我就耀武扬威催促春秀丫头："春秀！为九小姐同我们煮稀饭，加莲子，快！"

有时，妈也会说没有糖了，或是今夜太饱了，老九哪来会饿呢，遇到这种运气坏的日子，我们也只好准备着睡，没有他法。

"九妹，你说饿了，要煮鸽子蛋吃吧。"

"我不！"

"为我们说，明天我为你到老端处去买一个大金陀螺。"

"……"

背了妈，很轻的同九妹说，要她为我们说谎一次，好吃同冰糖白煮的鸽子蛋也有过，这事总是顶坏的我（妈是这样加过我的批评的）教唆六弟，要六弟去说，用金陀螺为贿。九妹的陀螺正值坏时，于是也就慨然答应了。把鸽子蛋吃后，金陀螺还只在口上，让九妹去怨也俨然不理，在当时，反觉得出的主意并不算坏。但在另一次另一种事上，待到六弟把话说完时，她，也会到妈身边去，扳了妈的头，把嘴放在妈耳朵边去，唧唧说着我们的计划，在那时，想用贿去收买九妹的我们，除了哭着嚷着分辩着说是自己并没有同九妹说过什么话外，也只有脸红。结果是出我们意料以外，妈仍然照我们的希望，把吃物叫春秀去办。如此看来，妈以前所说全是为妹的话，又显然是在哄九妹了。然而九妹在家中是因了一人独小而得到全家——尤其是母亲加倍的爱怜，也是真事。因了母亲的专私的爱，三姨也笑过我们了。而令我们不服的，是外祖母常向许多姨娘说我们并不可爱。

此次又是在一次消夜的期待中。把日里剩下的鸭子肉汤煮鸭肉粥，听到春秀丫头把一双筷子唏哩活落在外面铜锅子里搅和，似乎又闻到一点香气，妈怕我们伤风又勒着不准我们出去视察，六弟是在火盆边急得要不得了。

"春秀。还不好么？"盛气的问那丫头。

"不呢。"

"你莫打盹，让它起锅巴！"

"不呢。"

“快扇一扇火，会是火熄了，才那么慢！”

“不呢，我扇着！”

六弟到无可奈何时，乘到九妹的不注意，就把她手上那一本初等字课抢到手，琅琅的又像是要在妈面前显一手本事的样子大声念起来了。

“娘，我都背得呢，你看我闭上眼睛吧，”眼眼是果真大大方方的闭上了，但到第五课“狼，野狗也——”也就把眼睛睁开了。

“说大话的！二哥你为我把书拿在手上，待我背来。”九妹是接着又琅琅的背诵起来。

大门前，卖面的正敲着竹梆梆，口上喊着各样惊心动魄的口号，在那里引诱人。我们只要从梆梆声中就早知道这人是有名的何二了。那是卖饺子的，但也附到卖面，在城里却以饺子著名。三个铜元，则可以又有饺子又有面，得吃凤牌湘潭酱油。他的油辣子也极好，大姐每一次从学校回来，总是吃不要汤的加辣子干挑饺子，我们因了妈的禁止，却只能用眼睛去看。

那何二，照例的，推了一会，又把担子扛起，一路敲打着梆梆，往南门坨方面去了，嚷着的声音是渐渐小下来，到后便只余那虽然很小还是清脆分明的擂着样的柝声。

大门前，因了宽敞，一些卖小吃的，到门前休息便成了例了。日里是不消说，还有那类在一把无大不大[①]的“遮阳伞王”（那是老九所取的）下头炸油条糯米糍的。到夜间呢，还是可以时时刻刻听得一个什么担子过路停下的知会，锣呢，梆梆呢，单是口号呢；少有休息。这类声音，在我们听来是难受极了。每一种声音下都附有一个足以使我们流涎的食物，且在习惯中我们从各样不同的知会中又分出食物的种类了，听到这类声音，我们觉得难受，不听到又感到寂寞：最好的一个方法是大姐礼拜六回家，因了她，我们消夜的东西，差不多是每一种从门前过去的吃物都可以尝试。

① 无大不大，凤凰土语，指很大。

何二去后，不久，一个敲小锣卖钉钉糖的又在门前休息了。我知道，这锣的大小，是正如我那面小圆砚池，是用一根红绳子挂在手上那么随随便便敲着的。许是有人在那里抽了签吧，锣声停下来，就听到一把竹签子在筒内搅动的响声了。又听到说话，但不很清楚。那卖糖的是一个别处地方人，譬如说，湖北的吧。因为他，我也常是听到口上说着“你哪家”，只有湖北人口上离不得“你哪家”，那是从久到武昌的陈老板的说话就早知道了。在他来此以前，我似乎还不曾见过像那样敲着小锣落雨天晴都是满街满巷走着的卖糖的人。顶特别的地方是他休息到什么地方时，把一个独脚凳塞到屁股下去坐，就悠悠扬扬打起那面小锣来了。我们因为欣赏那张特别有趣的独脚凳，是以白天一听铛铛铛的响声，就争着跑出去，六弟还有一次要他让自己坐坐看，我们奇怪它不会倒的原由，也想自己有那么一张，每日让我们坐着吃饭玩，还可以扛到三姨家去送五姐她们看。

大的木方盘内，分划成了许多区。每一区陈列糖一种。有的颜色式样虽相同味道却两样，有的样子不一样味道却又相同，有用红绿色纸包成三角形小包的薄荷糖米，吃来是又凉又甜的。有成片的姜糖，味道微辣。圆的同三角形的各种果子糖，大的十枚五枚，小的两枚一枚。藕糖就真像小藕，有空有节。红的同真红椒一般大的辣子糖，可以把尖端同蒂咬去，当牛角吹。茄子糖则比真茄子小了许多，但颜色同形式都同，把茶倾到茄子中空部分再倒到口里去也很甜。还有用模子做成的糖菩萨，顶小的同一个拇指小，大的如执鞭的财神，大肚罗汉，则一斤糖还不够做一个。他，那湖北人，把菩萨安放在盘子正中，各样糖同小菩萨，则四围绕着陈列，大菩萨之间，又放了一个小瓶子，有四季花同云之类画在瓶上，瓶子中，按时插上月季，兰，石榴，茶花，菊，梅；以及各样应时的草花。袁小楼警察所长卸事后，于是极其大方的把抽糖的签筒也拿出来了。签上从一点到六点各六根，把这六六三十六根竹签管束在一个外用黄铜皮包裹描金髹过的小竹筒内。过五关的抽法是一个小钱只能得小菩萨一名。若用铜元，则过了三次五关以后，胜利还属于自己，则供养在盘子正中手里拿了鞭高高举着的那位财神爷就归自己所有了。三次五关都得吉利的过去，这似乎是很难，但每天那湖北人回家时那一对大财神总不能一路返家，似乎是又并不怎样不容易了。

等了一会，外面的签筒还在搅动。

六弟是早把神魂飞出大门傍到那盘子边去了。

我说："老九，你听！"我是知道九妹衣兜里还有四十多枚小钱的。

其实九妹也正是张了耳朵在听。

"去吧。"九妹用目答应我。

她把手去前衣兜里抓她的财产，又看着母亲老实温驯的说："娘，我去买点薄荷糖吃吧！"

"他们想吃了，莫听他们的话。"

"我又不抽签，"九妹很伶便的分解，都知道妈怕我们去抽签。

"那等一会粥又不能吃了！"

本来并不想到糖吃的九妹，经母亲一说，在衣兜里抓数着钱的那只手是极自然的取出来了。

妈又说必是六弟的怂恿。这当然是太冤屈六弟了。六弟就忙着分辩，说是自己正想到别一桩事情，连话也不讲，说是他，那真冤枉极了！

六弟所说是正想到别一桩事，也是诚然。他想到许多事情出奇的凶……那位像活的生了长胡子横骑着老虎的财神爷怎么内部是空的？那大肚子罗汉怎么同卖糖的杨怒山竟一个样的胖实！那个花瓶为什么必得四名小菩萨围绕？

签筒声停止后，那铛铛铛漂亮的锣声又响着了。

这样不到二十声，就会把独脚凳收起来，将盘子顶到头上，也用不着手扶，一面高兴打着锣走向道门口去吧。到道门口后，把顶上的木盘放下，于是一群嘴边正抹满了包家娘醋萝卜碗里辣子水的小孩，就蜂子样飞了过来围着，胡乱的投着钱，吵着骂着，乘了胜利，把盘子中的若干名大小菩萨一齐搬走，眼看到菩萨随到小孩子走尽后，于是又把独脚凳收起，心中装了欢喜，盘中装了钱，用快步的跑转家去吧。回家大约还得把明天待用的各样糖配齐，财神重新再做，小菩萨也补足五百数目，到三更以后始能上床去睡，为那糖客设想着，又为那糖客耽心着财神的失去，还极其无意思的嗔视着又羡企着那群快要二炮了还不归家去的放浪孩子，糖客是当真收起独脚凳走去了。

“那钉钉糖已经过道门口去了！”六弟嗒然的说。

“每夜都是这时来，”我接着。

“娘，那是一个湖北佬，不论见到了谁个小孩子都是‘你哪家’的，正像陈老板娘的老板，我讨厌他那种恭敬。”九妹从我手上把那本字课抢过手去，“娘，这书里也画得有个买糖的人呢。”

娘没有做声。

湖北佬真是走了。在鸭子粥没有到口以前，我们都觉得寂寞。

发表于1926年8月10日《小说月报》第17卷第8号。署名岳焕
后收入《入伍后》（北新书局1928年初版）

来　客

世界上有很多事情都使人忧郁，不好招架。某种友谊也像是这样的。

一九二八年夏天，我住在上海拉斐德路一个小弄堂的二楼上。一天下午两点钟左右，我正在自己住处那个小小房间里，为《读者月刊》写一篇《创作回忆录》，觉得生活记忆中充满了各种河水。生平在各个地方所见到的各种河流，似乎正一一从心上流过。河面还泊了灰色小船，漂浮了翠绿菜叶。实在说来，这世界地面上有若干小河两岸，都和我发生过不可分离的关系。我的教育可以说是在河水上面得来的。当我回忆到各种河水，思路正从从容容，为我生平极少有的舒适，还以为至少可以一气写个五千字。刚把那文章写到第二行时，只听得楼下后门有人用不纯粹的北方话语询问娘姨，像在找寻谁。那四川娘姨正在自来水龙头边洗衣，把头昂起向上面问：

“找甲先生，在屋里不在？”

娘姨一听楼上有人开门，明白我并不出去，不待我启口说话，就要那来人上楼。来人便即刻从那黑黑的窄窄的楼梯走上来了。在楼梯口觌面时，原来是个还不识荆的白脸少年绅士，服装潇洒，仪表不俗，手中还照海上绅士那么拿了个“文明棍”。一见我时就问：

“我找甲先生。他在家不在家？”

从那种语言神气看来，显然他不会以为面前的一个，就正是他所要找的人。既然见了主人还问主人，想来这个陌生不速之客，预备晤面的事，也不过是“久仰”，且希望见到的人，应当是比目前的我更像个主人的一位了。我当时为了尊重客人的感觉起见，只好装点愚騃，请客人在房中坐坐，自己走出房门，到楼梯边站了那么一会儿。回到房中时，恭恭敬敬的回答客人：

“甲先生先前一会儿还在这里，不知怎么的一来不见了。你驾有什么事，是不是要紧的事？”

大约先前这人还只“疑心”我是仆人，现在算已“明白”我是仆人了，见我问他，就大洋洋的说：

“我刚从北京来，不久就要到外洋去留学。我也是——一个作家。久仰你先生的大名，问了许多书店，才探听明白这个住处，特意前来拜访！”

说过了这些话后，来客似乎即刻发觉他所说的话，原只应当是同主人说的，如今和听差说来，殊无意思，实在也不须乎。就做出太守对当差“王贵”“汤怀”说话的神气，向面前的我询问：

“我是你先生的同志。先生什么时候回来，你知道吗？”

“没准儿。”

来客游目四瞩，各处看了一会，同拍卖行办事人估价样子，把房中每样东西在心上记上。各事弄清楚后，俨然大事业已办妥，应当休息休息，不必主人相请，就大模大样，选定了一个靠窗边的椅子坐下了。坐定以后，喝了我为他倒上那一杯清茶，气色也稍稍从容了一点，一时又不想走路，见我畏畏缩缩的站在屋角，似乎安慰我不要怕见“大人物”，就向我攀谈起来，完全用的是个什么长官和下级谈话神气。

“先生客多不多？”

“平时并不多。”

“你们自己作饭吗？”

“自己不作，房东作。”

“你跟他多久了?”

“……”我不知道怎么回答了，就笑笑。

“你认字不认字?”

“认字不多，写个账单儿还勉强。”

“你先生是大作家，怎么不跟他学写小说?”

“先生说，写小说是河水告他的。”

“怎么，河水告他的！什么河水井水？他同你说笑话！他这个人很humorous。他一定跟姓贺姓何的读过书。你不懂，说什么河水井水。”

“他说的是河水。”

“他说河水告他？那你怎么不到河边试去问问河水？河水也会告你的！试试看吧!”

“我生长在河边，河水告我……”

那绅士见我那么说话，感觉到对面一个相当顽固，不觉有点不愉快。便向我望着，微笑着，好像我笨得动人怜悯。大约见我样子委委琐琐，且有点儿戆，进一步发生了兴味，便带玩笑似的询问我一些生客不作兴询问仆人的事情，向我探听这房中主人的一切。我随口而答，答得倒巧。到后就问我:“你先生是不是在霞飞路当真买了一幢房子?《小时报》上说的，那幢房子值七千!”

听到这话我真是又惶恐又忧愁，不知道如何回答这个问题，只好用最谦卑的微笑应付下去。我不做声。

这客人说得正好，但看看我只知道傻笑，又似乎觉得自己这么一种身分，同这样一个听差谈话真不合式，就把那双小生式眉毛皱皱，走到写字桌边去，意思似想看看主人桌上的情形。这一来真使我又急又窘，可又想不出什么方法拦阻他一下。情急智生，我把书架上一个六朝白石佛头和一个汉代白石猪头拿到手中，招呼他看。那两件小雕刻还是一个朋友昨天刚从北京送来的。可是我的行为竟全不能引起他的注意。他这时不需要赏鉴这个古雕刻。他仍然把我那篇文章看到了。他只默默的看下去。那上面我写的是:

我的教育全是水上得来的，我的智慧中有水气，我的性格仿佛一道小小河流。我创作，谁告我的创作？就只是各种地方各样的流水，它告我思索，告我如何去……

大概看了两三遍吧，看完事后，这个青年绅士才向在他身边显得有点窘迫的我说：

“你的先生说河水告他一切，说得真古怪。哪有这事情。”

我因为不明白用仆人身分，如何来答覆这句话，才见得措词得体，故仍然只向他笑了一下。但这客人却从我的微笑上，似乎感觉到一点小小不快处，话语即刻庄严了许多。他说：

“甲先生什么时候回来，你不知道吗？”

“我不知道。”

“他上文学会开会去了，是不是？”

“他从不上那些会里去。”

“他爱看影戏？”

“他不看影戏。”

“他常常跳舞？”

“他不会跳舞。”

“他在恋爱。——小报上说过的。”

“他伤风有了半个月。”

每次回答都像不能适如客人所估计的样子，又好像有意同他想象作对，客人到这时节，一面把手杖剥剥剥的敲打地板，一面便问我来到了这里多久。我告他来此不多久。这一下我的把柄被他拿定了。

“你不知道你的先生。你先生在他自己的作品上，说过他自己的性情同嗜好；似乎还提到过你，就说家中有个用人，全不了解他。我问你，你是不是个‘司务长’？”

我说：“你是不是说军队中的‘司务长’？我不是。”

“我猜想你就不是。往年他有个当差的司务长，年纪比你大，比你有趣味。”他手中正拿着一本《新月》，那上面有篇小说叫作

《灯》，故事中就有个司务长。

“你怎么知道?”我故意问他。

“我怎么不知道?”说过这句话时，客人似乎为了报复起见，就反问我，“你名字叫什么?”

我说：“我名字叫高升。”这倒真是我一个常用的名字，可是我说出口时，我瞧他那脸上做了一个古怪的表示。

大约就是这个俗气的名字，使客人谈话兴致索然，不愿意再等待下去了。因此他把名片夹拿出来，抽出一张小小名片，伏在桌上写了一阵。写成后自己摇着头沉吟了一会，又像觉得不甚得体，撕去了。再换第二张。但仍然不成，又换第三张。名片写妥后，看看自己所写的话语，仿佛已很满意，便把那名片摆在桌上，用一个玉镇尺压定，又把我那文章看过一遍，把头点点，似乎明白了些先前所不明白的东西，这一回很满意了，方才向我开口：

“高升，我不等候甲先生了。我留下这个，他回来时你就告诉他，不要忘掉!”

“知道知道。”

客人一走，我便恢复了我做主人的身分，赶快走过桌边去，看看那名片究竟写了些什么，刚看完头上两句话“你是水教育的，我是火教育的”，忽然一个人訇的把门推开，好像是明白主人不在家，就不必叩门似的。一进门时见我正坐在桌边，似乎已知道我看过了他那名片上的文字，显得不很高兴的神气说：“高升，你怎么的!”又说，“我忘了件事情。”

我赶忙站起来侍候那客人：“先生，你要什么?”

他什么也不说，只走近桌边，把原来那张名片收回，换了一张新的，写了两行字，便又匆匆的走了。

我估计他已走出后门，推开小窗望望，就见到弄口俄国老妇人家那只小小哈叭狗，正追赶到这位年青体面绅士身后汪汪的吠着，那人却回过头来，很英雄的把手杖向狗扬起，用英文轻轻吼着“dog dog!”

我把窗子关好后，放了一口气，走近桌边捡起那张名片看看，原来换了一张有北京某大学文学士衔的，可是却把我先前看过的那两句话去掉了。我想："那么这人自己也觉得并不是火教育出来的了！"想到这些字句和这人一切，我很忧郁的苦笑了一忽儿。

我那篇文章，自然写不下去了。这客人此后从不再来第二次，大约已照他口上所说的那样，当真"放洋"去了。中国有许多这种洋学士，出国的多，回国的也不少。从此一来，我那篇文章也永远不想作了。

我总是记着这个"用火教育出来"的人。每次写什么时，一想起他就把写作的气概馁尽，再也无从下笔。不知道什么"火"会教育他。算算日子，他应当在美国得文学博士学位了。

1933年4月作完

图书在版编目(CIP)数据

沈从文小说 / 沈从文著. —杭州：浙江文艺出版社，2017.9(2018.5 重印)

(名家小说典藏)

ISBN 978-7-5339-4973-0

Ⅰ. ①沈… Ⅱ. ①沈… Ⅲ. ①短篇小说—小说集—中国—现代 Ⅳ. ①I246.7

中国版本图书馆 CIP 数据核字(2017)第 188332 号

策划统筹 邹 亮 项 宁 邓东山
责任编辑 张 雯
装帧设计 私书坊_刘 俊
责任印制 朱毅平

沈从文小说
沈从文 著

出版 浙江文艺出版社
地址 杭州市体育场路 347 号
邮编 310006
网址 www.zjwycbs.cn
经销 浙江省新华书店集团有限公司
印刷 杭州富春印务有限公司
开本 650 毫米×970 毫米 1/16
字数 251 千字
印张 18
插页 2
印数 8001–12000
版次 2017 年 9 月第 1 版 2018 年 5 月第 2 次印刷
书号 ISBN 978-7-5339-4973-0
定价 **35.00** 元